– Décembre 2013 –

Gérard Chaliand, écrivain politique et poète, est avant tout un homme de terrain, spécialiste reconnu des conflits armés. Il a contribué au renouveau de la géopolitique et a enseigné à l'ENA, à l'École de guerre et dans de grandes universités américaines.

Patrice Franceschi est écrivain, aviateur et marin. Membre de la Société de philosophie des sciences et président d'honneur de la Société des explorateurs français, il partage sa vie entre écriture et aventure.

Ancienne libraire, Sophie Mousset est aujourd'hui documentaliste, assistante d'édition et auteure itinérante. Elle a participé à plusieurs missions du navire d'exploration *La Boudeuse*. Elle travaille actuellement sur une pièce de théâtre mettant en scène Robespierre et Olympe de Gouges.

Gérard Chaliand – Patrice Franceschi
Sophie Mousset

LE REGARD DU SINGE

Esprit d'aventure et modernité

Manifeste aventureux

INÉDIT

Éditions Points

ISBN 978-2-7578-3196-0

POINTS AVENTURE
un esprit de liberté

UNE COLLECTION DIRIGÉE PAR PATRICE FRANCESCHI

Il y a 2 500 ans, Pindare disait : « N'aspire pas à l'existence éternelle mais épuise le champ du possible. » Cette exhortation à un dépassement de la vie était aussi un appel à la liberté et aux liens qui l'unissent à l'esprit d'aventure.
Vingt-cinq siècles plus tard, l'énergie vitale de Pindare ne serait-elle pas un remède au désenchantement de nos sociétés de plus en plus formatées et encadrées ? Et l'esprit d'aventure l'un des derniers espaces de liberté où il serait encore possible de respirer à son aise, d'agir et de penser par soi-même ?
C'est sans doute ce que nous disent les livres qui, associant aventure et littérature, tentent de transformer l'expérience en conscience.

Patrice F.

« […] je compte sur peu de lecteurs, et n'aspire qu'à quelques suffrages. Si ces pensées ne plaisent à personne, elles pourront n'être que mauvaises ; mais je les tiens pour détestables si elles plaisent à tout le monde. »

Diderot, *Pensées philosophiques*

Introduction

Cet entretien entre Patrice Franceschi et Gérard Chaliand, que j'ai eu le plaisir de mener, a pour vocation de poursuivre la réflexion commencée il y a dix ans et publiée dans *De l'esprit d'aventure*, mais également de poser un regard différent sur notre société et sur notre monde, aujourd'hui en pleine mutation.

Cet ouvrage a trouvé son titre, « Le Regard du singe », dans cette petite histoire que nous connaissions tous les trois :

Il y a quelque temps de cela, des savants du monde entier réunis en congrès décidèrent d'enfermer un singe dans une pièce pendant un an afin d'étudier les modifications de son comportement.

À l'issue de cette longue épreuve, les savants envoyèrent l'un d'entre eux observer discrètement ce que pouvait faire le singe. L'homme s'approcha en catimini de la pièce où l'animal se trouvait prisonnier, se pencha vers la porte… Et que vit-il par le trou de la serrure ?

L'œil du singe qui le regardait.

Cet ouvrage, de construction originale, est le résultat d'un travail de réflexion au long cours, qui a eu pour point d'orgue une semaine de débat ; chaque jour un thème différent a été abordé, en fonction du plan que nous avions élaboré. Ces discussions ont été enregistrées et retranscrites, puis le tout a ensuite été de nouveau restructurer pour donner à l'ensemble plus de cohérence et éviter les éventuelles redites.

Nous tenons à remercier : Valérie Labadie pour les prises de vues ; Julia Du Rietz pour sa relecture et, bien entendu, nous tenons également à les remercier toutes les deux pour leurs remarques avisées…

1

Sophie Mousset : Avant d'écouter ce que deux personnages comme vous : aventurier, écrivain, philosophe, sociologue, capitaine, enseignant… avez à nous dire sur l'esprit d'aventure et la modernité, et avant de capter votre regard sur le monde d'aujourd'hui, je souhaiterais rétablir le lien entre nos discussions actuelles et l'ouvrage *De l'esprit d'aventure* – livre que vous avez écrit il y a dix ans, entre l'Irlande et l'Écosse, en compagnie de Jean-Claude Guilbert.

Patrice, tu proposais de distinguer la notion d'aventure de celle d'esprit d'aventure. Et plus récemment, tu synthétisais cette différence dans *L'aventure pour quoi faire ?*[1] – livre collectif où tu interviens avec Gérard –, en écrivant ceci :

> En définitive, nous sommes sommés de choisir entre être un homme d'action – et éventuellement un aventurier du bout du monde – ou être un intellectuel – c'est-à-dire quelqu'un

1. *L'aventure, pour quoi faire ?*, collectif, Points Aventure, n° P3027, 2013.

ne bougeant pas de son univers mental. L'homme reste écartelé entre ces deux opposés, ce qui le rend incomplet, c'est-à-dire malheureux. Cette « séparation » de l'action et de la réflexion est peut-être à l'origine de la plupart de nos malheurs. Et ce que j'entends par *esprit d'aventure* est tout simplement leur réunion.

Je ne suis donc pas en adéquation parfaite avec l'image conventionnelle de l'aventure. J'ai de la considération pour les aventuriers épris d'émotions fortes et d'adrénaline, ou ceux habités par le goût du risque et de l'inconnu, soucieux de voyager de par le vaste monde pour le découvrir en se frottant à lui, mais, pour moi, l'esprit d'aventure est quelque chose de plus vaste qui englobe un nombre d'hommes beaucoup plus important. Pasteur, surmontant mille difficultés et luttant sans trêve ni repos pour démontrer l'efficacité de son vaccin contre la rage, me paraît un aussi grand aventurier dans son domaine que Livingstone explorant l'Afrique inconnue. Et Bernard Palissy brûlant jusqu'aux meubles de sa maison pour parvenir à découvrir les secrets de la céramique n'a rien à envier à Marco Polo ou Bougainville. Tous ces hommes font preuve des mêmes qualités. En ce sens-là, l'aventure se trouve au coin de la rue

[...] c'est vers l'âge de 40 ans que l'esprit d'aventure m'est apparu comme la réunion de quatre « vertus » – au sens grec d'*arété*, principe d'excellence des choses. Je les définis aujourd'hui de la manière suivante :

1 – L'anticonformisme – compris comme potentialité de remise en cause de l'ordre des choses.

2 – L'aptitude au risque – comprise comme exaltation de la vie et dédain de la mort.

3 – Le besoin de liberté – compris comme tension vers la meilleure vie possible.

4 – Le désir de connaissance – compris comme exhortation à l'effort de compréhension du monde.

Toutes les autres qualités qui, en apparence, semblent nécessaires à l'aventure – et elles sont nombreuses, comme le courage, le goût de l'effort ou la force de caractère – me paraissent être, en réalité, des « qualités associées » à l'esprit d'aventure [...]. Sans ces « qualités associées », les vertus de l'esprit d'aventure ne peuvent pas s'appliquer, mais ce sont ces dernières qui produisent aussi bien Aristote et Copernic que Christophe Colomb et Paul-Émile Victor. Le courage ou la force de caractère ne produisent rien en eux-mêmes. Rassembler tous ces hommes pourrait surprendre : mais, en réalité, ce qui les sépare est moins fondamental que ce qui les réunit par la conjonction des vertus de l'esprit d'aventure – fusion de la pensée et de l'action engendrant la création, action toujours adéquate à la pensée, et pensée conduisant toujours à l'action.

[...] C'est pourquoi, lorsque j'associe esprit et aventure, j'entends par là la recomposition de l'homme éclaté, la réunion en lui de la réflexion et de l'action – quel que soit le registre d'activité dans lequel cette réunion s'exprime. L'esprit d'aventure peut habiter un grand scientifique enfermé dans un laboratoire à la recherche des secrets de l'univers, comme un coureur d'océan en quête de records. Il peut aussi n'habiter ni l'un ni l'autre.

Puisque je vais servir de guide durant cet entretien, je commencerai par te demander, Patrice, si tu penses encore aujourd'hui la même chose.

Patrice Franceschi : J'écrirais la même chose parce que je reste convaincu qu'il est crucial de distinguer la notion d'*aventure* de celle d'*esprit d'aventure* – ce qui ne va pas de soi dans une vision conventionnelle des choses, mais se révèle nécessaire, je crois, si l'on veut que l'esprit d'aventure serve encore d'outil de réflexion et d'appréhension du monde. Toutefois, j'ajouterai ceci : tout d'abord que l'esprit d'aventure est également, et par nature, un outil de connaissance pour se délivrer des idées reçues et des préjugés – autrement dit, un instrument pour penser librement, ce qui n'est pas rien. Ensuite, que l'esprit d'aventure est une valeur hautement démocratique. Contrairement aux apparences, il n'est besoin d'aucune richesse matérielle pour l'acquérir, d'aucun capital, d'aucun revenu, d'aucune rente. L'esprit d'aventure n'est réservé à personne en particulier, à aucune classe sociale privilégiée. Il est une valeur gratuite et libre sur le marché de la vie, à la portée de tous ceux qui veulent s'en emparer s'ils consentent au risque du « hors-piste ».

C'est peut-être pour cela que l'esprit d'aventure a encore quelque chose à nous dire sur la modernité du monde. C'est à travers son prisme et l'originalité potentielle de son regard qu'il me semble donc intéressant d'analyser l'évolution de nos sociétés et le type d'homme qu'elles produiront demain – ces deux points si fondamentaux pour notre avenir. Tel est, à mon avis, le sujet de ce livre. Naturellement, il s'agira davantage d'ouvrir des pistes de réflexion que d'établir un panorama exhaustif de la question, projet qui dépasse le cadre de notre entretien.

S. M. : Il y a dix ans, tu parlais aussi d'un certain désenchantement en ce qui concerne l'aventure. C'est un mot très fort. Tu écrivais : « Ce que je remarque dans l'aventure aujourd'hui, avec un certain désenchantement, c'est qu'elle est de moins en moins empreinte d'esprit d'aventure et même de poésie. »

P. F. : C'est un point lié, je crois, à l'évolution marchande du monde, accentué par sa globalisation. Pour ne parler que de la poésie elle-même, si je me pose la question de savoir qui en lit encore, je ne sais que répondre : quelques reclus peut-être, enfermés dans leurs monastères intérieurs… Ou peut-être tout le monde, sans que nous le sachions, comme une thérapie au matérialisme ambiant. Je n'en sais rien non plus. Mais je peux prendre le problème sous un autre angle en demandant plutôt : où se niche le « sentiment poétique » dans les choses de la vie ? Il me semble alors que la dématérialisation accélérée de ce que l'on appelle les « produits culturels » – livres imprimés, CD de musique, DVD de film, etc. – jette une nouvelle forme de désenchantement dans nos vies en évacuant la part de poésie esthétique, tactile, sensuelle et émotionnelle que procurent ces objets en supplément de leur contenu. C'est un effet, parmi d'autres, de la révolution numérique.

Prenons plus précisément le cas du livre, qui a été au cœur du développement de notre civilisation et qui nous intéresse en tant qu'écrivains. Non seulement son rôle diminue progressivement au sein des jeunes générations, mais il n'est pas impensable d'imaginer qu'il disparaisse un jour en tant qu'objet. Ou plus probablement que les livres papier qui ont jalonné nos vies deviennent les objets réservés, rares, beaux, et chers, des classes dominantes de demain, comme c'était le cas autrefois – ce qui reviendrait à un fulgurant retour en arrière, parfaitement inattendu, masqué par l'engouement et la fascination pour tout ce qui est nouveau du strict point de vue technologique… Une forme d'échec de la démocratie, en quelque sorte. Quoi qu'on en dise, c'est, globalement, la tendance vers laquelle poussent ces technologies et ceux qui les diffusent. On objectera que les textes, eux, continueront à se répandre de plus en plus massivement. Certes : mais de quels textes s'agira-t-il en réalité ? Dans le cas de figure que je viens d'évoquer – qui n'est pas absolument certain mais reste une possibilité, même lointaine –, le risque est que l'on destine à ce qui sera considéré comme le tout-venant des lecteurs une production médiocre sur tablette, tandis que l'on réservera les meilleurs textes à une élite cultivée par le biais du livre imprimé. Naturellement, on peut penser que ce que j'appelle l'« effet millefeuille des inventions » – cet entassement quasi mécanique de ce qui est nouveau sur ce qui est plus ancien – jouera pour préserver le livre imprimé. Ainsi, ce n'est pas parce que les téléphones portables indiquent l'heure que plus personne n'achète de montres, ou que l'escrime n'existe plus parce que l'on a cessé de se battre à l'épée. De la même manière, dans le domaine de l'information, la radio n'a pas tué les journaux, la télévision n'a pas tué la radio et Internet n'a pas tué la télévision. Tout finit par cohabiter et c'est l'espoir que je formule.

Toutefois, même ainsi, le risque demeure que l'on finisse par ne plus produire sur papier que le meilleur de la production, ce meilleur étant choisi par l'élite qui, justement, préférera lire les textes imprimés parce que ce sera un marqueur social. Un système clos, en quelque sorte.

De toute façon, le simple fait que la majorité des livres puissent devenir un jour identiques dans leur apparence extérieure via des « liseuses » toutes semblables ou presque, participe, qu'on le veuille ou non, de l'uniformisation générale du monde et de sa standardisation. Et il va de soi que cette évolution est parfaitement antipoétique, pour reprendre la question de Sophie.

De même, si j'imagine les murs de ma maison vides de livres – pour gagner de la place comme me le proposent les commerciaux vendeurs de liseuses –, je sais tout ce que je perds dans deux domaines : tout d'abord en ce qui concerne le « désir » de lecture provoqué par la présence charnelle de livres, notamment pour les enfants quand ils vivent au milieu d'eux, ensuite en poésie visuelle comme en émotion esthétique, l'objet livre étant aussi un objet d'art tout court. On oublie trop souvent dans cette affaire du livre numérique qu'un livre papier, c'est beau, tout simplement.

On peut enfin remarquer une évolution très curieuse sur ce sujet : plus nos sociétés deviennent matérialistes, au sens marchand du terme, plus elles dématérialisent les objets qui les ont fondées intellectuellement et spirituellement, tout en touchant le moins possible à la matérialité des objets de la vie quotidienne, augmentant plutôt la prégnance de ceux-ci en nous et notre dépendance vis-à-vis d'eux. Je n'aurais jamais imaginé un paradoxe aussi violent il y a dix ans. Il faudrait l'expliquer et le comprendre.

Naturellement, ce n'est pas parce que je constate ces faits que j'entonne la vieille antienne du bon vieux temps. Il y a dans l'histoire de notre culture – comme dans toute histoire, j'imagine –, des choses dont on peut dire qu'elles étaient peut-être meilleures hier, et d'autres dont on peut affirmer qu'à coup sûr elles ne l'étaient pas. C'est la proportion qui compte.

Quoi qu'il en soit, l'époque que nous vivons est aussi excitante que dangereuse – et j'aime cela.

S. M. : Gérard, peux-tu nous parler des changements qui t'ont marqué au cours des dix dernières années.

Gérard Chaliand : Je suis préoccupé par d'autres phénomènes. Dans un premier temps, le fait que l'Europe, d'une façon générale, après plus d'un demi-siècle de paix et de prospérité relative, peine à faire face à la grave crise que nous traversons. Depuis le premier choc pétrolier en 1973, et surtout depuis le second en 1979, nous vivons largement au-dessus de nos moyens. C'est aussi le cas des États-Unis, mais nous sommes davantage protégés socialement en Europe.

Tandis qu'on continuait à vivre à crédit – les dettes ne datent pas d'hier –, on a sous-estimé la montée des réémergents et notamment de la Chine. Jusqu'à la fin des années 1990, on évoquait les « dragons » : Singapour, Hong Kong, Taiwan, des économies dynamiques mais de petites entités très peu peuplées. En 2000, les experts américains, entre autres, estimaient que la Chine dépasserait le Japon vers 2020.

L'adaptation aux réalités nouvelles, accélérées par le début officiel de la crise en 2008, a été tardive ou à peine entamée. Certains pays, comme l'Allemagne, s'y sont attelés – avec un social-démocrate –, d'autres ont prétendu le faire – c'est notre cas. Et, faut-il ajouter, nos populations, en majorité longtemps protégées, sont largement réticentes aux réformes. Les réémergents – Chinois, Indiens, pour ne mentionner que les plus peuplés, mais suivis d'une douzaine d'autres États – sont des concurrents qui désormais maîtrisent ce que jadis nous étions seuls à savoir faire. La capacité à relever ce défi exige une énergie que nous ne paraissons pas avoir, particulièrement dans l'Europe du Sud. Le Nord protestant, avec davantage de rigueur, s'en sort beaucoup mieux. Est-ce le fait d'avoir moins d'administrés et davantage de citoyens ?

Dans un second temps, dans le domaine qui est le mien, celui des conflits armés, je constate également des phénomènes nouveaux. En 2008, les troupes françaises ont perdu dix hommes dans une embuscade en Afghanistan et le président de la République, pour montrer sa compassion, s'est rendu à Kaboul. Aurait-on imaginé Charles de Gaulle se rendant en Algérie pour un motif de cette nature ? C'est l'opinion publique qui a changé. Ceci est un constat, pas un jugement. Les pertes militaires de soldats de métier ne sont plus supportées, du moins sur un théâtre secondaire. Ceci intervient après l'apparition du slogan absurde de « guerre zéro mort » qui marque l'époque « post-héroïque » qui est la nôtre. Ce changement de sensibilité est très civilisé. Seulement il ne concerne que les vieux pays industriels, comme on l'a constaté durant la guerre en ex-Yougoslavie. Les haines ethniques ou confessionnelles et les rancunes historiques s'y sont donné libre cours avec une violence extrême. On relève des attitudes similaires en Irak ou en Afghanistan, par exemple. Les sociétés industrielles prospères regardent ces empoignades féroces, à la télévision, comme un spectacle étrange. Cela pose le problème de la nouvelle dimension de la stratégie sur le plan psychologique et social pour les Européens et les Américains. Une chose est certaine, nous avons changé et le courage ne semble plus, d'une façon générale, notre caractéristique majeure. Signalons par ailleurs que politiques et médias ont contribué, au lendemain du 11 Septembre, à vendre de l'angoisse à des populations aisément anxieuses devant le phénomène terroriste.

S. M. : Gérard, tu souhaitais revenir sur la question de la lecture ?

G. C. : Je crois qu'il n'y a jamais eu beaucoup de véritables lecteurs, de ceux qui lisent régulièrement, par goût, sinon par besoin. Peu importe le support de la lecture si le texte est de qualité. Cela restera toujours, demain comme hier, le cas d'une minorité. Je constate, comme tout le monde, que l'image et le son ont distrait de la lecture ceux qui pensent ne pas avoir de temps pour elle, ou trouvent plus de plaisir, et moins d'efforts, à l'usage d'autres médiums. Du pain et des jeux. Nous sommes dans l'empire de la distraction et de la consommation, l'un n'allant pas sans l'autre.

S. M. : Peut-on vraiment penser que le livre va disparaître ? Peut-on croire qu'une grande majorité de gens ne liront plus que sur des écrans ? Ou même, peut-on se dire que c'est le livre en tant qu'œuvre et en tant qu'outil qui risque de disparaître ?

P. F. : Penses-tu que dans un monde massivement numérisé et virtuel on parlera encore de Balzac ? Et si on continue à en parler, sera-t-il assez « rentable » pour qu'on le trouve quand même sur des liseuses ?

S. M. : Je n'ai pas cette crainte-là. On trouve Balzac sur Internet, gratuitement, puisqu'il est dans le domaine public.

P. F. : Oui, il est « référencé » comme on dit. Mais est-ce suffisant ? Ma question est plutôt : dans les décennies qui viennent, ne va-t-on pas le demander de moins en moins parce qu'on le trouvera trop difficile à lire en comparaison des livres produits par la modernité ? L'époque est, décidément, tout aussi post-littéraire que post-héroïque. L'image que j'ai de la situation actuelle du livre est qu'il est comme un îlot encore solide, mais assailli de tempêtes.

S. M. : Le problème plus général est celui de l'accès à une certaine culture et non pas seulement à celle du livre. C'est l'exigence qui risque de diminuer. On irait alors vers une dégradation du niveau culturel et par voie de conséquence une dégradation du niveau intellectuel.

P. F. : Cette problématique de l'exigence culturelle me passionne. Prenons l'opéra par exemple, et parmi les plus grands airs qui aient été écrits, *La Flûte enchantée* de Mozart. Le passage que je préfère, *la reine de la nuit*, est d'une contrainte technique faramineuse pour la cantatrice, quelque chose d'à peine pensable. Le talent, aussi grand soit-il, ne suffit pas pour interpréter un tel air. Il faut un entraînement permanent, une discipline de fer, un travail et une persévérance de tous les instants. Or, vu le nombre de plus en plus restreint de gens s'intéressant à de telles prouesses esthétiques et techniques, il arrivera peut-être un jour où plus personne n'acceptera de mettre l'argent nécessaire à la formation des cantatrices – et aucune cantatrice pour fournir autant d'efforts pour aussi peu de destinataires.

En réalité, je ne crains nullement une véritable disparition de ce type de culture très exigeante. Je crains que, comme pour les livres, elle ne retourne graduellement en arrière, vers les élites de jadis.

Je veux revenir maintenant à l'opposition tracée par Gérard entre ceux qui apprécient davantage le son et l'image que la lecture. Il s'agit d'un cas particulier de l'opposition qui se creuse entre « esprit de divertissement » et « esprit de culture ». Elle a existé de tout temps mais elle accroît sa puissance, il faut en convenir. En la matière, nous sommes face à un autre paradoxe : en apparence, le savoir, dans son acception générale, semble se répandre à toute allure par le biais d'Internet, des médias numériques, des réseaux sociaux, et de tous les moyens de communication modernes. Mais ce qui, de manière souterraine, semble compromis en réalité, ce sont les efforts déployés depuis le « siècle des Lumières » pour rendre attractives les choses de l'esprit à *l'ensemble des hommes* et leur permettre d'accéder à la connaissance véritable, c'est-à-dire à l'enchaînement par la raison d'un nombre important de données brutes et d'informations de base – ce qui demande des efforts et s'oppose à l'esprit de divertissement. J'y vois l'une de ces attaques indirectes contre l'humanisme qui caractérisent notre modernité. Et ce n'est pas sans justification d'une certaine manière. Jusqu'à Sartre compris, l'humanisme philosophique faisait appel à la raison pour placer l'homme au centre des préoccupations et lui subordonner tout le reste. Il le « sanctuarisait » en quelque sorte pour le protéger autant contre le monde extérieur que contre ses propres démons. Cet humanisme considérait l'homme comme sacré et perfectible par le passage de la nature à la culture – et cela s'appelait le progrès. Il s'opposait aux conceptions anti-humanistes faisant de l'homme la cause de tous les maux. Il était donc la muraille empêchant le retour à la barbarie, implicite dans ces conceptions, qu'on le veuille ou non. L'humanisme postmoderne ayant abandonné, comme par lassitude, son armature rationaliste d'origine n'écoute plus que l'émotion pour faire de l'homme une sorte d'objet informe et sans grandeur, confiné dans une quête d'hédonisme individuel sans fin. Dès lors, il prête aisément le flanc à toutes les attaques de ceux qui persistent à diaboliser l'homme.

Pour en revenir à Internet, son utilisation comme source de connaissance pour tous, si on l'examine de près, n'est pas un contre-exemple valide à ce qui vient d'être dit sur le savoir véritable. L'information n'est pas la connaissance.

Je ne suis guère porté aux citations, mais il en est une d'Aldous Huxley qui, en cinq mots, dit l'essentiel de ce message difficilement audible aujourd'hui : « Être instruit pour être libre. »

G. C. : Sur la question de l'information, il y a beaucoup à dire. La persuasion de masse accompagne la démocratie. Peut-être pourrait-on dire qu'elle en est, comme la guerre de masse – 1792-1945 –, l'une de ses conséquences. Quel besoin avaient les grands despotes d'autrefois, omnipotents et légitimes, de l'adhésion de leurs sujets ? La menace, et parfois l'usage de la terreur suffisaient, joints à l'acceptation tacite de la servitude. Le renseignement était dévolu à la police et aux espions, toujours nombreux dans les sociétés despotiques, et aux délateurs. On voit encore à Venise, datant du XVIIe siècle, des visages de pierre aux bouches larges ouvertes qui permettaient de déposer des « dénonciations secrètes » – en latin.

Dans la seconde moitié du XIXe siècle et jusqu'en 1914, l'influence s'exerçait par le biais des journaux, réservés, comme le droit de vote, à une très petite partie de ce qu'on pouvait qualifier d'opinion publique. Cette dernière était surtout celle de la classe sociale formée par les propriétaires. Le reste de la nation était, ou commençait à être formé par les Églises et par l'école, bientôt obligatoire jusqu'à quatorze ans. Les expéditions coloniales, par exemple, étaient peu relatées et moins encore commentées, sinon par des milieux privilégiés. Seule la guerre des Boers en Afrique du Sud provoqua, en Grande-Bretagne comme en Allemagne, en France et aux Pays-Bas, des remous dus au fait qu'il s'agissait d'une guerre de type colonial dans laquelle la contre-insurrection organisait des camps d'internement pour isoler une guérilla, non plus dirigée contre des « indigènes » mais contre des « Blancs ».

La Grande-Bretagne, dès 1914, utilise toutes les ressources existantes pour désinformer, manipuler, mobiliser, bientôt suivie plus ou moins adroitement par d'autres protagonistes. L'idéologie nationaliste et la xénophobie sont pleinement exploitées et l'emportent sur l'internationalisme abstrait des courants socialistes. Ceux-ci, par contre, sont, par le truchement du bolchevisme, très largement diffusés via le cinéma, les affiches, et les discours devant des foules compactes dans la version léniniste.

Tout ceci est plus ou moins décrit ou analysé par Gustave Le Bon ou Tchakhotine. L'utilisation par le fascisme, puis le nazisme, de la propagande à vocation totalitaire s'accompagne de moyens policiers considérables. La radio joue un rôle central, des années 1920 au début des années 1960, toujours relayée par le cinéma, art de masse à l'impact puissant qui véhicule le plus souvent une idéologie implicite. Toutes les dictatures de l'époque, et elles sont majoritaires, surveillent, outre les étrangers, leurs propres ressortissants et la manière dont ils se conforment ou se comportent.

La Seconde Guerre mondiale, tout comme la guerre froide, se déroule sur fond de manipulation des opinions publiques et la propagande prend souvent des formes insidieuses. Quelques observateurs particulièrement attentifs comme George Orwell – *1984* – ou Aldous Huxley –

Le Meilleur des mondes – imaginent le développement monstrueux de ces mises en condition.

Depuis sa création en 1952 aux États-Unis, la National Security Agency (NSA) n'a jamais cessé de mettre les gens sur écoute et d'intercepter les communications téléphoniques, puis satellitaires. Cette activité était dirigée en priorité vers les milieux politiques, mais au fil du temps et des avancées technologiques, elle s'est largement généralisée.

En 1971, Daniel Ellsberg, haut fonctionnaire américain, a pris le risque de divulguer les *Pentagon Papers* qui révélaient la duplicité de l'administration américaine durant la guerre du Vietnam. Le choc fut profond. Les citoyens américains apprenaient qu'ils étaient manipulés. Cela se reproduira au lendemain des transformations juridiques opérées après le 11 septembre 2001 et plus particulièrement lors de la préparation de l'intervention en Irak en 2003. Le traumatisme d'un pays frappé chez lui pour la première fois depuis 1814 a permis, avec l'assentiment de la majorité de l'opinion publique – Patriot Act –, de développer un système de surveillance plus complet. Déjà, celui-ci avait largement profité des avancées technologiques pour aboutir au programme dont le nom de code est *Prism*, grâce auquel le National Security Agency surveille une quantité considérable de courriels, de coups de téléphone donnés par le truchement d'Internet, de vidéos, utilisant les réseaux sociaux et les nombreux moyens de communication.

Entre-temps, nous avons eu les révélations de Wikileaks

(site web lanceur d'alerte) en 2011, qui démontrait à l'envi que le citoyen n'était au courant que d'une partie seulement des données concernant le fonctionnement de sa démocratie. Se sont ajoutées à cela les révélations de Snowden en 2013, qui ont montré que non seulement la vie privée des citoyens américains n'était plus protégée, mais que l'espionnage – le mot n'est pas trop fort – concernait également les alliés européens. L'usage de la cyberpénétration à l'égard de diverses agences chinoises est également établi, comme a été dévoilé peu de temps avant le fait que la Chine en faisait de même à l'égard des États-Unis.

Au printemps 2013, un sondage réalisé aux États-Unis a montré que 56 % de la population trouve « acceptable » cette intrusion dans la vie privée afin de « lutter contre le terrorisme ». Concernant la confidentialité des courriels, 45 % approuvent que ceux-ci soient placés sous surveillance. À l'étranger, les réactions sont naturellement plus hostiles. Pourquoi les États-Unis s'arrogeraient-ils le droit, avec l'appui de la Grande-Bretagne où se trouve le système Echelon, d'espionner la planète ? De nombreux citoyens américains s'élèvent également contre cette intrusion, à leurs yeux anticonstitutionnelle, car concernant leur vie privée.

Pour l'État, MM. Assange et Snowden sont des traîtres coupables de haute trahison. Pour une partie de l'opinion publique, ce sont des héros qui œuvrent pour la transparence, au nom d'une tradition démocratique.

Une chose est certaine. Le fait que la densité de la

surveillance augmente avec celle de la circulation des informations n'est pas pour étonner. Rien n'arrêtera la préoccupation des États, quels qu'ils soient, de contrôler tout ce qu'ils peuvent.

« Si vous voulez garder quelque chose de confidentiel, ne faites pas confiance à la technologie. » C'est ce qu'avait conclu, il y a déjà vingt ans, à Helsinki, le patron de Nokia lors de la clôture d'une conférence donnée devant l'armée finlandaise.

La désinformation et la surveillance sont les deux faces d'une même réalité : la manipulation des opinions. Celle-ci est complétée par l'espionnage à haute intensité des États et des entreprises grâce aux moyens nouveaux donnés par la révolution des communications.

P. F. : Ces problématiques de l'espionnage et de la désinformation soulevées par Gérard sont effectivement essentielles dans tout ce qui change autour de nous puisque leur effet toxique est infiniment plus performant que par le passé du fait des possibilités qu'ont les nouvelles technologies de pénétrer au cœur de notre intimité, jusqu'à décloisonner vie privée et vie publique. Mais il faut insister davantage sur le fait que désinformation et espionnage ne sont plus réservés aux seuls États. C'est l'élément absolument nouveau de la modernité. Google, entreprise privée, est peut-être « l'agence de renseignement » la plus raffinée qui ait jamais existé. C'est inquiétant.

G. C. : Je partage cette inquiétude en ce qui concerne le caractère insidieux de ce qui s'installe. La cause invoquée, c'est le terrorisme. Mais quand on analyse le rapport entre l'intensité de ce dernier et les autres causes d'insécurité, on s'aperçoit que c'est disproportionné. Ne s'agit-il pas plutôt de parvenir à une surveillance généralisée sur l'ensemble des citoyens ? Le problème est là. Je vois mal la possibilité d'un retour en arrière. Et Patrice a raison. Après la surveillance de l'État, il y aura, il y a déjà, une surveillance au sein des entreprises.

On n'échappera pas au renforcement de la surveillance. Pour le citoyen qui n'a rien à se reprocher, on comprend qu'il interprète cette montée de la surveillance comme un supplément à sa propre sécurité, du moins de façon potentielle. Tout ce qui est électronique, le téléphone, Internet, etc., est en fait quasiment public – à l'échelle, en tout cas, des services et des spécialistes de la manipulation. Il faut le savoir et se comporter en conséquence.

Jonas Savimbi[1] a été tué dans les maquis d'Angola parce qu'il s'est servi de son téléphone une fois de trop…

1. Chef du mouvement rebelle UNITA (1934-2002).

2

Sophie Mousset : Poursuivons avec la problématique de la sécurité et les questions liées à la surveillance électronique, entre autres.

Patrice Franceschi : En ce qui me concerne, je ne prône pas un retour aux époques où la surveillance était uniquement « humaine » comme au temps de Sparte, par exemple, où chacun était sous l'œil du roi et sous les yeux de tous, dans un conditionnement militaire total et une ligne de vie dirigée dans une direction unique qui pourrait se résumer trivialement par : on combat, on mange mal, on dort par terre, et pour s'entraîner on mange des pierres – comme disait Nietzsche…

Non, la réponse est dans la volonté de relever le défi technologique par l'exercice de la démocratie et de son esprit critique. C'est dans cette optique qu'a été créée la CNIL (Commission nationale de l'informatique et des libertés) en 1978. Elle fait ce qu'elle peut contre d'innombrables prédateurs liberticides, mais elle a comme armes une panoplie de lois encore insuffisantes, certes, mais qui ne sont pas rien non plus.

Pour obtenir davantage de liberté et moins de surveillance, il faudra néanmoins accepter de courir quelques risques. Mais on ne pourra pas revenir en arrière, comme l'a dit Gérard. Pour certaines de ces libertés, c'est terminé. Un temps viendra où nous serons filmés à peu près partout sans notre consentement formel – et jusque dans nos maisons à la demande des assureurs. Malgré ce constat – ou à cause de lui –, dans mes moments d'énervement vis-à-vis de la vidéosurveillance, je me dis que j'ai vécu trente ans sans elle et que je ne vois pas pourquoi je ne pourrais plus vivre sans.

D'autre part, comme tout se tient, la montée en puissance de la surveillance n'est-elle pas favorisée par la société du divertissement généralisé ? Dans l'ensemble, n'y a-t-il pas là, d'un point de vue humain, comme une marche en arrière invisible, doucereuse et indolore, peut-être liée aux ruptures de paradigmes que nous vivons ? Car je ne pense pas du tout que le monde dans lequel nous entrons puisse être simplement défini par le changement ou la mutation comme lors des révolutions précédentes – et elles ont été nombreuses, de l'invention de l'imprimerie à l'industrialisation de l'Europe, sans parler du choc intellectuel provoqué bien avant cela par l'obligation d'abandonner le géocentrisme issu de l'Antiquité.

À mes yeux, nous ne sommes pas même dans un monde caractérisé par une « accélération accélérante », comme disent certains. Nous sommes entrés, je crois, dans quelque chose de bien plus radical : un monde absolument nouveau dont l'achèvement prendra moins de temps que l'espace d'une vie humaine – ce qui commence à provoquer un vertige existentiel collectif encore jamais vu. Ce que nous appelons la « crise » masque sous les apparences de ses bouleversements immédiats et visibles ce basculement quasi invisible mais définitif. Et ce que l'on peut en dire pour le moment, sans aucun jugement de valeur, c'est que ce monde nouveau ébranle les anciens modèles, les anciennes références, les anciennes croyances. Il bouscule tout ce qui semblait stable et définitivement acquis, tout ce qui était, en somme, rassurant. Les certitudes et les repères dans lesquels nous avons pu être élevés s'effacent les uns après les autres devant une succession de petites révolutions qui ne cessent de s'additionner tout en se connectant entre elles dans d'infinies ramifications qui finissent par les démultiplier : révolutions numériques, technologiques, biologiques, éthiques même. Tout est remis en cause…

Ces changements successifs de paradigmes lézardent les vieilles convictions, abolissent les distances, rétractent le temps jusqu'à remplacer l'un par l'autre – même au niveau militaire où la dimension temporelle sur le champ de bataille compte aujourd'hui davantage que la dimension spatiale comme c'était le cas jadis. Nos référents changent sans cesse, de tous côtés, sous toutes sortes de poussées. Nous sommes véritablement entrés dans l'ère des métamorphoses perpétuelles – jusqu'à en avoir le tournis. À peine un « repère » est-il installé qu'il devient obsolète, et qu'un autre le remplace avant de disparaître à son tour aussi vite au profit d'encore autre chose, impensable le jour d'avant… Il semble que plus personne ne maîtrise cet emballement et l'on peut être pris de saisissement devant ce monde qui se dérobe sans cesse. D'un point de vue individuel, on peut avoir le sentiment qu'aucune des routes que nous pouvons prendre dans notre vie pour atteindre un but n'aura de fin. Nous ne pouvons plus arriver nulle part. Quand nous croyons toucher au but, il s'évanouit dans une « nouvelle nouveauté » qui nous dit de changer, c'est-à-dire en fin de compte de ne plus nous arrêter d'avancer. La sécurité du but à atteindre a disparu. En ce sens, un certain type d'homme ancien est mort. Pour cet homme-là, le changement était facteur de progrès parce qu'il visait un objectif précis. Le changement avait pour fonction de modeler un monde meilleur. En devenant son propre but à lui-même suffisant, le changement s'est transformé en facteur de récession existentielle.

En outre, ce que j'appelle « l'instinct de la norme » s'est emparé de l'ensemble des sociétés humaines, qu'elles soient industrialisées ou non – ce qui est nouveau. Toutes les structures administratives bâties par les hommes produisent désormais de la norme à jets continus pour guider notre vie dans ses moindres détails, s'immiscer jusque dans notre intimité. Ces structures, devenues des mastodontes, le font au mieux de manière exponentielle, au pire par nécessité organique – pour s'autoreproduire en quelque sorte, et c'est le plus impressionnant. Dans tous les cas, on a l'impression d'avoir affaire à des sortes de machines-Léviathan hors de tout contrôle, que plus rien ne peut arrêter, pas même ceux qui les ont créées.

Pour l'observateur attentif de ces phénomènes, « l'instinct de la norme » paraît si puissant désormais qu'il parvient à susciter un besoin normatif incessant, même chez ceux qu'il contraint au quotidien, et cela devient presque un amour de la norme pour la norme. Cela s'apparente au syndrome de Stockholm…

Du strict point de vue des libertés individuelles – c'est-à-dire de la possibilité pour les hommes de conduire leur vie selon leurs propres choix –, cet instinct de la norme est un instinct de vie doublé d'un instinct de mort, tel un Janus moderne. Toute personne qui tente aujourd'hui d'entreprendre quelque chose dépassant le simple cadre individuel sait de quoi je parle… En ce qui me concerne, par exemple, faire exister un trois-mâts comme *La Boudeuse* avec les missions d'aventure qu'il se donne, représente une guerre de guérilla absolument constante avec un nombre impressionnant d'administrations, toutes plus tatillonnes et craintives les unes que les autres. C'est ployer chaque jour sous le joug et le fardeau d'un nombre invraisemblable de normes, de règles et de lois où tout est fait non pour contraindre dans la violence comme autrefois, mais pour empêcher paisiblement. Jusqu'à immobiliser, jusqu'à étouffer.

La différence entre une société bureaucratique et une société de la norme se voit désormais nettement. Les bureaucraties d'autrefois nous ligotaient, mais de manière pour ainsi dire humaine. On pouvait leur échapper. Les sociétés dominées par « l'instinct de la norme » emprisonnent pour de bon mais toujours pour notre bien, dans un formatage absolu qui peu à peu va à l'encontre des libertés les plus élémentaires. Malheur à celui qui aujourd'hui veut marcher hors des sentiers tracés pour lui par la société et son gigantesque appareil normatif. Plus aucun individu ne peut lutter contre cela.

Il y a dix ans, dans *De l'esprit d'aventure*, nous ne pouvions pas penser ce monde nouveau qui émergeait à peine. Nous tentions de cerner le monde d'avant, celui qui disparaît maintenant sous nos yeux. Il faut désormais tracer de nouvelles pistes de réflexion entre, d'une part, un « état des lieux » objectif et, d'autre part, ce que l'on peut souhaiter pour l'avenir. Car qui peut dire ce que va devenir « l'homme en tant qu'homme » demain, malaxé qu'il est par l'alchimie de toutes ces transmutations ? Et qui peut dire ce que deviendront les anciennes valeurs comme l'amour, l'amitié, la parole donnée, et même la liberté ?... Nous vivons des temps qui sont à la fois post-littéraires, comme nous l'avons dit, post-héroïques, comme vient de l'affirmer Gérard, mais aussi post-humanistes, post-rationalistes et post-bureaucratiques, ainsi que je viens de l'évoquer. C'est sur cela que chacun doit réfléchir.

S. M. : Je reviens sur un point, Patrice. Tu as l'air de penser qu'on assiste à un mouvement de va-et-vient entre démocratisation et élitisme, avec un retour à celui-ci dans l'avenir. Peux-tu préciser ?

P. F. : En ce qui concerne les livres et leur fonction, c'est la crainte que j'exprime quoique les recours soient encore nombreux. En fait, ce qui me frappe le plus dans ce mouvement aussi lent mais aussi sûr que la formation d'une dune de sable grain après grain, c'est que personne en particulier ne l'a décidé. La caractéristique de la mutation des livres, comme de toutes les autres mutations, d'ailleurs, est de se faire sans chefs, sans schéma directeur, sans vision à long terme, sans porter de valeurs précises si ce n'est celles d'une succession de fausses idoles – et sans consentement collectif. C'est ce dernier point, peut-être, qui génère de l'angoisse. La dilution des processus de décisions est désormais si grande pour les affaires humaines d'importance, faisant intervenir un nombre si infini d'acteurs, que l'impression générale est qu'en réalité plus personne ne décide de rien, ne contrôle plus rien. Rares sont les hommes qui, individuellement, peuvent encore peser sur le cours des choses. Les décisions essentielles échappent plus que jamais aux individus que nous sommes.

S'il y avait quelque part un despote responsable des évolutions négatives que nous pouvons craindre, il serait toujours possible de le désigner comme ennemi, de se révolter contre lui, de l'attaquer et de le vaincre. C'était une possibilité dans les « tyrannies dures » d'autrefois. Au sein des « tyrannies molles » contemporaines, c'est diablement plus difficile tant les responsables parfaitement identifiables par les citoyens sont rares, sauf accident, ou quand il s'agit des États, toujours reconnaissables, eux

– comme le rappelait précédemment Gérard, mais qui ne sont peut-être plus le problème central.

Reste ceux qui ont une responsabilité dans la formation des consciences, en d'autres termes, ceux qui ont la charge de transmettre la culture et l'information la plus exacte possible, notamment dans les organismes publics. L'air du temps n'est pas à leur mise en accusation lorsqu'ils cèdent à la facilité du divertissement au détriment de la culture et de ses exigences. On voit cela tous les jours en examinant attentivement les programmations des chaînes de télévision ou ce qui y ressemble. Même si on y trouve d'excellentes choses, c'est la proportion qui compte, là aussi. Il en a toujours été ainsi, mais la technologie permet de verser davantage dans ce travers. Il m'arrive alors de m'interroger – dans une « expérience d'idée », comme on dit chez les philosophes – sur ce qu'il adviendrait de nos descendants si toute la culture qui nous a précédés disparaissait d'un coup faute d'un intérêt commercial pour sa transmission – ou d'un intérêt tout court des intéressés. La question peut s'énoncer autrement : que se passerait-il si les hommes de demain n'avaient plus pour toute connaissance que ce qui les entoure immédiatement ? C'est une question qui vient souvent me tarauder la nuit…

En définitive, la vieille crainte orwellienne de la domination des humains par les machines censées les libérer est à prendre plus que jamais au sérieux. Orwell, qu'on pensait pouvoir oublier, est redevenu d'une brûlante actualité.

G. C. : Pour en revenir aux livres, il est exact, comme l'a signalé Patrice, que, jadis, jusqu'à ce que l'alphabétisation devienne « obligatoire et gratuite », le livre était réservé à une élite sociale. Plus récemment, par souci d'égalitarisme, on a produit beaucoup de bacheliers dont le niveau, pour un bon nombre, est médiocre. Une formation professionnelle aurait mieux valu, parfois, qu'un baccalauréat qui ne procure, à lui seul, aucune perspective d'emploi quand on n'a ni le désir ni les moyens de continuer des études. Nous restons un pays dans lequel, excepté pour les artisans de haut niveau, le travail manuel est dévalorisé. Pourtant, la plomberie, l'électricité, la maçonnerie ou la charpenterie sont des métiers aussi honorables que fructueux. Passons. Je me souviens d'avoir rencontré André Bay, qui dirigeait la Bibliothèque cosmopolite chez Stock. Il avait connu les années 1930 et me précisait que la prestigieuse *Nouvelle Revue française* de Gallimard n'avait que deux mille lecteurs malgré des signatures prestigieuses présentes dans la plupart des livraisons. Je ne suis pas persuadé que le nombre de lecteurs, et particulièrement de lectrices, soit proportionnellement inférieur à ce qu'il était autrefois.

Les jeunes vont entrer d'emblée dans le livre numérique. Pour eux, le livre n'a pas ce caractère semi-sacré qu'il a pour la génération antérieure, un objet chargé de savoir ou de plaisir, qu'on pouvait prêter ou donner. Finalement, ce qui importe c'est qu'on lise. Avec le numérique, on lira autant de littérature de qualité ou d'ouvrages médiocres que dans la société de masse qui est la nôtre.

P. F. : Je n'en suis pas certain, Gérard, parce que le mode de « consommation » du livre change aussi avec ce qui est proposé comme lectures. Et puis, ne faut-il pas préserver ce caractère semi-sacré du livre ? N'est-ce pas lui qui donne son poids à ce qui est lu ? Sur une tablette numérique, Balzac ne se retrouve-t-il pas inévitablement, et davantage qu'avant, à égalité avec n'importe quel auteur de gare ou n'importe quel jeu vidéo ? Surtout en un temps où les éditeurs demandent aux auteurs d'écrire court puisque, disent-ils, le public n'a plus le temps de lire ? Avec de telles aspirations que fera-t-on demain de titans comme Tolstoï, Balzac ou Hugo, qui ont le défaut de ne proposer que d'énormes bouquins ? Au bout du compte, lira-t-on vraiment la même chose avec des tablettes, même si tous les auteurs y sont accessibles ? Rien n'est moins sûr.

Toute cette évolution est insidieuse mais manifeste, même si personne ne l'a voulue en tant que telle. En outre, cette possibilité nouvelle de tout mettre sur le même plan, de distinguer moins que jamais ce qui vaut et ce qui vaut moins, n'est-elle pas déstructurante et inutile ? Dans la conduite de la vie, l'un des grands problèmes n'est-il pas, comme depuis toujours, de trouver le vrai au milieu du faux ? La modernité ne devrait-elle pas, justement, en tant que progrès, nous aider à mieux faire notre route plutôt que d'ajouter à nos incertitudes ?

N'est-elle pas en train d'ouvrir de grands boulevards aux faux-monnayeurs ?

C'est pourquoi je continue à craindre que les livres difficiles, mais essentiels à notre humanité, se trouvent, pour leur diffusion, en position encore plus défavorable qu'hier. Je ne suis pas certain que pourront encore exister ces petites oasis dont tu viens de parler, Gérard – comme la NRF pour ses deux mille lecteurs. Ou, si elles se perpétuent comme c'est tout de même probable, qu'elles soient encore accessibles à tous de la même manière qu'aujourd'hui – je veux dire sur le plan du « désir », et non sur le plan pratique.

En la matière, ce qui pose problème – et se révèle tout à fait nouveau, là aussi –, c'est la conjonction entre la marchandisation du monde et les nouvelles technologies. Elle se fait manifestement au détriment de la culture, sous le masque d'une modernité toujours mise en avant pour éviter toute contestation – puisque critiquer la modernité, quelle qu'elle soit, c'est être rejeté dans le camp des passéistes par les tenants de la marche en avant technologique à tout prix. Il faut se souvenir ici des textes d'Heidegger ou d'Habermas concernant la prise de pouvoir – que ce dernier prévoyait déjà – de la science et des techniques alliées à la production industrielle pour décider de l'évolution du système social et non plus l'inverse. Hanna Arendt aussi, il y a plus de quarante ans, notait tristement que « le progrès de la science a cessé de coïncider avec le progrès de l'humanité ».

Il y a manifestement une nouvelle idéologie qui s'est installée, celle de la technique, la seule qui vaille, car la refuser au nom d'autres idéaux, notamment sociaux ou humains, revient à apparaître comme rétrograde. Cette idéologie a pour fonction de légitimer les nouvelles dominations qui sont insidieusement à l'œuvre autour de nous.

Un autre paradoxe est à noter. Comment expliquer la contestation quasi générale d'un certain nombre de découvertes scientifiques comme les OGM – dont on signale surtout les risques au détriment des éventuels avantages – et l'acceptation passive d'autres inventions comme le numérique dont on relève surtout les avantages en en oubliant les risques ? De la même manière, nous prônons le principe de précaution pour toutes les inventions susceptibles de détériorer l'environnement mais ne l'appliquons jamais aux inventions ayant des impacts sociaux.

Oui, il faut relire attentivement Habermas et quelques autres philosophes de la même trempe intellectuelle. Ils nous incitent depuis longtemps à démystifier la modernité pour reprendre notre histoire en main et ne pas devenir les esclaves de la technique – mais en relever au contraire les défis pour se l'approprier vraiment.

Seule l'action politique peut équilibrer cette tendance qui a existé de tout temps mais prend davantage de poids aujourd'hui. À cet égard, et pour poursuivre sur l'avenir du livre, un coup de frein salutaire avait déjà été réalisé il y a bientôt quarante ans par la loi Lang sur le prix unique. Ce qui laisse de l'espoir pour l'avenir. D'autant que c'est encore ce qui vient d'être obtenu dans les négociations commerciales de libre-échange entre l'Europe et les États-Unis au sujet de la fameuse « exception culturelle » française. Cette dernière rappelait à juste titre que les livres ou les films ne sont pas des marchandises comme les autres.

3

Sophie Mousset : La lecture publique est également un thème très important. Les bibliothèques sont des endroits où les gens se retrouvent. Il y a une notion sociale de la lecture publique qu'il ne faut pas négliger. La personne qui vous accueille à la bibliothèque peut aussi être un « conseilleur ». Je fais partie des personnes qui ont découvert la lecture à partir des endroits publics et c'est là aussi que j'ai rencontré des personnes qui m'ont attiré vers différents types de littératures, qui ont été capables de m'y amener.

Pour ma part, je m'interroge sur le livre numérique et les questions d'intermédiation. L'achat et le prêt en ligne sont des actes qui n'ont plus besoin d'intervention humaine. J'ai parfois l'impression que ces nouvelles pratiques risquent de nous enfermer dans une plus grande solitude. Sommes-nous encore dans la lecture-partage ?

Patrice Franceschi : C'est une remarque pertinente qui rejoint la problématique du « vivre ensemble » et donc l'évolution des valeurs humaines évoquée tout à l'heure, l'amitié en premier lieu, et sur lesquelles nous reviendrons.

Le livre était sacré pour nous, il le sera toujours si nous le décidons, mais je crains, encore une fois, que ce ne soit que pour une minorité de gens – et cela ne participe pas de mon univers démocratique dans lequel la diffusion du livre et de la lecture ne devait pas cesser de progresser de génération en génération.

De surcroît, comment voulez-vous que, en tant qu'anti-matérialiste avoué, se moquant bien de posséder les objets de la vie quotidienne, je me réjouisse de voir qu'on est en train d'essayer de me priver de la seule chose matérielle dont je ne saurais me passer : les livres. Naturellement, c'est une position personnelle.

S. M. : Pour moi, le livre est un passeur. Un passeur de savoir, de culture. Et c'est aussi un passeur d'amitié. Quand on dit à quelqu'un : « Je vais te donner un livre, je voudrais savoir ce que tu en penses », nous sommes bien dans une passation très différente du « partager » sur Internet.

P. F. : Le livre, c'est aussi, effectivement, le « livre ensemble », et un clic sur une tablette pour échanger de loin, ce n'est pas la même chose.

S. M. : Et surtout le fera-t-on ? Au mieux on en parlera, on conseillera tel bouquin, mais cela ne revient pas au même. On a bridé une valeur symbolique forte du livre qui est celle du prêt. Le « je veux pouvoir prêter mes livres, les donner et en offrir ».

P. F. : Pour bien montrer que ta position n'a rien de passéiste, sans doute faut-il faire un détour par la notion de progrès. Depuis toujours, nous sommes conditionnés par l'équation nouveauté égale progrès. Tout ce qui est *nouveau* est *bon* par principe. Dans toutes les disciplines humaines, l'individu doit renouveler ce qui l'a précédé s'il veut être considéré comme moderne et progressiste. Pour exister aux yeux des autres, pour être *reconnu*, l'individu moderne doit impérativement mettre en doute ce qu'il a appris, quitte à faire du neuf pour du neuf. Toute position de maintien de l'acquis, même exposée avec des arguments universalistes, se voit suspectée de conservatisme. En science comme en philosophie, en art comme dans la mode, celui qui n'innove pas n'existe pas. Conséquence : une formidable et jubilatoire capacité d'innovation – absente dans les sociétés arc-boutées sur la tradition ou des vérités révélées –, mais un revers à la médaille : ce qui n'a pas de raison d'être peut exister malgré tout et plus que jamais. Et devenir veau d'or ou fausse monnaie.

Sur le cœur de cette problématique, à savoir : qu'est-ce qui est réellement progrès et qu'est-ce qui n'est pas progrès, sans doute faut-il faire preuve de davantage d'esprit critique. Et ce que nous dit, en tout cas, l'esprit critique – porté par l'esprit d'aventure dans son principe de liberté et de connaissance –, c'est qu'il ne faut pas associer par une sorte d'automatisme conventionnel les concepts de nouveauté et de progrès. Il nous dit de ne les associer qu'après examen, de passer chaque innovation au crible de la raison et à la toise du seul étalon de mesure qui vaille : l'homme. Cela revient à poser toujours la même question devant chaque nouveauté : quelle sorte d'homme produira-t-elle ? Et à décider seulement ensuite de la valeur de cette nouveauté. C'est reprendre le pouvoir sur les injonctions implacables de la technologie.

En ce qui me concerne pour ma vie quotidienne, je vois donc les choses de la manière suivante : si une nouveauté accroît ce que je pense être l'humanité de l'homme, je la prends. Si elle est neutre, je la prends éventuellement. Si elle abaisse son humanité, je la rejette. Et j'accepte par avance de me tromper dans la traque des faux progrès pour mieux mettre les vrais en valeur. Et si l'on me demande ce que j'entends par humanité dans ce raisonnement, je réponds encore la même chose : être un homme c'est exercer sa raison et ses facultés intellectuelles jusqu'à l'ultime d'entre elles : penser par soi-même. Car il me semble qu'il y a une forme de lien consubstantiel entre humanité et liberté conçue comme libre choix des contraintes. En somme, je plaide pour un nouvel existentialisme : l'humanisme combattant…

Dans l'exemple du livre numérique que nous avons abordé, s'il ne vient pas en remplacement du livre imprimé mais, au contraire, s'y ajoute, mon jugement sur le type d'homme qu'il peut produire est neutre. Donc je prends – du moins en certaines occasions. Quel est ton avis, Gérard ?

G. C. : Il n'y a pas de jugement à porter sur le livre numérique, si tu veux mon avis. C'est une avancée technologique qui permet, dans un petit espace, d'engranger beaucoup de texte. Au lecteur d'établir son choix. L'outil est particulièrement pratique pour les voyageurs, mais également pour les chercheurs. Sinon, fondamentalement, pour moi, d'une façon générale, il faut se libérer de la pression consommatrice à laquelle tout, dans nos sociétés, depuis l'enfance, tend à nous soumettre. L'esprit critique, ou plus simplement le sens commun, devrait d'abord se préoccuper de résister à la manipulation dont nous sommes les objets. Cela suppose un minimum de savoir. Idéalement, la famille devrait se préoccuper d'armer les enfants afin qu'ils puissent ne pas devenir des consommateurs passifs et coûteux. L'esprit critique se développe à travers le savoir. Internet est une avancée prodigieuse, qui permet un accès rapide à du savoir mais qui n'est pas le savoir, car celui-ci ne se limite pas à une information ponctuelle, comme l'a dit Patrice. Cela s'acquiert plus lentement, avec des efforts et du travail. Sinon, on n'a que des données fragmentaires, sans capacité de juger de leur pertinence. On est juste le produit d'un esprit du temps, fugace, et on se retrouve, des années plus tard, à peu près au même niveau, sans vue d'ensemble, myope, dans un monde insignifiant.

S. M. : Je pense aussi que c'est un leurre de croire que quand on dispose d'une prolifération d'information on possède le savoir. Avec Internet, par exemple, la grande question qui se pose est : comment trouver la juste information et quel degré de fiabilité lui accorder ?

G. C. : En effet, comment choisir entre telle et telle interprétation, et à partir de quels critères ? Il y a aussi le problème de l'assimilation et de la mémorisation. On ne fait plus cet effort puisque l'on sait où trouver l'information. Mais cela ne permet pas une réflexion très poussée.

P. F. : On ne peut effectivement juger de la qualité des sources d'information qu'avec un minimum de savoir préalable, de méthodologie, et seule la mémorisation autorise l'enchaînement correct des relations entre connaissances, c'est-à-dire l'acquisition du savoir véritable. En la matière, la facilité d'Internet est un miroir aux alouettes. C'est un outil très utile mais qui demande de l'apprentissage et dont il faut se méfier à chaque pas puisqu'il sert de vecteur aussi bien à l'information qu'à la désinformation.

S. M. : Pour faire un parallèle avec la littérature et l'édition : comment un éditeur constitue-t-il son catalogue, c'est-à-dire comment choisit-il ce qui va bénéficier de son label et qu'il va publier ? À travers les essais, par exemple en sciences humaines, il fournit une caution intellectuelle. Quand un lecteur achète un livre de tel ou tel éditeur, il sait quelle crédibilité lui accorder. Sur

Internet, tout le monde publie et quand on lit un article, on ne sait pas qui l'a écrit ni comment.

Il faut savoir aussi ce que l'on veut. On peut fantasmer sur des bibliothèques numériques entières qui feraient que nous n'aurions plus besoin de lieux publics. Certains grands opérateurs essaient même de nous vendre la notion de bibliothèque universelle qui permettrait de supprimer toutes les autres. C'est peut-être ce qui arrivera demain si on ne fait rien, avec le danger que cela représente pour la démocratie, mais il faut, de mon point de vue, résister à cette idée faussement généreuse.

P. F. : Dans ce cas, il ne faudrait pas confondre cet esprit de résistance avec une quelconque volonté conservatrice, mais y voir plutôt un effet de la lucidité que procure l'esprit d'aventure quand il s'engage dans le monde. Pour me faire comprendre, je vais forcer le trait avec un exemple caricatural : en 1940, les « collabos » du régime nazi en France ne considéraient-ils pas qu'ils « vivaient avec leur temps » puisque le changement c'était Hitler et que la modernité c'était sa révolution ? À leurs yeux, les résistants français étaient des sortes de conservateurs qui n'avaient rien compris au sens de l'histoire. On sait ce qu'il en est – et on connaît la suite…

Il peut donc être légitime de résister aux choses nouvelles quand elles dégradent l'homme ou mettent à mal l'image qu'on en a. Les tenants de la technologie sans fin, et sans frein, nous enjoignent de faire l'inverse puisque, par essence, ils évacuent le souci de l'homme.

Il y a donc un combat à mener pour qu'il y ait toujours des bibliothèques où les gens se rencontrent, pour qu'ils puissent continuer à échanger physiquement et intellectuellement entre eux dans des lieux privilégiés. La disparition des bibliothèques ne serait pas un progrès mais une perte. Dans ce domaine, cependant, j'ai confiance. L'attraction pour les rencontres virtuelles sera bientôt considérée pour ce qu'elle est : une mode passagère. Le besoin de contacts humains se maintiendra.

Dans l'immédiat, ce goût pour les choses virtuelles plutôt que réelles, l'évidence que ces deux mondes se côtoient sans se pénétrer vraiment, m'interrogent. Je me demande s'il n'est pas un avatar inattendu de la méfiance ancestrale des religions pour le corps et la chair. Toutes les religions nous enjoignent de nous écarter de ce corps où l'âme est prisonnière, et de cette chair haïssable sujette à toutes les passions, pour nous réfugier dans les arrière-mondes qu'elles offrent – arrière-mondes qui n'ont rien à voir avec celui d'un Platon qui, lui au moins, proposait un « monde des Idées pures ». S'il n'y avait pas, profondément ancré en nous, ce mépris inconscient pour tout ce qui est charnel, peut-être serions-nous beaucoup moins fascinés par tout ce qui est virtuel et donc opposé à la « vie vivante », comme le dit si bien un Jean-Claude Guillebaud[1].

G. C. : Tout cela est lié également au changement de sensibilité que nous constatons dans les sociétés

1. Jean-Claude Guillebaud : *La Vie vivante*, Les Arènes, 2011.

occidentales. On peut dater ce changement : je pense que la guerre du Vietnam, pour les Américains, marque le tournant.

P. F. : Tu penses que cela a un rapport avec la période post-héroïque que nous connaissons ?

G. C. : Oui, sans aucun doute.

4

Sophie Mousset : Qu'est-ce que vous appelez le post-héroïsme ? Vous en discutez comme si c'était une évidence.

Gérard Chaliand : L'héroïsme représente exactement l'inverse de la sensibilité qui est la nôtre aujourd'hui, fondée sur la victimisation. Si l'on veut être entendu désormais, il faut avoir un statut de victime ou parler en leur nom. C'est maintenant un thème central.

Lorsque je suis allé en Amérique latine pour la première fois, en 1961, l'image du conquistador était valorisée. C'était le personnage principal de la conquête, une geste héroïque menée par un très petit nombre d'hommes, un millier pour le Mexique avec Cortés, moins encore avec Pizarro, puisque quelque cent cinquante hommes qu'il dirigeait ont tendu l'embuscade la plus audacieuse de l'histoire, dont les conséquences ont été décisives pour la conquête du Pérou. Quand a été fêté le cinq centième anniversaire de l'arrivée de Christophe Colomb au Nouveau Monde en 1992, certaines des statues des conquistadors ont été déboulonnées. N'étaient plus honorées que les victimes indiennes. Je ne porte aucun jugement sur ce renversement de perspective. Je constate que le regard porté sur l'événement a changé.

Hier, seul le vainqueur importait. La douleur du vaincu n'était pas prise en compte. Trente ans plus tard, soit le temps d'une génération, le vainqueur n'est plus qu'un barbare ayant détruit une civilisation. L'apologie de la victime est devenue générale. De fait, le Mexique comme le Pérou et le reste de l'Amérique hispanique sont le produit violent d'une conquête suivie d'un processus de métissage culturel. Lorsqu'on veut manipuler aujourd'hui l'opinion publique, il faut désigner le bourreau, diaboliser l'adversaire, émouvoir sur les victimes. C'est l'une des conséquences de la Shoah. On voit ce phénomène à l'œuvre avec la Syrie actuellement. Bien sûr que le régime de Bachar el-Assad réprime. On verra comment se comporteront les vainqueurs. Mais les médias n'expliquent guère la finalité du conflit. La raison pour laquelle les Occidentaux et les sunnites de toute obédience sont unis pour liquider le régime, c'est d'affaiblir l'Iran. Je ne défends pas Damas. J'indique le sens du conflit et pas seulement ses péripéties.

Par ailleurs, le phénomène de victimisation trouve son origine dans la Seconde Guerre mondiale, quand la tragédie du génocide des Juifs devient un thème central à partir des années 1960.

Patrice Franceschi : Ce que tu dis sur l'origine du changement de sensibilité me semble exact mais n'empêche nullement la réalité de ce génocide et son caractère inacceptable, il ne faut pas l'oublier. Mais il est vrai aussi que, si l'on compare les héros d'hier à ceux d'aujourd'hui, nous sommes dans deux mondes réellement différents. Il y a là aussi un autre changement de paradigme qui s'ajoute à ceux dont je parlais tout à l'heure. Quels étaient les héros que l'on nous proposait dans notre enfance dans les année 1960 ? Du Guesclin, Bayard, Léonidas à la bataille des Thermopyles et beaucoup d'autres de la même étoffe. C'étaient des modèles d'énergie, de courage, de sacrifice. Ils sont passés de mode aujourd'hui dans les écoles. Et Léonidas est devenu une marque de chocolat…

Les héros, jusqu'à la génération qui nous a précédés, étaient essentiellement des guerriers : libérateurs si possible, mais conquérants également. Qui les a remplacés aujourd'hui ? L'abbé Pierre, mère Teresa, les organisations humanitaires, les défenseurs de l'environnement, et quantités de figures plus modestes qui s'occupent de victimes – quand ce ne sont pas les victimes elles-mêmes… Je ne porte pas là, évidemment, un jugement de valeur. Je me borne pour l'instant à constater un fait : le modèle héroïque guerrier a été entièrement éliminé – à quelques exceptions près quand une cause politique était encore défendable comme avec Che Guevara –, au profit de l'homme admirable au service des autres. Les grands sportifs et les comédiens célèbres complètent ce tableau qui est le reflet de la nouvelle sensibilité, dont Gérard parle avec justesse.

Mais le constat établi, il faut juger. À mes yeux, cette évolution de la sensibilité est positive sur le fond puisqu'elle a contribué à faire naître les sociétés policées que nous connaissons et dans lesquelles nous sommes heureux de vivre, surtout si nous comparons avec ce que nous voyons ailleurs. Il s'agit d'un progrès qu'il convient de perfectionner encore et de défendre à tout prix. Ce pourquoi il faut rappeler paradoxalement, mais de manière très nette, que la liberté que nous tirons de ce progrès mérite d'avoir encore des guerriers pour être défendue – et elle ne se défend qu'avec eux. Il y a une image du guerrier positif à revaloriser sans quoi aucun humanisme combattant n'est possible.

Cela dit, je dois noter que, pour l'heure, le « progrès de pacification » dont il est question est limité aux nations occidentales. Le modèle guerrier traditionnel continue de persister partout ailleurs et ce déséquilibre n'est pas satisfaisant. Il est même un problème fondamental hautement problématique. Car comment les autres sociétés nous voient-elles dans ce domaine ? Autrement dit, comment nous décryptent-elles à travers leurs propres *ethos* – car tout est là. Le découvrir est loin d'être un exercice de style, même et surtout quand on a passé une grande partie de sa vie dans des sociétés autres que la nôtre, comme Gérard et moi.

Dans la plupart des sociétés traditionnelles, ou à résurgences traditionnelles, soit l'immense majorité des sociétés non occidentales, nous sommes peu estimés pour tout ce qui touche aux valeurs héroïques. Aux yeux de l'Afghan de la montagne, du Somalien du Sahel ou du djihadiste de Syrie, nous ne valons plus grand-chose en tant qu'hommes de guerre véritables, autrement dit en tant qu'hommes tout court. Et ce n'est pas notre supériorité technologique dans le domaine militaire qui peut modifier ce jugement, tout au contraire.

J'ai un souvenir frappant et désolant à cet égard. Lors du lancement officiel à Paris il y a quelques années par le ministre des Postes de l'époque d'un timbre à l'effigie de Massoud, un Afghan n'appartenant pourtant pas à un parti extrémiste m'a dit, en s'amusant de la réception donnée à cette occasion : « Vous êtes quand même incroyables ! Vous allez jusqu'à mettre l'un des nôtres sur vos timbres ! Au fond, vous êtes comme des cachets d'aspirine à l'ancienne… Nous, nous sommes des cachets d'aspirine effervescents. » Et il me signifia d'un geste ce qu'il entendait par là : l'effervescence des siens les ferait gagner contre nous. Il était en guerre. Je me souviens de lui avoir répondu qu'il faisait là une drôle de comparaison. Il a éclaté de rire en ajoutant : « Votre société est devenue très molle. Nous, nous sommes toujours très durs. »

L'un des grands défis de nos sociétés post-héroïques sera donc, d'une part, de ne pas apparaître comme trop « mous » – puisque c'est ce terme qui est employé à notre égard – et, d'autre part, de pousser les sociétés non occidentales, chinoises, indiennes, arabes, africaines et autres, à suivre le même chemin que nous dans l'abandon des modèles guerriers. L'élévation du niveau de vie étant essentielle en la matière, tout comme la nature démocratique des gouvernements, on voit aisément le chemin à suivre mais assez mal la manière de s'y prendre. Car il s'agit de mener l'homme hors de sa pente naturelle, de l'éloigner de sa nature véritable – et cela a pris des générations pour nous. Si cette évolution se fait très tardivement chez nos voisins, ou pas du tout, nous aurons à nous inquiéter pour notre propre sécurité et il est bon de le rappeler avec lucidité. Mais je fais le pari que les nations émergentes verseront assez vite dans la commodité d'un certain « embourgeoisement » qui passera peut-être d'ailleurs par des révolutions sociales violentes.

G. C. : Pour ce qui est de notre nouvelle sensibilité, on en a vu nettement les effets en Afghanistan, par exemple. Nos opinions publiques n'admettaient plus la mort de soldats professionnels faisant leur métier. En dix ans, la France y a perdu moins de quatre-vingt-dix soldats. Il va de soi que l'on comprend l'extrême douleur des proches, mais en tant que phénomène national, cela semble refléter le fait que la mort dans une guerre faite par des volontaires est une anomalie, un accident scandaleux. Des parents protestent auprès de l'État et entament, ou veulent entamer, un procès parce que les conditions de sécurité étaient insuffisantes. En fait, l'Occident, depuis quelques décennies, tend à évacuer l'idée même de la mort.

Aujourd'hui, l'idée que la vie pourrait être comme indéfiniment prolongée provoque un rejet de la mort.

Or, sur le terrain, en Afghanistan ou ailleurs hors d'Occident, on se trouve en face de gens dont l'*ethos* demeure traditionnel. La mort fait intrinsèquement partie du phénomène de la guerre. Les motivations sont différentes et la véritable asymétrie n'est pas technologique mais idéologique. Comme en Afghanistan, dans des sociétés où la mort au combat paraît avoir un sens. Je ne porte aucun jugement là-dessus non plus, je constate. Je remarque que dans les sociétés industrielles la mort par accident de la route, beaucoup plus fréquente, paraît plus acceptable.

Autre chose : dans les guerres irrégulières d'aujourd'hui, un combattant occidental transporte un barda d'environ quarante kilos. Avec cela sur le dos, pas question de mettre en place une embuscade en terrain montagneux. En Algérie, les parachutistes qui étaient lâchés dans la nature afin de débusquer des insurgés étaient légers : une arme, des munitions et les jambes. Quand on se trouve face à des gens qui ont toujours connu la précarité, habitués à l'inconfort, avec une capacité très supérieure à encaisser la douleur physique, le problème n'est plus de soulever de la fonte à l'entraînement, mais d'avoir la capacité à serrer les dents dans des circonstances adverses.

S. M. : Tout cela n'est-il pas également lié à ce grand désir de l'homme de tout pouvoir prédire et organiser ? Puisque la mort, finalement, reste l'une des grandes inconnues, immaîtrisable.

P. F. : Peut-être… Mais je ne suis pas certain que les Occidentaux aient davantage peur de mourir qu'autrefois. C'est une crainte de toute éternité. Peut-être, en fait, ont-ils surtout peur de vivre. C'est ce qu'attesteraient toutes sortes de sondages qui nous disent que nous ne sommes pas plus heureux qu'autrefois alors que nous avons, a priori, tout pour l'être matériellement.

Quoi qu'il en soit, ce qui m'intéresse dans ce qui vient d'être dit sur la mort et la guerre asymétrique entre combattants occidentaux et insurgés des pays traditionnels, c'est que cela rejoint le modèle héroïque guerrier dans le déséquilibre existant entre les différentes sociétés de la planète – et la conséquence que cela peut avoir pour la sécurité des nations démocratiques occidentales. Je remarque, par ailleurs, que ces mêmes nations démocratiques sont les seules à désarmer par la réduction progressive de leurs budgets militaires – à l'exception encore des États-Unis. Partout ailleurs, on réarme, et parfois massivement. Pour l'instant, seule notre avance technologique et nos capacités en termes de robotisation du champ de bataille maintiennent un certain équilibre. Mais il ne durera pas.

G. C. : Il faut ajouter à ce constat la dimension démographique occidentale, dont l'opinion publique semble n'être pas consciente. En 1900, la proportion de ce qu'on appelait « les Blancs », de l'Amérique du Nord à la Russie, représentait 30 % de la planète. Il n'y avait que deux autres pays très peuplés, les mêmes qu'aujourd'hui :

la Chine, avec moins de 400 millions d'habitants, et l'Inde, avec quelque 250 millions. Le premier État non « blanc » était ensuite l'Indonésie avec 38 millions de personnes. L'Allemagne avec 60 millions d'habitants et les Britanniques comme les Français, avec près de 40 millions, dépassaient, bien que de peu, l'Indonésie, qui a 250 millions d'habitants aujourd'hui. À cette époque-là, le Brésil et le Nigeria avaient 17 et 18 millions d'habitants.

Aujourd'hui aucun État européen ne se classe parmi les dix premiers en termes de population. Ce bouleversement démographique a surtout eu lieu entre 1950 et 1985. Nous sommes alors passés de 2,5 milliards à 6, puis 7 milliards d'habitants. Le Nord ne représente même plus 15 % de ce total.

Cela certainement compte. Quand on n'a qu'un enfant ou deux comme chez nous, les pertes à la guerre sont plus durement ressenties que dans des sociétés comme la Somalie, le Yémen ou l'Afghanistan, où les femmes ont en moyenne sept enfants.

Lorsque je suis allé pour la première fois en Afghanistan, au printemps 1980, la population était évaluée à 15 millions. La dernière fois, lorsque je m'y trouvais en 2011, après trente années de guerre, cette même population avait néanmoins doublé. Les guerres que connaît l'Afrique subsaharienne, notamment autour des Grands Lacs, doivent aussi être reliées à ce phénomène de croissance démographique très vigoureuse, tandis que le développement économique reste relativement modeste.

S. M. : Dans nos pays développés, nous nous disons que si un enfant ne part pas à la guerre, il vivra. Dans les pays sous-développés, beaucoup d'enfants meurent en bas âge. Il y a en effet un déséquilibre, tout le monde ne pense pas la même chose à ce sujet, et nous ne devrions pas être les seuls à désarmer, les seuls à nous « ramollir ».

Il y a un autre phénomène : celui du vieillissement. Nos sociétés occidentales vieillissent terriblement. L'angoisse de la mort est forcément plus importante dans une société vieillissante.

G. C. : En effet, la proportion des gens âgés augmente. Il n'y a pas si longtemps il y avait dans les pays européens quatre jeunes pour un vieux. Nous atteindrons bientôt le rapport de un à deux. Les vieux, les retraités, augmentent. Cela pose de sérieux problèmes socioéconomiques. Au Japon, société endogame, le vieillissement est encore plus prononcé.

La seule société industrielle plus jeune que la nôtre est américaine, grâce à sa politique d'immigration infiniment plus vigoureuse que la nôtre. Ils étaient 80 millions en 1900, ils seront 400 millions dans une vingtaine d'années. À l'exception de la Grande-Bretagne, la France a fait un effort plus grand que les autres pays d'Europe dans le domaine de l'immigration, mais celle-ci reste timide en Europe et nous commençons à le payer parce que nous avons peu de jeunes pour soutenir l'effort économique. Encore faut-il qu'ils aient des emplois.

Nous sommes aujourd'hui dans une situation difficile et notre conservatisme nous fait perdre, au fil des décennies, le dynamisme qui est au cœur de l'esprit d'aventure. Nous manquons d'élan vital, il suffit de voyager dans l'Asie de la croissance économique pour mesurer à quel point. Ceux qui ont la mémoire longue savent ce qui a été perdu en matière de combativité. Depuis la première crise pétrolière, comme je l'ai signalé, nous avons vécu au-dessus de nos moyens, dans un monde dont l'ordre semblait stable. Nous étions au-dessus du reste du monde pour une période dont on n'imaginait pas la fin. Et puis la complexe réalité du monde a bougé plus vite qu'escompté et l'on doit désormais faire appel à la compétitivité, à la capacité d'adaptation, à la nécessité de faire face. Mais on évite d'aborder de front les difficultés. On réforme en oblique en lâchant à chaque fois du lest sur une mesure nécessaire. Avec une longue période de paix et après une relative prospérité pour ceux, majoritaires, qui étaient dans la machine productive, nos sociétés européennes, dont la France, particulièrement protégée, ont eu le sentiment que c'était acquis pour toujours. Maintenant, il faut payer notre conservatisme.

5

Patrice Franceschi : Tu viens d'évoquer à juste titre la question taboue de la démographie et de la surpopulation. Elle est centrale, tout comme l'effort des autres peuples pour nous dépasser – effort d'une puissance peu commune mais très compréhensible. Ces deux points forment un contraste prodigieux avec ce dont nous sommes capables en la matière. Hors le sport, ou ce qui s'y rapporte, l'effort ne semble plus faire partie de notre *ethos*. Comme le courage ou la valeur accordée au travail. Ce que j'appelle « l'esprit de commodité » a pris le pas sur « l'esprit d'aventure ». Mais je crois que la lutte éternelle entre ces deux pôles de l'homme, titanesque quoique invisible, n'est pas achevée. Elle est à l'œuvre depuis des siècles et elle peut encore être gagnée.

Sophie Mousset : On pourrait trouver ton discours sur le travail et le courage un peu rétrograde, non ?

P. F. : La valeur du travail et celle du courage ayant été, à une certaine époque, centrales chez les communistes et la plupart des révolutionnaires, mon discours serait plutôt de cette nature, tu ne crois pas ?… Mais peu importe, en réalité, car ces notions me semblent véritablement universelles si l'on veut bien observer l'histoire dans sa profondeur et les sociétés contemporaines dans leur détail. De toute façon, je vois mal comment nous pourrons faire l'économie de l'effort si nous voulons affronter victorieusement les défis innombrables qui nous attendent.

Gérard Chaliand : En Europe occidentale, nous avons connu un demi-siècle de paix et de sécurité. Contrairement à ce qu'on entend si souvent répéter, nous n'avons jamais été autant en sécurité qu'aujourd'hui. La première moitié du siècle dernier était bien différente à cet égard. De surcroît, pour la majorité des citoyens de l'Europe occidentale, la prospérité a été une réalité que les générations précédentes n'ont pas connue. L'État-providence, au lendemain de la Seconde Guerre mondiale, a bien changé les conditions de vie, y compris pour les couches populaires. Avec la crise, nous devons nous adapter à des conditions beaucoup moins favorables. Ce ne sera pas facile parce que nous y sommes mal préparés.

Les Américains n'ont pas connu l'État-providence, ce qui, je le constate, les a rendus plus combatifs que nous dans un monde plus cruel. Il faut tout de même une présence de l'État pour que l'injustice ne triomphe pas. Mais, il ne faut pas tomber non plus dans un assistanat total qui n'encourage pas l'initiative. Demain, nous n'aurons plus les moyens d'une telle protection ; c'est difficile à entendre et beaucoup de gens vont se retrouver dans la précarité, ce qui est d'ailleurs l'état habituel de l'espèce humaine. Nous n'y sommes pas préparés psychologiquement.

P. F. : D'où la nécessité de remettre à l'ordre du jour les quelques valeurs dont nous venons de parler. Naturellement, elles s'opposent à « l'esprit de commodité » qui cherche à faciliter toujours davantage la vie quotidienne. Même au prix de la dictature de la brièveté imposée par les nouvelles technologies.

Je voudrais poursuivre en plaidant maintenant pour une utilisation raisonnée de ces technologies, à l'opposé de ces deux extrêmes que sont la méfiance vis-à-vis de leur emploi et l'idolâtrie qu'elles provoquent. Le meilleur exemple à mes yeux est le GPS. Quelle commodité pour aller d'un point à un autre, n'est-ce pas ? Il n'y a pratiquement plus d'effort à fournir et l'esprit peut se consacrer à autre chose. Fort bien. Mais il y a deux niveaux dans cette affaire. Le premier, immédiatement visible, est effectivement celui de la libération de l'esprit. Il va de soi qu'il vaut mieux utiliser celui-ci à des tâches plus nobles que la pénible recherche d'une rue minuscule dans un quartier perdu de la banlieue parisienne… Le second niveau n'est pas instantanément perceptible mais il est plus sournois : c'est la perte de savoir induite par la commodité d'emploi. Car pourquoi apprendre encore à se servir d'une carte ou d'une boussole – sans parler d'un sextant –, si l'on peut s'en passer ? La question est légitime mais peut parfaitement se régler en faisant appel à l'effort plutôt qu'au consentement à l'ignorance. La réponse, alors, est d'apprendre *quand même* à se diriger sans GPS. Et de n'utiliser celui-ci *qu'après* l'acquisition de ce savoir. Dès lors, en réconciliant intelligence et technique par le biais de l'effort, on ne dépend pas d'une machine pour exercer sa volonté. On en redevient maître. Autrement dit, on accroît son autonomie, donc sa liberté. Dernier avantage, enfin : nous sommes en prise réelle avec le monde tel qu'il est dans sa complexité – dès lors il nous effraie moins car nous le comprenons mieux. L'effort vaut la peine d'être mené. Et il peut s'appliquer partout.

Cette façon de faire n'est rien d'autre qu'une extrapolation à la vie quotidienne de ce que l'école enseigne quand elle demande aux élèves de connaître leurs tables de multiplication par cœur alors que les calculettes existent depuis longtemps. Ou qu'elle continue d'exiger l'apprentissage de l'écriture cursive à l'heure des SMS et des ordinateurs. Je considère d'ailleurs que ces deux apprentissages pédagogiques, ces stimulants cognitifs, sont les meilleurs indicateurs de notre conception sociale du savoir. Si nous y renoncions un jour, comme certains le proposent ingénument, cela signifierait que nous avons cessé de vouloir être libres et autonomes. En d'autres termes, l'esprit de commodité aurait vaincu l'esprit d'aventure.

Dans le même ordre d'idées, et pour rejoindre ce que disait Gérard tout à l'heure, je voudrais insister sur la problématique de la mémoire dans l'exercice de la liberté. J'entends de plus en plus de gens demander pourquoi ils devraient continuer à mémoriser toutes sortes de choses alors qu'un clic de souris leur « apprend » en quelques secondes ce qu'ils souhaitent connaître. Ces gens ne voient pas d'objection à « externaliser » leur mémoire. L'irresponsabilité de cette attitude de commodité est pourtant patente. D'une part, cesser d'exercer ses facultés intellectuelles, donc régresser en tant qu'homme. D'autre part, augmenter sa dépendance vis-à-vis des détenteurs du savoir, donc perdre en liberté. Sans parler du fait que ce qui n'est pas assimilé par l'esprit ne contribue pas à la formation de l'individu, surtout lorsqu'il est très jeune, quand tout se joue.

En somme, il s'agit de ne pas dépouiller l'homme de sa prérogative centrale : celle de se construire par l'effort intellectuel, de se définir par la raison, et de pouvoir exercer sa liberté grâce à ses capacités.

Il est bon de rappeler ici que la notion de liberté est un concept de combat. C'est celui de la Révolution française. Il n'a pas d'autre limite que celle des autres. Il est à revitaliser dans les jeunes générations qui se consument dans la liberté de consommer. Nous y reviendrons.

En attendant, l'esprit d'aventure nous dit qu'il y a une joie à accepter que le monde soit complexe, puisqu'il est tel, et à tenter de le comprendre en fournissant les efforts nécessaires pour cela. Parce que c'est ce qui nous fait homme.

Refuser les fausses simplifications et les commodités factices pour accepter d'entrer dans la complexité du monde revient à considérer la vie comme une forêt tropicale surchargée de lianes et coupée de torrents abrupts que l'on prend malgré tout plaisir à franchir. À vouloir ôter ces obstacles pour avancer avec facilité, on se retrouve dans le désert…

G. C. : L'illusion du savoir est fréquente si l'on n'entre pas dans l'effort de connaissance. Par exemple, si tu demandes à quelqu'un : qu'as-tu lu sur la Mongolie depuis un an ? Rien ? Or, la Mongolie est un pays arriéré dans lequel, il y a moins d'un an, on a découvert d'énormes mines de métaux précieux, de charbon qui sont exploitées avec des capitaux étrangers, nord-américains, chinois et japonais entre autres. Ce pays est en train de devenir un nouvel eldorado et cependant qui le sait vraiment ? On a l'illusion de savoir ce qui se passe dans le monde. On peut citer dix autres pays sur lesquels on n'a que de rares informations, mais dans lesquels des phénomènes importants sont à l'œuvre. On ne les voit pas dans les dépêches d'agences qui apparaissent sur nos écrans, ni dans la plupart de nos journaux. À moins de s'intéresser réellement à ce qui se passe ailleurs, on n'est informé que sur l'écume des choses. Moi, ce sont les lames de fond qui m'intéressent.

Quand nous sommes-nous rendu compte de la montée économique des « émergents » ? Quand a-t-on réalisé qu'il y avait une réislamisation concertée du monde musulman ? Quand les États-Unis ont-ils compris que l'Afghanistan devenait un problème de sécurité ?

Nous avons des citoyens surinformés, mais peu capables d'analyses. Les médias en fournissent peu. La guerre civile de Syrie, par exemple, a montré pour l'essentiel des images dramatiques et des victimes. On a dénoncé un régime qui tuait ses propres citoyens. Mais quelle est la finalité de cette guerre ? Affaiblir l'Iran, l'Irak de Nouri al-Maliki, bref, les chiites. Le conflit sunnites contre chiites, qui est central, n'a été évoqué que de façon marginale durant deux ans. On ne joue que sur les émotions afin de manipuler.

P. F. : Néanmoins, l'information vraie existe et l'offre est immense. La question est : les gens veulent-ils toujours de cette offre ? Le choix de l'écume des choses dont tu parles, Gérard, est devenu une constante. De ce fait, cette offre continuera-t-elle à exister si plus personne ne s'y intéresse ? Cette question rejoint le rapport au temps qui est le nôtre aujourd'hui. La question est devenue : tout n'est-il pas urgent ? Comment faire pour communiquer un maximum ? Et même : comment doit-on aimer ? Comment doit-on parler ? Faut-il réellement être « multitâches » comme on nous y engage, alors que se concentrer à ne faire qu'une seule chose à la fois était, il y a peu, une vertu cardinale pour obtenir l'excellence ?

L'esprit d'aventure nous dirait plutôt de ralentir ce temps pour mieux le maîtriser. L'accélération a été une valeur du développement des sociétés industrielles.

Pour ceux qui veulent vivre pour eux-mêmes en restant propriétaires de leur existence, le ralentissement apparaît aujourd'hui comme la valeur cachée de notre nouvelle modernité. Ce désir de ralentissement du temps pour ces gens-là n'est pas un retour en arrière mais au contraire une revalorisation essentielle du temps supplémentaire dont nous disposons par rapport aux générations précédentes.

S. M. : D'autant que l'esprit critique a besoin de temps.

P. F. : Bien évidemment. Dit d'une manière plus politique, cela revient encore à vouloir être citoyen avant d'être consommateur. Cela revient à affirmer plus précisément que la commodité apportée par les nouvelles technologies doit se cantonner au rôle d'*outil* et ne pas se transmuter en *valeur* des temps post-héroïques. Cela revient aussi, d'un point de vue cette fois éthique, à refuser un certain type d'homme à venir, celui à qui l'on demanderait d'exercer le moins possible son intelligence et de ne plus avoir de goût pour les choses de l'esprit – jusqu'à le dispenser de la fatigue même de penser.

S. M. : Cet homme différent risque donc d'être un homme diminué ?

P. F. : Pas nécessairement s'il *décide* de ne pas l'être. Mais il faut admettre qu'il lui faut lutter contre ce que l'on appelle de manière très abstraite le « marché ». Ce dernier se passerait volontiers de citoyens, ces individus exerçant leur humanité. Ce qui l'intéresse, ce sont les consommateurs, ces individus exigeant de la commodité, du divertissement et de la sécurité. Le « marché » est sans doute l'ennemi principal de l'humanisme historique. On retrouve ici, de biais, le thème de l'argent.

G. C. : L'argent, c'est d'abord de la puissance et cela est peu résistible pour ceux qui préfèrent le numéraire à tout le reste. Pour ces gens-là, si tu ne gagnes pas de l'argent, tu es un perdant.

S. M. : Pouvez-vous définir ce que vous appelez le marché ?

G. C. : Le marché, lorsqu'il n'est pas totalement débridé, dérégulé, est de façon évidente plus performant que l'économie planifiée à la soviétique dans laquelle la bureaucratisation avait conduit à l'inertie. Par contre, le marché veut effectivement des consommateurs qu'il s'agit de manipuler. Il a aussi pour fonction de susciter de nouveaux besoins, d'inciter perpétuellement au désir. Peu de temps après le 11 septembre 2001, afin de pousser ses concitoyens à retourner à une vie quotidienne normale, le président américain George W. Bush déclarait : « *Go and shop.* » À mes yeux, c'est une des phrases emblématiques de l'époque. La vie est normale lorsqu'on peut « magasiner », comme disent les Québécois.

P. F. : Je ne sais pas jusqu'où va l'accointance entre le marché et les États – idée qui est en filigrane de ce que tu viens de dire, Gérard. Mais le piège de la consommation est là depuis assez longtemps déjà et c'est en partie contre lui que se révoltait une certaine jeunesse dans les années 1960. Je note, à ce propos, que l'on considérait à l'époque cette jeunesse comme très « moderne » alors qu'elle refusait un certain type de progrès.

Le piège de la consommation est bien connu et peut s'articuler de la manière suivante : si nous ne voulons pas de chômage, il faut produire de la richesse. Produire de la richesse, c'est consommer. Consommer, c'est réduire le chômage : la boucle est bouclée. Tout discours sur la sobriété, sur la décroissance, sur le fait que ce ne sont pas les biens matériels qui donnent un sens à la vie, risque d'apparaître comme rétrograde d'un point de vue économique – ou à tout le moins minoritaire.

S. M. : La spirale de la consommation effrénée semble inéluctable car si quelque chose s'arrête, tout s'effondre. On continue à courir dans notre petite cage.

P. F. : N'avons-nous pas commencé il y a longtemps déjà à construire cette cage, à édifier notre propre prison ? Mais, c'est vrai, avec le risque désormais de finir par produire un type d'homme radicalement opposé à tout ce que ses prédécesseurs avaient voulu pour lui. Nous pourrions dire alors : la modernité que nous attendions n'est pas venue. Une autre est arrivée à sa place et elle a tué l'homme. Il faut donc réinventer une modernité qui fasse l'homme davantage homme. Sinon, à quoi bon être moderne ? Autant rester au point où nous en sommes.

Cette question m'intéresse davantage que ce que pourrait être un monde seulement en décroissance consumériste. Mais qu'en pense Gérard ?

G. C. : On ne va pas apporter de réponse dans la mesure où nous ne savons pas ce que serait un monde sans croissance, ou s'il est souhaitable. On peut juste réfléchir pour savoir si on veut jouer sa propre vie selon ces normes, fondée sur la surconsommation, ou selon des critères plus conforme à notre conception de l'existence.

P. F. : C'est évident depuis le début de l'ère industrielle, au moins, mais pour aujourd'hui je suis frappé par la faiblesse de tout esprit de résistance organisée face à ce modèle consumériste. Les mouvements de contestation ne manquent pas. Cependant ils pèsent peu. J'y vois encore une conséquence de « l'esprit de commodité » et de l'avantage qu'il a pris dans son combat contre « l'esprit d'aventure » et la liberté incluse dans celui-ci.

Dans un domaine parallèle tout aussi important, je suis encore plus stupéfait de constater le peu de révolte que provoque l'installation progressive autour de nous de ce qu'il faut bien appeler désormais une société de surveillance généralisée. Nous l'avons abordé plus haut sous le seul aspect de la vidéosurveillance, mais la conjonction et la « mise en réseau » d'un nombre assez précis d'autres innovations technologiques met en péril nos libertés fondamentales et nos vies privées, par-delà les innombrables services que rendent ces innovations : la géolocalisation, les nanotechnologies, les puces RFID, la biométrie, les manipulations génétiques, les satellites, les drones, l'appropriation de nos données personnelles via nos cartes de crédit, nos cartes Vitale, les réseaux sociaux – et j'en oublie – font pourtant qu'il est devenu presque impossible de ne pas être en permanence suivi, tracé, fiché et traqué quand nécessaire. Je déteste cette idée que des gens que je ne connais pas puissent tout savoir sur moi et moi rien sur eux. Et j'éprouve une gêne sourde à me sentir filmé presque en continu dans les trains, les bus, les gares, les rues, les commerces, les banques… Et cela ne fait que commencer. Le rêve de la plupart des maires des grandes villes européennes n'est-il pas d'atteindre le plus vite possible l'objectif du zéro angle mort dans la capacité des caméras à filmer tous les citoyens au cœur de l'espace public ? Tant mieux pour ceux que cette intrusion dans leur être propre ne gêne pas, mais en ce qui me concerne j'y vois une atteinte à mon indépendance et à mon intimité. Dans ma jeunesse, je n'aurais jamais imaginé que nous aurions un jour à défendre, en pleine démocratie, cette part essentielle de nous-même – comme s'il fallait sauver l'homme de l'ultramodernité.

Alors oui, pourquoi aucune révolte des citoyens dans les urnes ou ailleurs ? Pourquoi aucune pétition, pourquoi pas le plus petit défilé dans les rues comme pour la fermeture d'une usine ou des hausses d'impôts ? Ne serait-ce pas parce que cette société de surveillance – encore jamais égalée dans l'histoire des hommes – fournit en contre-partie de la commodité et de la sécurité comme aucune autre société n'a pu le faire avant elle ? Moyennant quoi le reste peut être abdiqué, à commencer par la liberté.

La forme de liberté que j'ai expérimentée dans ma jeunesse est déjà une forme de liberté oubliée. Le combat des humanistes à venir sera centralement celui de la reconquête des parcelles de liberté que l'on nous ôte à chaque instant qui passe – pour notre bien, cela va sans dire. Peut-être ce combat futur sera-t-il même de réinstaurer dans les esprits l'idée que la liberté est autre chose que de consommer ce que l'on veut. Et qu'elle comporte une large part de risque auquel il faut consentir.

J'entends dire souvent : quelle importance tout cela peut-il avoir si l'on n'a rien à se reprocher ? C'est répondre à côté de la question qui est celle-ci, en vérité : cette société de surveillance ne bafoue-t-elle pas le principe même de la dignité humaine ?

6

Sophie Mousset : Prolongeons notre réflexion sur la télévision. Patrice, tu disais, en substance, qu'elle ne cherche plus à nous faire réfléchir, se contentant de nous donner une succession d'informations. J'irais plus loin. Ne trouves-tu pas qu'elle cherche avant tout juste à nous émouvoir ?

Patrice Franceschi : Il est certes plus commode d'émouvoir que de faire réfléchir. Il en a toujours été ainsi – comme dans la lutte entre « romantiques » et « rationalistes » autrefois –, mais le phénomène s'amplifie du fait de la massification – ce travers de la démocratie. On peut y voir une autre attaque contre la raison, c'est-à-dire encore une fois contre l'humanisme issu des Lumières.

L'homme libre et moderne se définit pour moi comme celui qui accorde un primat à la raison sur l'émotion. Mais l'un n'empêche pas l'autre. Comme dans le rapport entre tradition et modernité, ce qui compte, c'est la proportion.

S. M. : D'autant que s'émouvoir ce n'est pas résoudre des problèmes. C'est se donner bonne conscience.

Gérard Chaliand : Une bonne technique de manipulation.

S. M. : Patrice, tu viens de parler de la *massification* comme de l'un des travers de la démocratie. C'est un thème intéressant. La démocratie mène-t-elle à la massification ? Et qu'est-ce au juste que cette massification ?

G. C. : C'est ce qui fait la part belle à un bas dénominateur commun permettant la progression de la tyrannie du marché. C'est cette dernière qui contribue à la massification. Celle-ci est orientée vers la consommation, y compris à l'échelle culturelle. Le prêt-à-ingurgiter, que ce soient les films ou les livres, ou les idées répétées à satiété par les médias et le besoin de posséder ceci ou cela sont faits pour avoir le sentiment d'appartenir à une collectivité, aux mythes d'une époque, à un esprit du temps. C'est la tyrannie du marché à laquelle seule la culture permet dans une certaine mesure d'échapper.

P. F. : La démocratie poussée jusqu'au suffrage universel aurait dû élever le niveau général et nous permettre d'accéder à davantage de civilisation. Ce rêve s'est heurté à la réalité de la massification qui est une sorte d'accroissement de la démocratie mélangée à un égalitarisme qui n'a plus rien à voir avec l'égalité telle que la Déclaration des droits de l'homme et des citoyens issue de la Révolution française l'entendait.

G. C. : Pour ce qui est de la culture, le modèle américain, là encore, prévaut. S'il y a des îlots de culture magnifiques dans certaines villes et certaines universités, le niveau général dans le Midwest ou le Texas est d'une pauvreté culturelle abyssale, auprès de laquelle l'Europe paraît avancée. Michel-Ange en Europe, c'est le nom d'un artiste. Michelangelo dans le Midwest, c'est le nom d'une pizzeria. Je caricature à peine.

P. F. : Quand je pense que dans les pays communistes de l'Est, l'insulte suprême était : « sans culture » !..

G. C. : Aux États-Unis, c'est le contraire : « tête d'œuf ! », marque le mépris pour l'intellectuel. En URSS, on lisait beaucoup, ce qui n'était pas censuré, bien sûr.

P. F. : Dans les sociétés où le profit est le but principal, il n'y a pas à s'étonner que la culture ne soit plus un modèle enthousiasmant. Être cultivé, cela prend du temps, au détriment de la compétition pour les biens matériels. Comparée à l'humanisme du siècle des Lumières, l'époque paraît bien réactionnaire… Sans culture, on ne peut que tomber dans une sorte de désarroi.

G. C. : Tout cela est masqué par la marche triomphante de la haute technologie, il faut y revenir. Il y a quelque chose de prométhéen dans notre volonté de parvenir à abolir l'espace, le temps. Mais les utilisateurs qui maîtrisent ces techniques restent d'un niveau intellectuel élémentaire puisque c'est suffisant pour l'utilisation des outils qu'on leur met en main.

Sur l'idée démocratique elle-même, il faut inciter à lire Claude Lefort, Edgar Morin ou Castoriadis. Sans oublier Lucien Poirier en matière de stratégie. C'est un penseur de la complexité qui a peut-être deux mille lecteurs… dans le monde ! Les « irréguliers » sont évidemment mal entendus car non portés par une mode ou un mouvement. Et ils sont parfois en butte à la notion du « politiquement correct » qui empêche d'aborder certains sujets sur lesquels on ne peut même plus s'interroger. Il ne s'agit cependant pas de faire de la provocation, mais de parler vrai, en analysant l'état des lieux, sans idéologie.

P. F. : Gérard, j'aimerais que tu poursuives ta réflexion sur la mutation de la sensibilité dans nos démocraties.

G. C. : Concernant cette mutation, on peut la dater : 1983 à Beyrouth lorsque meurent dans un attentat 241 *marines*, ainsi que 58 parachutistes français. Peu après, Ronald Reagan, un président républicain, décide le retrait des troupes occidentales du Liban. Pour la première fois, les pertes de professionnels sur un théâtre secondaire ne sont plus acceptées par les opinions publiques des pays démocratiques. C'est la conséquence de la guerre du Vietnam où les États-Unis ont perdu 58 000 hommes au cours d'un conflit finalement impopulaire.

En 1991, lors de la première guerre contre Saddam Hussein, provoquée par son annexion du Koweït, des précautions importantes sont prises pour éviter les victimes dans le camp de la coalition, qui comprend plusieurs pays arabes. Les pertes de cette coalition atteignent quelque 350 hommes et, pour la première fois dans l'histoire des batailles, on ne publie pas le nombre de soldats irakiens morts au combat. La disproportion des pertes était considérable. Selon les estimations, les forces armées irakiennes auraient perdu entre 35 000 et 70 000 soldats, soit 100 à 200 morts irakiens pour 1 ou 2 victimes parmi les coalisés. Les opinions publiques occidentales auraient été choquées par l'ampleur des pertes de l'adversaire. On n'a donc rien publié, alors que la tradition, depuis des siècles, était de grossir les pertes de l'adversaire.

S. M. : On en vient à l'idée de « guerre propre », la « guerre zéro mort », avec des frappes dites « chirurgicales ».

G. C. : Il reste tout de même ce que l'on nomme par euphémisme les « dégâts collatéraux ».

P. F. : Il est clair que là aussi nous avons changé de paradigme. Il suffit de songer aux pratiques des différents belligérants de la Seconde Guerre mondiale pour s'en rendre compte. À l'époque, on cherchait encore à massacrer le plus de civils possible chez l'adversaire – depuis les bombardements massifs sur les villes d'Allemagne jusqu'à Hiroshima, en passant par les camps d'extermination nazis. Et pourtant, les sociétés qui se comportaient ainsi avaient aussi produit Mozart ou Shakespeare.

S. M. : Ne serait-ce pas justement une conséquence de ces guerres terribles si, aujourd'hui, nous ne supportons plus tous ces massacres ?

P. F. : J'aimerais que tu dises vrai, mais après la Première Guerre mondiale on affirmait déjà que ce serait « la der des ders ». On avait juré qu'il n'y aurait plus jamais de boucherie aussi sanglante. Moins de vingt ans plus tard, on recommençait. J'ai plutôt le sentiment que ce sont l'élévation du niveau de vie, le confort, l'apparition des loisirs, tous les progrès de cette sorte, qui ont provoqué cette mutation de la sensibilité poussée parfois jusqu'à son travers : la sensiblerie. Elle est l'une des raisons pour lesquelles les Occidentaux d'aujourd'hui mènent si mal leurs guerres à l'étranger et les perdent avec une telle constance. Qu'on le veuille ou non, un peuple qui se soucie de ne plus tuer des taureaux dans des arènes ou se tourmente pour la psychologie de ses chiens est moins apte à mener la guerre qu'un peuple qui ne s'en préoccupe pas. C'est ainsi, même s'il n'est pas politiquement correct de l'exprimer publiquement.

G. C. : Shakespeare dit : « *Peace and plenty breed cowards.* » La paix et l'abondance produisent des couards.

S. M. : Dans ce que vous dites, on pourrait penser qu'il y a un bienfait à la guerre ?

P. F. : Je ne dirai jamais cela. Je me borne à constater sans juger, avec Gérard ou Shakespeare, que les périodes de guerre produisent par essence et nécessité des hommes plus virils que ceux produits en période de paix. On voit mal comment l'inverse serait possible. Ce serait travestir la vérité que de le nier, et s'interdire de comprendre ce qui se passe autour de nous.

S. M. : C'est le mot « couard » qui gêne, qui est dérangeant car il est synonyme de « lâche ».

G. C. : Le stratégiste s'occupe d'abord de constater la présence du phénomène « guerre » tout au long de l'histoire. La paix convient plus particulièrement à ceux qui profitent du *statu quo*. Nous, européens, étions satisfaits durant la première partie du XXe siècle. Nous étions politiquement et militairement puissants. Le monde colonial était dominé par une poignée de puissances européennes. Lorsque la Seconde Guerre mondiale éclate en Asie, à la fin de 1941, en tout cas pour les puissances blanches, et que les Japonais battent les Américains aux Philippines, occupent l'Indochine française, défont les Hollandais en

Indonésie puis les Britanniques en Malaisie et jusqu'en Birmanie, les colonisés, leurs élites du moins, se félicitent de voir la domination blanche prendre fin et préparent l'avenir en organisant les mouvements de libération nationale qui sont également antijaponais. La guerre leur permet de remettre en cause un *statu quo* qui ne leur était nullement favorable. Bien sûr, la paix est souhaitable et bienvenue. Mais la paix au profit de qui ?

P. F. : Si l'on veut comprendre les rapports de force qui régissent les nations depuis qu'elles existent, afin de les pacifier à terme, il ne faut pas confondre ce que l'esprit voudrait, d'un point de vue éthique, et le monde réel, tel qu'il est dans sa vérité toute crue. En l'état actuel des choses, il y a d'un côté les Occidentaux qui, après des décennies de paix chez eux, sont habités d'une sensibilité exacerbée et imaginent mal voir la guerre surgir à nouveau sur leur territoire, et de l'autre de nombreux peuples beaucoup plus rudes de ce point de vue, et pour lesquels la guerre et la paix ont encore un sens atrocement concret. Je dis juste cela.

S. M. : Il y a aussi le fait que les Occidentaux d'aujourd'hui ne font la guerre qu'à l'extérieur de leurs frontières.

P. F. : C'est en effet un point important, car dans les guerres récentes que nous avons perdues – à l'exception du Mali (2013), mais c'est un cas tout à fait à part –, aucun élément essentiel pour nos sociétés n'était engagé, juste quelques intérêts plus ou moins périphériques. Cela change le niveau de la motivation. Mais que se passerait-il si nous étions envahis militairement chez nous ?

G. C. : Dans cette hypothèse, hautement improbable, il va de soi que la guerre serait perçue de façon tout à fait différente dans la mesure où nous serions pleinement concernés dans nos intérêts vitaux. La dernière fois où nous avons été mêlés à un conflit dans lequel nous étions véritablement impliqués remonte à la guerre d'Algérie. Une guerre qui ne disait pas son nom et qui se passait dans des départements juridiquement français mais dont les habitants, du moins les musulmans, les Arabes, comme on disait alors, ne se considéraient pas comme faisant partie de la France, ce qui était le cas des Français d'Algérie. Il s'agissait de la seule colonie de peuplements que possédait la France. La population locale avait été dépossédée des meilleures terres et n'avait pas, loin de là, un statut égal aux « pieds-noirs ». L'inégalité était flagrante à tous égards.

Cela s'est soldé par un conflit multiforme, entre Algériens, entre Français aussi, d'une extrême violence. Il s'est terminé par des massacres et des exodes massifs. Il s'agissait d'un conflit où nous connaissions le terrain et les données culturelles. Comme auparavant en Indochine ou comme les Britanniques en Malaisie. Étrangers sans doute, mais insérés dans le pays, le connaissant dans une certaine mesure et jouissant d'alliés locaux de longue date

En Irak ou en Afghanistan, dans les guerres néocoloniales d'aujourd'hui, les troupes occidentales ne savent à peu près rien des cultures locales. Les soldats sont de passage, tout au plus pour un an, quand ce n'est pas six mois, comme les alliés de l'OTAN. Le général américain McChrystal, dans son rapport publié en 2009[1], remarquait que 90 % des troupes américaines ne sortaient que rarement des bases. En d'autres termes, les hommes sont comme en transit, mangeant leur propre nourriture qui arrive des États-Unis, buvant de l'eau importée. Ils restent entre eux. Le terrain leur est étranger et les rapports avec la population, vu la barrière de la langue, pour n'évoquer que celle-ci, sont minimaux et méfiants, sinon hostiles. Dans un contexte de cette nature, les guerres irrégulières ne peuvent être gagnées, surtout lorsque le régime que l'on soutient est corrompu, impopulaire et inefficace. On finit par se demander ce qu'on fait là et au profit de qui.

P. F. : Le soldat occidental d'aujourd'hui n'est plus apte à combattre longtemps loin de chez lui, ne serait-ce que pour des raisons familiales. Quelques mois d'absence suffisent pour que les taux de divorce grimpent. C'est un fait relativement nouveau qui correspond lui aussi à la mutation de la sensibilité dont nous parlons depuis tout à l'heure. Les états-majors doivent désormais gérer ce type de problème, plus rare autrefois.

1. *Washington Post*, septembre 2009.

Dans des guerres de longue durée, quand il faut tenir la distance, c'est un handicap majeur. On essaie de le compenser par des bulles de confort sur le terrain de guerre lui-même, mais elles ont leurs limites et sont coûteuses en non-combattants.

S. M. : Alors est-ce que la notion de « ramollissement » (quel horrible mot !) est liée à cela ou est-ce que la société d'aujourd'hui et la façon dont nous vivons ne nous rendent plus capables d'autre chose ?

P. F. : Tout est lié, il me semble. Ce qui mène à constater aussi l'accroissement de la fragilité biologique et psychologique de l'homme occidental en dépit, ou à cause, des progrès sanitaires qu'il a connus et de l'amélioration générale de ses conditions de vie. Pour les mêmes raisons, la résistance à la souffrance a nettement diminué. Je ne crois pas qu'il existe encore un seul soldat français capable de rester quatre ans dans une tranchée comme avaient pu le faire ses aïeux en 14. Dans les sociétés traditionnelles, la dureté de la vie est encore la norme et cela ne produit pas le même type de combattant. Le Chinois de demain, si la Chine continue sa croissance, ne ressemblera plus à celui d'aujourd'hui, au garde-à-vous dans les usines, payé au lance-pierre et préparé aux plus grandes souffrances de la guerre. Il sera similaire à l'homme occidental, dans sa fragilité comme dans ses exigences de vie – et c'est tant mieux. Le jour où les Somaliens auront eux-mêmes atteint ce niveau de développement, ils « muteront » de la même manière. La probabilité des guerres diminuera considérablement lorsque nous n'aurons plus que des sociétés d'abondance sur toute la planète.

Si je reprends la citation de Shakespeare signalée par Gérard, on pourra dire alors avec satisfaction que la Terre est peuplée de 9 ou 10 milliards de couards qui s'entendent à peu près entre eux, n'ayant plus aucun intérêt à porter leurs différends au paroxysme…

En attendant, les déséquilibres s'accentuent et il n'est pas raisonnable de désarmer tant que les autres peuples ne nous ressemblent pas.

G. C. : Je suis fortement partisan d'une capacité de défense et de disposer de moyens militaires. Un État doit pouvoir compter sur lui-même à cet égard. Depuis bientôt quarante ans, l'Europe a très peu fait dans ce domaine. On a au contraire réduit les budgets au fil du temps, comme le rappelait Patrice. Après la chute de l'Union soviétique, il eût fallu, compte tenu d'une réalité toute nouvelle, réexaminer la situation. Le rival avait disparu. Au lieu de cela, nous nous sommes imaginé que nous entrions dans une ère de plus en plus démocratique et, par voie de conséquence, moins conflictuelle. En 1991, il était temps de repenser la situation : l'Europe, sa défense, la définition des intérêts propres en marge de la nécessaire alliance avec les États-Unis. Rien n'a été fait sinon la réduction de nos budgets militaires et une extension de l'Europe jusqu'aux frontières de l'ex-URSS et si possible au-delà – Ukraine, Géorgie, etc. Nous avons été incapables de gérer la crise et les conflits de l'ex-Yougoslavie quinze ans plus tard.

La Libye, par exemple, a été une opération menée grâce au pilotage des États-Unis en matière d'observation, de ravitaillement en vol, voire en matière de missiles. Deux pays qui faisaient trembler le monde il y a soixante-dix ans, la France et la Grande-Bretagne, ont mis sept mois pour mettre à genoux un État de quatrième catégorie et de 6 millions d'habitants, dont la moitié au moins était hostile au régime. Par ailleurs, les états-majors européens annonçaient qu'ils n'avaient plus les moyens de continuer si le conflit devait se prolonger encore quelques mois.

Et je n'aborde pas ici les dommages collatéraux prévisibles comme la déstabilisation du Mali voisin et, par voie de conséquence, les répercussions sur le Niger et sans doute ailleurs au Sahel.

La dimension sociale de la stratégie est aujourd'hui devenue essentielle. Dans les guerres irrégulières, le centre de gravité n'est plus constitué par les forces armées de l'adversaire mais par l'opinion publique des pays démocratiques. Celle-ci veut des victoires rapides, peu coûteuses en hommes, alors que l'on est, par définition, dans des guerres d'usure.

En fait, en Afghanistan, nous avons assisté à la dernière guerre irrégulière comportant une présence massive au sol de troupes occidentales. Désormais, les états-majors occidentaux n'opteront plus que pour des opérations coups de poing effectuées par des forces spéciales, avec un appui aérien adéquat, dans des conflits par alliés interposés – comme en Somalie où ce sont des troupes africaines, payées par les États-Unis, qui combattent, on appelle cela *wars by proxy* –, ou pour des opérations menées par des drones.

En somme, on ne peut plus concevoir d'action militaire sans tenir d'abord compte de la fragilité de l'opinion publique. Sinon, on subit très vite des protestations d'une opinion publique qui s'attend à un succès rapide et qui trouve que cela coûte trop de victimes et trop d'argent.

Il ne faut pas considérer les partisans d'un budget militaire élevé comme des va-t-en-guerre. Il est normal de posséder des forces armées disposant de moyens adaptés aux situations conflictuelles. Ce qui est étrange en Europe, c'est que la plupart des États, Grande-Bretagne et France exceptées, ont confié leur sécurité à un tiers, les États-Unis. L'Europe l'avait fait au lendemain de la Seconde Guerre mondiale, tandis qu'elle était ruinée. Depuis, elle s'est relevée, sa population et ses moyens économiques sont devenus supérieurs à ceux de l'URSS, mais très peu a été fait pour consacrer davantage de moyens à la défense. Après l'effondrement de l'Union soviétique, il n'y a eu aucun changement, sinon dans le sens de la réduction.

On a pu mesurer l'impotence de l'Europe en ex-Yougoslavie en 1993 et, six ans plus tard, au Kosovo. Et lorsque l'Espagne et le Maroc ont eu un différend à propos de leur souveraineté sur un îlot, ce sont les États-Unis qui sont intervenus pour arbitrer.

P. F. : En ce qui concerne la Libye, je note au passage, quand même, qu'elle n'a provoqué aucune perte dans les rangs de la coalition occidentale. Pas un seul de nos soldats tué… En d'autres termes, nous avons assisté à la toute première réussite du concept de « guerre zéro mort » par celui qui décide de ne pas en avoir. Même si c'était un cas de guerre assez particulier, qui a demandé du temps pour la victoire, il a abouti – aussi – à ce résultat incroyable qui doit nous faire réfléchir sur les conditions de possibilité des guerres sans pertes humaines chez celui qui en a la volonté.

Il n'empêche qu'il y a très clairement un désintérêt des Européens pour leur sécurité et leur défense, et qu'il est aussi clair que les guerres du genre de celle de la Libye sont extrêmement rares – celle du Mali peu de temps après l'a démontré. Ce désintérêt me semble dû également au fait que les Européens ne croient plus la guerre possible chez eux. Comme, de surcroît, l'idée même de nation, de patriotisme ou de drapeau – valeurs républicaines et démocratiques, s'il en est – est suspectée d'archaïsme ou d'appartenir au champ lexical de l'extrême droite, on voit mal comment renverser la tendance pour maintenir un effort militaire conséquent. C'est d'ailleurs un profond étonnement pour moi de me dire qu'autrefois Jaurès brandissait à tout bout de champ la République, le drapeau, la défense de la patrie, et qu'aujourd'hui ses prétendus successeurs ont abandonné ces valeurs à qui voulait s'en emparer. À gauche de l'échiquier politique français, il n'y a guère que Ségolène Royal pour rappeler que la patrie ou la nation appartiennent à tout le monde. Et Arnaud Montebourg pour parler de « patriotisme économique », nécessité faisant loi sans doute…

G. C. : Ce renversement s'est effectué en grande partie à cause des guerres coloniales.

P. F. : Sans aucun doute si tu parles des plus récentes, l'Indochine et l'Algérie. Mais n'y a-t-il pas une raison supplémentaire, encore plus profonde ? Le fait, par exemple, que l'homme occidental ne s'aime plus ? Ce désamour est patent. Le genre de petit défaut aux conséquences incalculables. Si nous n'avons plus l'estime de nous-mêmes, à quoi bon nous défendre ? Pourquoi mettre tant d'argent et de moyens dans une armée si ce que nous avons à défendre n'a plus guère de valeur à nos yeux ? Il me semble que l'élucidation de bien des maux de notre société trouve son explication dans cette mésestime de notre moi collectif. Il fut un temps, aux alentours de la seconde moitié du XIXe siècle, où à coup sûr nous nous aimions trop. C'était le sabre à la main que nous voulions porter partout les vertus de notre civilisation – la fameuse mission civilisatrice de la France. Depuis un moment déjà, nous avons basculé en sens opposé, lentement mais sûrement, et le processus me semble encore en cours. Les raisons sont de tous ordres, mais le fait que nous ayons, sous la pression des philosophies déconstructivistes, abandonné intellectuellement dans notre imaginaire collectif le « sujet » cartésien, libre et raisonnable, ordonnant le monde par la seule puissance de son esprit, transparent à lui-même et joyeux jusque dans l'application du doute, a certainement joué un rôle important, avec la culpabilité du colonialisme et de notre passé en général.

Aujourd'hui, les nations occidentales sont bien les seules dans le monde à ne plus être fières d'elles-mêmes, à l'exception notable des États-Unis.

Sur ce sujet sensible, une chose m'a toujours frappé dans les conférences que je pouvais faire autrefois après mes expéditions chez les Pygmées, les Papous ou les Indiens. On me posait toujours la même question : « Vous n'avez jamais craint de les déranger, de leur apporter des maladies, des besoins nouveaux, de mauvaises habitudes ? » J'étais dans la position du pollueur qui devait se justifier. Jamais on ne me demandait si nous avions eu un effet bénéfique. Longtemps j'ai été sur la défensive. Je répondais que nous faisions très attention, que nous étions toujours très peu nombreux à venir les rencontrer, que nous ne restions pas longtemps et ne laissions aucune trace de notre passage. Je m'excusais presque. Jusqu'au moment où j'ai compris que cette question récurrente traduisait la vision essentiellement négative que mes interlocuteurs avaient de notre civilisation commune. À leurs yeux, nous ne pouvions en aucun cas avoir un effet positif sur des hommes différents de nous – ce qui n'était d'ailleurs pas notre but premier. J'en ai conclu que ce basculement à 180 degrés dans notre fierté collective était une conséquence, parmi d'autres, de ce passage aux temps post-héroïques dont nous parlions tout à l'heure. Je me suis mis alors à répondre ce que je pensais profondément, à savoir qu'il y avait un droit des peuples à se rencontrer et à échanger, que le progrès social ne nous était pas réservé, et que ces hommes nous demandaient toujours de revenir, ce qui devait bien signifier quelque chose.

Penser que l'homme occidental ne peut plus rien produire de bon est excessif. Au point où nous en sommes, il me semble que nous aurions intérêt à tenter une réhabilitation de notre vision de nous-mêmes en tant que société. Nous sortirions à coup sûr de notre désenchantement actuel qui n'est peut-être, au fond, qu'une lancinante dépression collective.

G. C. : Avec le recul du temps, il ne faut être ni dans le masochisme ni dans la repentance. Il faut essayer d'établir un bilan équilibré. Le colonialisme a été oppressif. Il était fondé sur l'exploitation et était porteur d'humiliation. Le social-darwinisme était la justification pseudo-scientifique de la supériorité du Blanc et de sa civilisation. Cela dit, les Européens rencontraient des sociétés exclusivement despotiques et souvent figées par rapport au dynamisme qui caractérisait les États d'Europe occidentale. Bon gré, mal gré, des idées circulaient, notamment lorsque de jeunes colonisés se rendaient en Grande-Bretagne et en France où ils pouvaient juger de la différence entre leurs statuts et celui des citoyens des métropoles. Ils voyaient qu'on pouvait changer bien des choses, non seulement par rapport au statut colonial, mais par rapport au régime qu'ils avaient connu avant la brutale immixtion des Blancs.

Le véritable choc des civilisations s'est passé entre le XIXe siècle et les lendemains immédiats de la Première Guerre mondiale. Les élites d'Asie ou du pourtour méditerranéen découvraient la notion de nationalisme moderne qu'elles allaient par la suite véhiculer aux couches populaires. C'est pourquoi les mouvements contestataires de l'ordre colonial s'appelleront « mouvements de libération nationale ». La Seconde Guerre mondiale va beaucoup contribuer à répandre ces idées grâce au chaos qu'elle provoque et qui permet d'échapper au contrôle des colonisateurs, provisoirement vaincus par les Japonais.

Grâce au chantage de la culpabilité, on peut toujours, avec des démocraties, marquer quelque avantage. L'observateur ne peut manquer de remarquer que les dictatures, elles, ne s'excusent pas. La repentance est d'origine chrétienne et, en politique, on n'est pas dans l'univers du religieux. L'établissement rigoureux des faits, autant que faire se peut, me paraît préférable. Cela vaut mieux que la perte d'estime de soi dans le cadre d'un esprit du temps dans lequel le fait d'être victime est devenu un statut enviable, sinon rentable.

Ce qui me frappe dans nombre de jugements, c'est l'anachronisme. En vouloir à Platon parce qu'il ne fait pas à la femme la place qu'elle mériterait dans la cité ? Ou à Aristote parce qu'il n'a pas condamné l'esclavage ? Aujourd'hui, tout le monde, ou presque, est anti-esclavagiste. C'est très bien, mais ce qui importe c'est qui l'était, en France, à l'époque de l'esclavage ? Condorcet, Brissot, Olympe de Gouges et quelques autres. Dans l'Antiquité, le vaincu était réduit en esclavage. C'était la norme.

P. F. : Quoi qu'il en soit, il nous faut reconquérir une juste estime de nous-mêmes si nous voulons affronter les temps nouveaux. Comme cette estime ne peut pas surgir d'une simple décision incantatoire, elle ne pourra émerger qu'à la condition de la mériter par nos actions collectives futures. Ce n'est pas un but inintéressant... Ces actions collectives restent sans doute à définir, mais il s'agirait là d'un indéniable progrès. De toute façon, si nous n'avançons pas dans ce sens, rien ne nous permettra de continuer à exister au niveau d'indépendance et de prospérité relative que nous connaissons encore. On ne peut pas redresser une économie ou une armée sans se sentir fort et estimable en tant que collectivité.

D'autre part, comment redonner vie à un minimum d'esprit civique si nous méprisons notre manière de vivre ? Ou si nous estimons que notre culture a peu de valeur ? Comment remettre en marche l'intégration des immigrés sur notre sol si nous ne croyons pas au modèle de société que nous leur proposons ? Comment y croiraient-ils eux-mêmes ? Comment nous est-il possible également de résister en tant que société ouverte aux ennemis des sociétés ouvertes si nous nous méprisons ? Le suicide des nations, cela existe.

G. C. : Il faut parler clairement en la matière. Ne pas dissimuler des réalités sous des circonvolutions. Ne pas craindre de dénoncer au lieu de travestir, de minimiser ou de se taire.

P. F. : À cet égard, je me souviens des années 1990 où l'humanitaire d'État existait encore et était attaqué de tous côtés par le biais de ces travestissements intellectuels dont tu parles. À l'époque, j'estimais que l'État était beaucoup trop présent dans certains domaines – par exemple la réglementation de la vie privée – et bien trop absent dans d'autres secteurs – par exemple la régulation des marchés. Je militais donc avec Kouchner pour un humanitaire d'État capable de changer un tant soit peu celui-ci de l'intérieur. Le pari était assez fou, j'en conviens, mais il méritait d'être tenté, surtout avec un gouvernement de gauche, même si je comprenais que cette tentative puisse être condamnée par certains de nos camarades dans son principe même. Mais enfin, cet humanitaire d'État était le résultat de la démocratie et du suffrage universel et aucun argument ne pouvait invalider ce fait. Il était donc, d'une certaine manière, plus légitime que les associations qui le condamnaient car celles-ci n'étaient jamais que des institutions auto-proclamées – et aucun argument ne pouvait non plus invalider ce fait. Mais la diabolisation de l'État était déjà telle dans les esprits que rien ne pouvait aller à l'encontre de l'idée dominante selon laquelle il n'y avait rien à en attendre de bon. Selon cette idée qui n'a guère varié, c'étaient les associations qui représentaient le mieux les citoyens et elles avaient l'apanage du bien. Cette pensée n'était pas limitée à la France. On la trouvait dans tous les pays démocratiques, comme un effet secondaire et inattendu de la mondialisation.

7

Sophie Mousset : Aujourd'hui, la notion de mondialisation est vue comme quelque chose de complètement négatif. Elle n'est pas liée à la connaissance de l'autre, elle ne concerne pratiquement que l'économie ou la politique, c'est-à-dire la peur de l'autre.

Gérard Chaliand : On n'a jamais parlé davantage de mondialisation que depuis quelques années, mais qu'est-ce que cela signifie pour la majorité du public ? Des délocalisations, des pertes d'emplois qui, ailleurs, reviennent moins cher ? Est-ce qu'on lui explique que la première globalisation, du VIIIe au XVe siècle, a essentiellement été le fait des musulmans dont le vecteur principal était l'océan Indien ? Des côtes du Sud arabique à Malacca, et jusqu'à Java et à Canton, ils pouvaient faire des allers-retours en moins d'une année grâce aux vents de la mousson. Que nous explique-t-on de la culture chinoise et de leurs navigations jusqu'en Afrique orientale à une époque où les Portugais étaient à peine à Madère ? De la culture indienne ? Que nous explique-t-on à part quelques clichés plus ou moins dépréciateurs ?

Il devrait être très important de connaître tout cela pour la compréhension du monde en train de se recomposer. Il n'y a pas que l'économie qui compte, même si elle est centrale dans la redistribution des richesses et des places occupées par les uns et les autres.

Il nous faut non seulement des spécialistes, mais des élites qui connaissent autre chose que l'Occident. Nous devrions développer plus d'ouverture sur le monde. La mondialisation, il faudrait qu'elle s'opère dans les esprits. Au contraire, je constate qu'en France nous sommes en train de nous provincialiser. Et nous ne sommes pas les seuls. En Europe continentale, on n'a que peu d'échos de ce qui se passe entre l'Inde et le Japon où vivent plus de 4 milliards d'individus.

Patrice Franceschi : C'est exact. Et la peur de l'autre dont parle Sophie, est née sans doute parce que cette globalisation s'est faite dans la violence – et ne pouvait sans doute pas se faire autrement au cours de ces époques reculées où elle était une composante quasi normale de la vie, comme encore aujourd'hui dans beaucoup de régions de la planète. Pour compléter ce qu'a dit Gérard sur la profondeur historique de la mondialisation, précisons qu'elle prend un essor décisif en 1492 avec la découverte de l'Amérique. Commence alors pour de bon le déploiement progressif mais irrésistible des Européens dans le reste du monde – ce qui va les amener à le dominer pour plusieurs siècles. L'élan décroît au cours de la première moitié du XXe siècle, stoppe après la Seconde

Guerre mondiale, et il suffira des trois dernières décennies de ce même siècle pour que ces Européens, dont nous sommes, perdent pied. Aujourd'hui, le rapport de force n'est plus en notre faveur et une sorte d'effroi s'empare graduellement de nous. Aucun de nos dirigeants n'avait imaginé un tel basculement.

Jusqu'à cette prise de conscience, nous vivions comme si l'histoire s'était arrêtée et nous contemplait avec ravissement. Pourtant, il va falloir s'habituer à ne plus être seuls sur le podium. Et consentir à nombre d'efforts pour ne pas en être éjectés. Il n'est pas impensable qu'à moyen terme nous permutions notre place avec celle qu'occupaient ceux que nous dominions il y a peu encore. Dans l'histoire des peuples, il y a rarement cohabitation sur ce sujet… Et je ne vois pas grand-chose pour le moment qui puisse changer cet état de fait.

Reste les États-Unis qui sont manifestement un cas à part parmi les nations démocratiques d'Occident.

G. C. : S'il n'y avait pas les États-Unis, sur le plan tant militaire qu'économique, avec leur dynamisme, leur capacité d'innovation, leur impact culturel au sens large, nous serions en mauvaise posture. Et pourtant, en Europe, nous avons le potentiel économique, financier et humain… Manque la volonté. Peut-être qu'acculés à faire des choix, finirons-nous par nous réformer, car les sociétés, en général, ne changent qu'en dernière extrémité.

P. F. : Et à condition que ces sociétés aient assez confiance en elles-mêmes… Ce qui revient à plaider une nouvelle fois pour la réappropriation de notre estime collective.

Quoi qu'il en soit, notre société va devoir encaisser une dose assez forte d'austérité pendant un temps assez long. Bon gré mal gré, il va falloir que nous nous serrions la ceinture si nous ne voulons pas perdre davantage de terrain dans la grande compétition internationale où se joue notre indépendance. Nous pourrons toujours nous consoler en nous disant que la précarité comme le risque sont consubstantiels à la vie, mais cette thérapie sera insuffisante…

À mes yeux – et pour donner à l'esprit d'aventure la version politique qu'il peut contenir –, nous ne nous en sortirons que si nous sommes capables d'entrer rapidement dans le processus aboutissant à la création des États-Unis d'Europe. Je sais bien que cette Europe utopique à laquelle plus grand monde ne croit reste à inventer. Mais on voit bien, malgré tout, ce qu'elle devrait être, avec ses abandons nécessaires de souverainetés étatiques, son identité propre contenant celle de toutes ses nations, sa diplomatie, sa défense, sa démocratie fédérale, son modèle social…

De toute façon, nous n'avons pas le choix si nous voulons rester à la fois libres, prospères et en paix. Seul un État fédéral de cette taille peut tenir tête aux volontés hégémoniques des immenses nations émergentes que sont la Chine, l'Inde, ou demain l'Indonésie, le Nigeria et tant d'autres. Rester isolés, séparés, rivaux, c'est nous condamner à terme, nous Européens, à occuper la place du Sénégal ou de la Colombie aujourd'hui – deux pays que j'aime profondément mais dont les citoyens pèsent peu sur leurs destins. Il faut plaider pour un équilibre des nations encore jamais vu dans l'histoire des hommes, tout en prenant les précautions nécessaires pour éviter d'être dominés.

Naturellement, j'en veux beaucoup aux technocrates de Bruxelles d'avoir « manqué » l'Europe dont je parle. Elle aurait pu être – et doit redevenir – le grand rêve idéaliste de la jeunesse. Mais en lieu et place de ce rêve, ces technocrates pour qui l'homme est un instrument et jamais une fin nous ont vendu des choses aussi exaltantes que le comptage tatillon des carottes et des navets ou les vingt pages de normes nécessaires à la fabrication des robinets de cuisine…

Quant à la juste vision de « l'Autre » qui est impérative pour appréhender correctement la mondialisation – et même pour construire une Europe efficace –, elle nous parvient déformée par les médias que nous avons nous-mêmes constitués. Comme l'a dit Gérard, les clichés véhiculés sur les autres sociétés dominent largement sur les analyses circonstanciées et font peut-être plus de mal encore que l'ignorance.

S. M. : C'est l'effet pervers de la massification. La question n'est pas l'accès à la connaissance, le problème est dans la compréhension des choses. Nous sommes passés de l'autre côté du miroir. Nous pensons savoir et nous avons une sorte d'assurance, alors que nous véhiculons des idées et des informations partiellement vraies et parfois totalement fausses.

G. C. : Le marché, par vocation, vise le plus grand nombre possible de clients, d'acheteurs, de consommateurs. En ce sens, le marché se veut de masse. Le but est de séduire le plus grand nombre possible de gens. C'est déjà étonnant que des films de qualité et de bons livres puissent émerger, alors qu'il s'agit de ratisser le plus large possible. C'est l'une des facettes de la démocratisation, de même que les guerres de masse, comme 1914-1918 ou 1940-1945, étaient l'expression de la participation de tous les citoyens en armes et non plus, comme jadis, de mercenaires à la solde d'un État.

P. F. : Tout cela est exact, mais avant d'aller plus loin, je voudrais revenir sur le cas particulier de l'autoédition que Sophie avait commencé à aborder. Tu as dit que c'était une question importante. Que veux-tu dire par là ?

S. M. : Je veux dire qu'il faut continuer à mettre des filtres. L'intérêt des maisons d'édition, c'est qu'elles opèrent une sélection parmi les auteurs et incitent ces derniers à donner le meilleur d'eux-mêmes. Éditer un livre, ce n'est pas se contenter de le faire imprimer, c'est tout d'abord le sélectionner parmi des centaines d'autres, c'est aider l'auteur à s'améliorer, l'inciter à continuer à écrire. Je pense qu'un auteur ça se construit et l'éditeur est là pour l'y aider. Avec l'autoédition, nous assistons à une sorte de raccourcissement de la chaîne, on a l'impression qu'on va pouvoir se libérer de tous les intermédiaires entre l'auteur et le lecteur. Il suffit de mettre son texte en ligne et l'auteur pense être publié.

P. F. : Je ne suis pas trop inquiet sur ce point précis. D'abord parce que les gens finissent toujours par se méfier de ce qui n'est pas estampillé, ensuite parce que lorsque les lecteurs seront débordés par l'invraisemblable quantité de textes proposés à tout propos, ils s'apercevront qu'effectuer le tri de base prend un temps considérable et ils reviendront vers les éditeurs.

S. M. : C'est possible. Ce phénomène de l'autoédition est peut-être dû à l'excès d'ouverture actuel. On avait déjà vu cela avec l'arrivée de la PAO grâce à laquelle tout le monde pensait pouvoir faire son propre journal. Si on raccourcit la chaîne du livre telle qu'elle est aujourd'hui, même si elle est sans doute perfectible, on écrase tous les passeurs, tous ceux qui aident à l'apprentissage et à la formation du goût du lecteur.

P. F. : Il y a effectivement un apprentissage à ce qu'est véritablement la littérature. Sans quoi il est difficile de faire une différence entre l'écriture de Gérard de Villiers et celle de Balzac. Il faut une certaine éducation pour apprécier la littérature exigeante – celle qui parle aux hommes de tous les temps – et aimer les vrais livres

– ceux qui ne cessent de parler à leurs lecteurs. Tout pédagogue sait cela, et c'est ce qui manque souvent dans nos collèges et nos lycées – et que toutes les familles ne comblent pas en dehors de l'école – ou ne peuvent pas combler faute d'avoir elles-mêmes les outils intellectuels pour le faire.

Toutefois, rien n'est jamais perdu si j'examine mon cas : à dix-huit ans, je trouvais les descriptions de Balzac infiniment trop longues, à trente ans je commençais à les apprécier, à cinquante ans je les trouvais superbes…

S. M. : Le plus grave, à mon avis, c'est que l'Éducation ne forme plus à cela. Nous risquons d'aller vers une culture de « grignotage ».

P. F. : Nous y sommes déjà de manière quasi officielle. Le meilleur exemple étant que dans les concours de service public l'épreuve de culture générale a été supprimée. Aurions-nous imaginé hier qu'un fonctionnaire de l'État soit dispensé d'un minimum de cette culture générale qui est le substrat de notre reconnaissance commune entre citoyens ? C'est une sottise, mais elle s'éclaire aisément à la lumière de l'esprit de commodité.

8

Sophie Mousset : Il me semble que la question est finalement : qu'a-t-on besoin d'apprendre à l'école ? L'Éducation nationale n'est pas encore dominée par le marché, mais elle va devoir s'y adapter. Ne va-t-il pas falloir résister aux sirènes qui vont nous dire qu'on peut trouver le savoir partout et qu'on n'a plus besoin d'apprendre ?

Patrice Franceschi : Je veux insister à nouveau sur la différence entre des notions comme le savoir, l'information ou la connaissance. Ce ne sont pas des synonymes. À l'école comme à la maison, la construction de la personnalité ne peut se faire que par une succession d'efforts surmontés. L'apprentissage du raisonnement va lui aussi de pair avec les efforts qu'il faut fournir pour enchaîner correctement les informations qui forment le matériau premier des jugements. On n'échappe pas à la nécessité de l'emploi de la volonté qui est sous-jacente à ces jugements – comme l'avaient bien vu Descartes, Spinoza et tous les philosophes rationalistes après eux. Ce pourquoi l'école est peut-être autant une épreuve pour fortifier les caractères que pour développer l'intelligence et inculquer le savoir.

Ainsi, s'il suffit de cliquer sur une souris pour apprendre la date de la bataille de Marignan, c'est l'effort pour retenir ensuite cette date qui compte et importe. La mémoire fait partie de l'intelligence. Et l'intelligence doublée de la force de caractère aime alors se frotter à la complexité. Affirmer cela, c'est sans doute faire preuve d'un humanisme intellectualiste à la Alain. Mais se réjouir de l'obstacle, c'est être dans l'esprit d'aventure.

Gérard Chaliand : C'est important de rencontrer des obstacles. C'est la meilleure façon de forger une personnalité, de se construire. L'accès au savoir ponctuel n'est pas le savoir accumulé par le travail, le temps de l'étude. Je le constate, par exemple, lors d'examens que je fais passer à des étudiants. J'interdis l'utilisation d'Internet, parce qu'ils pratiquent le copier-coller. Je préfère l'examen oral ou l'examen sans note aucune, sous surveillance. Sinon, il n'y a pas de pensée personnelle, mais des puzzles plus ou moins habilement agencés.

P. F. : La pensée originale a été rare de tout temps et reste malheureusement une vertu peu répandue…

S. M. : Au-delà de la vertu, n'est-ce pas une sorte de tension vers la connaissance qu'il faudrait chercher à développer ?

P. F. : Cette tension vers la connaissance que tu évoques est sans doute une autre façon d'exprimer le goût pour l'obstacle qui forge, l'appétit pour l'effort qui exalte, le penchant pour la complexité qui rend libre et responsable. Mais, à cette aune, que penser, par exemple, des tentatives récurrentes de simplification de la langue française et de son orthographe ? Je devrais m'en réjouir car j'ai longtemps été très mauvais en la matière. Au moins jusqu'à l'âge de quarante ans, mes textes étaient tous truffés de fautes d'orthographe et j'ai longtemps pesté contre sa complexité. Elle me rebutait depuis mon enfance et me semblait parfaitement inutile. Et puis un jour, en cherchant une ultime fois à combler cette lacune, j'ai totalement révisé mon jugement. En luttant contre l'orthographe, j'ai pris goût à sa complexité qui n'était finalement que le versant difficile de la richesse de notre langue. Passé ce cap, j'ai commencé à trouver joie et plaisir à vouloir maîtriser les obstacles de la grammaire elle-même. À partir de là, je n'ai plus voulu d'une simplification de la langue française parce qu'elle revenait à renoncer à la fois à sa richesse et au goût de l'effort. Aujourd'hui, avec mon fils, quand nous abordons une difficulté orthographique, je fais en sorte que nous nous frottions les mains de joie à l'idée de la vaincre, comme lorsque nous jouons aux échecs.

Quand je considère le succès obtenu par Bernard Pivot avec ses concours de dictées, je me dis qu'on peut encore avoir confiance dans l'amour des Français pour la richesse et la complexité de leur langue. Ces centaines de milliers de concurrents nous disaient qu'on peut avoir du goût à surmonter des difficultés.

S. M. : Je mettrais un bémol au sujet de l'orthographe, qui a longtemps été méprisée, même par les universitaires. Certains disaient que c'était la « science des ânes ». Mais ce qui m'intéresse, c'est davantage la culture générale qui amène à une compréhension du monde et aux clés pour cette compréhension, afin que nos enfants ne soient pas simplement des utilisateurs, mais également des acteurs de cette complexité.

Cette complexité va de pair avec le retour à la lecture de textes premiers. Les étudiants sont trop peu souvent au contact de documents originaux. On donne à lire des morceaux choisis qui sont accompagnés d'explications, et c'est déjà une forme d'interprétation.

P. F. : Dans l'hypothèse où l'esprit d'aventure aurait pour vocation de proposer un modèle d'homme libre, pensant librement, ta remarque sur la nécessité pour les étudiants d'aborder les textes premiers serait particulièrement exacte. Mais peut-on vraiment le faire compte tenu du nombre de plus en plus considérable de ces étudiants ?

G. C. : Quand je l'étais moi-même, dans les années 1950, il y avait en France 150 000 étudiants pour une population de 40 millions d'habitants. Aujourd'hui, pour une France de 65 millions de personnes, nous sommes au-delà du million d'étudiants. Cette démocratisation aurait un sens si elle débouchait sur un marché du travail ouvert. Or, nous avons beaucoup de bacheliers demandeurs d'emploi alors que la France manque de plombiers, d'électriciens, de techniciens de toutes sortes. Seulement, contrairement aux États-Unis, ces métiers ne sont pas considérés comme suffisamment gratifiants du point de vue social. Nous sommes restés une société aux valeurs désuètes, héritées de valeurs aristocratiques. Au lieu de former des bacheliers qui se retrouvent dans des bureaux de recherche d'emploi, mieux vaudrait multiplier les cours dans les disciplines pour lesquelles il y a de la demande de travail.

Beaucoup de professeurs, par ailleurs, vous diront que le niveau de la plupart des bacheliers est à peine supérieur à celui du brevet d'autrefois, qu'on obtenait deux ans avant de pouvoir se présenter au bac.

S. M. : Cela dépend des épreuves. En maths, par exemple, je pense que le niveau est beaucoup plus élevé qu'autrefois. Mais un déséquilibre s'est produit il y a quelques années, quand on a voulu augmenter le nombre d'élèves dans les filières générales. Dans le même temps, l'image des métiers manuels s'est dégradée au profit des métiers du secteur tertiaire et des métiers liés au commerce. Il n'est donc pas étonnant que nous ayons à présent du mal à remplir les filières débouchant sur des métiers manuels. Par ailleurs, le recrutement se fait de façon négative puisque se retrouvent dans ces filières des jeunes qui pour un grand nombre ne souhaitaient pas cette orientation.

P. F. : Gérard a évoqué à juste titre le côté aristocratique qui teinte le jugement des Français sur leurs différents métiers. J'observe que ce travers contamine jusqu'aux travailleurs manuels eux-mêmes, ce qui démontre d'une certaine manière l'existence des mentalités nationales et leur poids sur les individus. Mais le mal est plus profond puisqu'il s'accompagne d'une dégradation du statut général des professions d'utilité publique – instituteurs, infirmières, professeurs, soldats, etc. –, au profit des professions financières et commerciales, infiniment plus rentables. Une nation qui rémunère un *trader* dix fois mieux qu'un professeur d'université a quelques soucis à se faire pour la persistance de sa culture.

S. M. : Autrefois, le principe de l'ascenseur social fonctionnait bien. Les instituteurs, par exemple, ont longtemps été issus de milieux défavorisés. Pour eux, c'était une vraie promotion sociale et ils étaient considérés. Je ne suis pas certain que cet ascenseur social continue à fonctionner. Le mode de recrutement a changé. Autrefois, dès la troisième, leurs études pouvaient être financées. Aujourd'hui, il leur faut déjà avoir une licence ou une maîtrise pour y parvenir, et cela change beaucoup de choses, y compris la vision de leur métier.

P. F. : Effectivement. Mais j'insiste : que penser d'une société dans laquelle quelqu'un qui tape dans un ballon gagne cent fois plus qu'un instituteur ? Comment juger une nation dans laquelle les héros sont des chanteurs, des sportifs, des animateurs de télévision, et les prix

Nobel issus de cette nation de parfaits inconnus pour la plupart de leurs concitoyens ? Dans une telle société, les blocages dont nous venons de parler sont inévitables. Mais je remarque que ces défauts ont existé de tout temps – comme une malédiction des vraies valeurs – et de manière bien plus prononcée à d'autres époques. On trouve déjà chez nombre de penseurs présocratiques des lamentations sur la préférence que montraient les Athéniens pour les athlètes des Jeux olympiques au détriment des philosophes. Il y a certainement dans la nature humaine, si tant est qu'elle existe, des constantes que l'on retrouve en tout lieu, en tout temps et dans toutes les sociétés.

Et après tout, il est vrai aussi que la différence de rémunération entre les footballeurs et les instituteurs n'a pas empêché notre société de progresser, de s'améliorer et de se pacifier, en apportant confort et sécurité à ses membres. C'est un contrepoint plutôt positif à ce que je disais juste avant. Qu'en penses-tu, Sophie ?

S. M. : Je n'aimerais pas voir se dégrader la qualité des exigences de développement pour la jeunesse. Tout doit être fait pour que le citoyen de demain soit meilleur que celui d'aujourd'hui, mieux armé pour comprendre le monde dans lequel il vit. C'est cela qui me semble primordial.

G. C. : Cela nous ramène à l'idée de culture de masse. Mais, quoi que l'on fasse, seule une minorité pourra émerger, à l'école et hors de l'école, même si, bien sûr, il faut laisser à chacun ses chances. Si l'on est en contact avec les milieux de l'enseignement, on observe qu'en dehors de quelques établissements de pointe le niveau général, compte tenu du milieu familial, est bas. Les professeurs ont souvent baissé les bras devant l'ambiance qui règne dans de nombreux établissements. La démocratisation n'est pas le laxisme, le laissez-faire. Il ne faut pas être victime de son propre libéralisme, j'insiste beaucoup là-dessus. Les habitudes d'autodiscipline et d'efforts personnels se prennent avant douze ans. Après, on est dans le narcissisme et l'insolence de l'adolescence. À cet égard, je crois qu'il y a eu démission depuis bientôt trente ans. Dans l'école publique, seule une minorité d'élèves trouve que l'effort vaut la peine d'être consenti. Encore faut-il que cette minorité ne soit pas écrasée par le mépris des autres. Il y aura toujours une partie de la population à laquelle l'école conviendra mal, mais qui pourrait apprendre autrement. Les exemples ne manquent pas de cancres ayant réussi à être productifs et originaux par la suite, lorsqu'ils ont trouvé ce qui leur convenait. Surtout, je constate que les écoles privées ont de plus en plus d'élèves parce que le niveau y est supérieur à celui d'une importante partie des écoles publiques.

S. M. : Mais tu précises bien que tu vas donner les moyens à tous de parvenir au meilleur ? La différence est essentielle avec ce qu'est l'élitisme.

P. F. : Sans doute. Mais de quel type d'élitisme veux-tu parler ? Autant je suis opposé, comme toi et Gérard, à l'élitisme de classe et de naissance – cet élitisme de toujours –, autant je suis partisan de l'élitisme démocratique du mérite – cet élitisme de l'avenir.

L'élitisme n'a rien de négatif en soi s'il est le résultat d'un parcours d'obstacles où tout le monde est parti à égalité. Le problème, bien sûr, c'est de partir réellement à égalité et nous avons sans doute régressé dans ce domaine… Nous avons sous les yeux un contre-progrès manifeste. L'un des combats politiques de demain sera sans doute d'empêcher l'élitisme de classe de prendre le pas sur l'élitisme républicain.

G. C. : Ce n'est pas gagné. Lorsqu'on vit à l'intérieur d'une famille dans laquelle il y a du savoir, du vocabulaire, des livres, on a davantage de chances de s'en sortir que si l'on est issu d'un milieu dans lequel la culture n'est pas tenue en estime, voire inconnue, et dans lequel les parents ne peuvent en rien contribuer à ce qui s'apprend en classe, sinon d'arriver à l'heure.

S. M. : Là est le rôle de l'école depuis toujours, n'est-ce pas ? Dans la compensation de ce déficit. Mais jusque dans les années 1960, jusqu'à ce qu'on change la façon de voir l'école, on trouvait normal que seule une élite aille jusqu'au baccalauréat.

G. C. : L'École de la IIIe et de la IVe République a bien fonctionné. Tout s'est dégradé au lendemain de 1968, qu'on le veuille ou non. L'idée démocratique selon laquelle tout le monde devrait avoir le baccalauréat remonte sans doute à cette période. C'est un choix de type idéologique. Tout le monde peut tout. On ne fait pas de sélection. C'était passer d'un extrême à l'autre, de l'élitisme réservé aux fils de nantis à la démocratisation pour tous, quel que soit le niveau des uns, voire le désir des autres.

S. M. : C'est effectivement à ce moment-là que l'effet de massification a commencé à agir, quand on a voulu que 80 % d'une classe d'âge passe le bac.

G. C. : C'était un présupposé idéologique.

S. M. : La question de l'école a toujours été un sujet idéologique. Et si on s'en tient à la IIIe République, à Jules Ferry, je pense qu'il y avait déjà derrière beaucoup de présupposés politiques et idéologiques. La massification de l'école a été faite pour répondre à une demande. On avait besoin que les gens soient plus instruits parce que la nature du travail avait changé.

G. C. : La dégradation de la fabrique scolaire a fini par avantager les écoles religieuses, précisément ce qu'au démarrage l'école laïque ne voulait pas.

S. M. : La laïcité de l'école reste un principe fort.

P. F. : Certes, mais qui accepte beaucoup de dérogations, tu ne crois pas ? On a fait beaucoup d'accommodements en la matière.

S. M. : Oui, mais on n'a jamais accepté d'école confessionnelle au sein de la république. Les principes de l'école laïque sont restés très forts, on n'a pas transigé avec cela, même encore aujourd'hui. Cependant, s'il n'y avait pas d'école privée, les enfants seraient tous dans une école publique et la mixité sociale serait beaucoup plus forte.

P. F. : Je me demande si je peux croire à la mixité sociale dont tu parles. J'aimerais la voir mise en œuvre bien au-delà de l'école, mais je constate autour de moi qu'elle ne marche pas. Tout simplement parce qu'en règle générale les hommes n'aiment pas vivre avec des hommes qui ne leur ressemblent pas. Ils ne le font que par contrainte. Intellectuellement, je souhaite cette mixité. Mais si on veut que les gens se mélangent dans des proportions meilleures qu'aujourd'hui, il va falloir trouver autre chose que des pourcentages obligatoires de logements sociaux dans les villes et les quartiers. D'autant que ceux qui proposent la mixité sociale ne sont pas ceux qui la vivent.

9

Patrice Franceschi : Pour aller plus loin maintenant, la question précédente se double de celle-ci, très classique : veut-on un véritable service public ou bien rétrocéder au privé le plus de services possible ? Nous sommes sur la pente de la privatisation à tout va, c'est une évidence. Même pour la guerre, nous allons dans ce sens. Demain, on trouvera peut-être la guerre si dangereuse qu'on l'« externalisera », la confiant au secteur privé…

Gérard Chaliand : Ce n'est pas exclu. Les Britanniques utilisent depuis longtemps les Gurkhas du Népal et les métropoles coloniales usaient très largement de troupes « indigènes »…

P. F. : On a déjà vu à l'œuvre cette externalisation en Irak et en Afghanistan avec l'emploi à une échelle non négligeable, par les Anglo-Saxons, de sociétés de sécurité privées. Ces sociétés sont encore cantonnées à des tâches de guerre subalternes, du gardiennage militaire en général, mais il n'est pas impensable que d'ici quelque temps les nations favorisées, puissantes et riches, par lassitude, crainte, et excès de confort, confient les missions de guerre les plus risquées à ce qu'il faut bien appeler des mercenaires. Rome a choisi cette voie autrefois et cela a participé à sa perte. L'utilisation des mercenaires avait cessé avec l'avènement des États-nations, de la démocratie, et de l'idée du soldat-citoyen à laquelle je reste attaché car elle est indissociable, justement, de la démocratie. Si nous revenions au mercenariat qui se profile, ce serait un autre retour en arrière sous le masque d'une forme pervertie de la modernité.

Pour l'instant, au moins, les mercenaires sont majoritairement des Occidentaux. Mais il n'est pas exclu que nos futures guerres de terrain soient faites avec des étrangers – donc fort peu soucieux, sur le fond, de leurs employeurs –, ou avec des immigrés de nos banlieues en mal d'emploi ou de reconnaissance, ce qui serait, somme toute, préférable, mais guère satisfaisant du point de vue de la « mixité sociale » et de la cohésion nationale qu'elle est censée apporter.

G. C. : Puisque nous voilà sur le terrain des banlieues, il faut reconnaître que dans une partie d'entre elles cela ne fonctionne plus du tout. Le chômage y progresse, à la fois à cause d'un marché du travail qui manque totalement de flexibilité, contrairement à l'Allemagne ou à la Grande-Bretagne, mais aussi parce que l'école ne réussit plus, compte tenu de l'atmosphère de refus agressif qui y règne, à former des jeunes gens – pour les jeunes filles c'est mieux – qui ont envie de déboucher sur le marché du travail. Nous n'avons pas le personnel expérimenté pour reprendre en main les choses. Ceci n'a rien à voir avec la compétence sur le métier enseigné, mais avec la pédagogie. C'est le découragement, le désarroi, et les familles bien souvent ne sont pas en mesure de faire de l'accompagnement. Au mieux, on colmate des brèches.

P. F. : Il est clair que la famille, second pilier de la formation d'un enfant avec l'Éducation nationale, boite du même pas qu'elle.

Sophie Mousset : Et que les deux ne croient plus l'une dans l'autre…

G. C. : Exact !

S. M. : Le constat est là : on forme moins bien les gens, on forme de moins bons citoyens. On ne peut que réintégrer le politique entre les deux.

P. F. : Il n'y aura de solution que politique, en effet, à condition que cette dernière soit structurée par une pensée réelle, autrement dit par des convictions fortes – et non « plastiques » aux circonstances –, une pensée qui accepte le risque et l'insécurité inhérente à la vie. On revient à l'utilité de l'esprit d'aventure dans toutes les activités humaines…

G. C. : Je partage bien sûr ce point de vue. Et pour ce qui est de l'insécurité, l'incapacité à l'endurer sur le long terme est très répandue de manière générale. L'anticonformisme se paye. J'écarte l'aspect strictement physique de l'aventure, évidemment très important, mais confondu trop souvent avec l'exploit sportif. Cela n'enlève rien au sport, mais cela ne s'y restreint pas. Le goût du risque assumé le long d'une vie, c'est autre chose, c'est une question de caractère, pas seulement d'exploit ponctuel.

Dans ce domaine, celui du risque, et par rapport à ce que fut l'Europe des XIXe et XXe siècles jusqu'à la Seconde Guerre mondiale, ce qui paraît s'être modifié au cours des dix années écoulées dans nos sociétés prospères, c'est que le risque était prôné et pas seulement dans l'exploit sportif. La proportion de ceux et de celles, surtout côté hommes, qui l'acceptent s'est rétrécie. On s'est recroquevillé. Le souci de sécurité n'a pas cessé d'être véhiculé par les politiques et les médias. La crainte de l'avenir a gagné bien avant le début de la crise. Et la crainte de l'inconnu, c'est le contraire de l'esprit d'aventure. L'esprit pionnier, c'est marcher vers l'inconnu, c'est assumer le risque. De ce côté-là, l'Europe, qui a connu jadis un élan, l'a perdu. C'est un constat. L'époque conquérante est terminée, bien que nous ayons beaucoup plus de garanties qu'autrefois. Peut-être que c'est justement cela qui nous rend plus précautionneux. Aux États-Unis, tous ceux qui y ont vécu savent qu'on a davantage de mobilité et de capacité au risque.

S. M. : Tu as parlé d'ouverture tout à l'heure. Serait-il possible de développer cela ? Parce que si l'esprit d'aventure est tourné vers l'avenir et vers un désir de s'ouvrir aux autres, votre discours semble parfois un peu passéiste.

P. F. : Alors, c'est que la lucidité appartient au passé ! Et toute la tradition philosophique critique aussi... Mais peut-être as-tu cette impression parce que nous procédons par ordre pour exposer un problème, comme il a toujours fallu le faire : le constat d'abord, le jugement de valeur ensuite. L'un des défauts de notre époque est de juger avant même de constater. Défaut, en fait, répandu de tout temps... Ce n'est pas intelligent car c'est laisser la place à tous les préjugés et à toutes les idées reçues, le jugement n'étant plus que le constat des faits venant corroborer les préjugés et écartant les autres. Mais laissons Gérard parler d'ouverture.

G. C. : J'insisterai sur l'ouverture à l'égard des autres sociétés. C'était le cas dans l'Europe conquérante dont on peut critiquer l'esprit impérial, mais dont il faut admettre aussi qu'elle a été extraordinairement curieuse des autres sociétés, désireuse de les connaître, d'explorer leur psyché, leur histoire. Ne voir dans l'orientalisme que son côté colonial, comme Edward Saïd, est aussi court que de prétendre que nous ne cherchions pas à nous enrichir et à dominer. Critiquer ceux qu'on appelait les orientalistes sous prétexte qu'ils n'étaient que les instruments du colonialisme n'est pas sérieux. Déchiffrer des écritures, protéger des sites souvent perdus dans la nature ou à l'abandon, sinon pillés, pour abriter dans des musées ce que ces sites avaient produit comme objets. Certains États veulent aujourd'hui la restitution intégrale de ces œuvres, mais qu'en faisaient-ils eux-mêmes au XIXe siècle ? En quoi étaient-ils les héritiers de Sumer ou des Hittites ? Ça n'avait alors à leurs yeux aucune valeur. Certains iconoclastes détruisaient même les visages sur les fresques.

Pourquoi détruire les bouddhas de Bâmiyân ? Les manuscrits de Tombouctou ? Je choisis là des cas extrêmes. L'idée que toutes ces contributions artistiques sont l'œuvre de l'humanité est une idée neuve. Les pierres du Parthénon elles-mêmes, au XIXe siècle, n'avaient pour les paysans grecs d'autres valeurs que de servir parfois à étayer leur demeure.

Un extraordinaire travail a été fait par les Européens qui estimaient préserver là un héritage universel. Et il faudrait aujourd'hui passer pour des voleurs de statues alors qu'elles sont exposées au bénéfice de tous ?

Cette ouverture d'esprit fait partie de l'esprit d'aventure. Du désir de connaître le monde, sa richesse d'invention, ses formes multiples. Bien sûr, cela était lié à une époque à l'expansion militaire, économique et politique de l'Europe. C'est ainsi. L'expansion musulmane, du VIIe au XVIe siècle était, en son temps, également impériale.

S. M. . À ce propos, y a-t-il encore quelque chose à découvrir aujourd'hui ?

P. F. : Si tu parles des domaines que vient d'exposer Gérard, hélas, nous appartenons à la dernière génération qui a pu, pourra encore un petit peu, découvrir quelque chose avec l'exaltation qui s'y rapporte. Cette période est en train de s'achever du point de vue de la découverte pure. Ce sera bientôt fini. Il est clair que la génération qui vient ne pourra plus dire : « J'ai pu participer à l'exploration de la planète ou à la découverte de sociétés nouvelles. » En la matière, elle va penser le monde différemment. Plus tard, d'autres générations renouvelleront l'exploration d'antan, cette fois en direction de l'espace et des mondes sidéraux. Ce sera à coup sûr tout aussi passionnant. Mais nous n'y sommes pas encore... En attendant, pas de nostalgie. Il reste beaucoup à faire pour « explorer », en tant qu'aventure de l'esprit, des questions tout aussi nécessaires que celles qui préoccupaient les générations antérieures. Par exemple : comment faire fonctionner ensemble les différentes sociétés qui com posent le monde ? Une économie mondiale et globalisée peut-elle être pacifiée et devenir facteur d'égalité et de prospérité pour tous ? Comment les flux migratoires vont-ils évoluer ? Seront-ils source de régénérescence ou facteurs de conflits ? Comment peut-on exploiter les ressources naturelles contenues dans certaines zones préservées comme l'Arctique ou l'Antarctique sans léser qui que ce soit, et quoi que ce soit d'un point de vue environnemental ? À mes yeux, résoudre des questions de ce type représente le nouveau champ d'application de l'esprit d'aventure.

G. C. : La préservation de l'environnement est devenue plus importante que la découverte et l'exploration. Cette conscience écologique que nous habitons un espace relativement fini, avec ses limites, conduit à la nécessité de continuer à le rendre vivable au lieu de contribuer à le détruire.

P. F. : Le constat que le monde est désormais « fini » s'accompagne effectivement, de manière quasi mécanique et logique, de la conscience qu'il est « limité » du point de vue de ses ressources naturelles. Tant qu'il n'était pas entièrement découvert, le monde paraissait infini. Et, dans ce monde sans finitude, les ressources naturelles paraissaient elles-mêmes infinies. Ce sentiment rassurant a disparu à la charnière du XXIe siècle pour être remplacé par celui plus inquiétant de devoir préserver, malgré notre expansion démographique et technique, le capital dont nous disposons encore. Voilà un autre changement de paradigme essentiel. Et pour lui non plus nous n'avons pas encore découvert de solution satisfaisante. L'« exploration » des solutions ne fait que commencer.

G. C. : C'est surtout depuis la dernière décennie que la préservation dont nous avons pris conscience à l'échelle du monde est devenue importante. Souvenons-nous qu'il y a dix ans George W. Bush ne voulait pas admettre qu'il y avait un changement climatique dont l'effet était déjà notable. Il s'obstinait à défendre coûte que coûte ce qu'il appelait « *our way of life* », et refusait d'engager les États-Unis dans des protocoles qui se préoccupaient de cette réalité. La prise de conscience s'est faite à travers un certain nombre de catastrophes naturelles. Il a fallu que les États-Unis eux-mêmes soient frappés, sans compter l'importance du tsunami du début du siècle. Cela dit, dans ce domaine, les changements sont lents et les intérêts nationaux auront toujours tendance à l'emporter. Ni la Chine, ni l'Inde, ni les États-Unis ne vont aisément changer leur comportement tant que leurs primats économiques seront en question. Sans doute, comme dans toute entreprise humaine, seules les catastrophes imminentes pourront hâter les décisions, et encore. Le plus souvent, c'est après la catastrophe que la nécessité absolue fait loi.

P. F. : Ce qu'il y a derrière ce que tu viens de dire, c'est que la destruction de la nature et de l'environnement par les nouveaux émergents est une donnée tout à fait nouvelle, inconnue il y a encore vingt ans, et que l'on ne sait pas comment la gérer correctement puisqu'il est légitime et naturel que la Chine, l'Inde et bien d'autres nations veuillent se développer à leur tour. Cette donnée, démultipliée par la démographie, survient au moment même où les nations déjà développées, c'est-à-dire les nations occidentales, se préoccupent enfin de leur environnement. Les décisions pratiques pour rendre effective cette préoccupation accentuent trop souvent le fléchissement de leur compétitivité par rapport à ces nouvelles nations. Tout cela crée un déséquilibre dont on voit bien qu'il s'ajoute à ceux que nous avons déjà signalés, notamment du point de vue militaire.

Il reste à espérer qu'une fois leurs objectifs de développement atteints, les nations émergentes se soucient à leur tour de l'environnement. En souhaitant qu'il ne soit pas trop tard… Les priorités économiques avec leurs conséquences sociales prennent désormais le pas sur tout le reste. Nous sommes prisonniers de nous-mêmes là encore. Qu'est-ce que l'esprit d'aventure peut proposer dans un tel contexte ?

S. M. : Tel que vous l'avez défini, il permet d'avoir au moins un regard différent sur le monde.

P. F. : C'est ce à quoi il doit s'efforcer sans doute pour essayer de comprendre l'avenir et devenir une force de proposition – comme on dit joliment aujourd'hui – pour des solutions globales à rebours des solutions individuelles – toujours faciles à trouver – et des égoïsmes nationaux – toujours simples à mettre en œuvre. C'est la mutation que je souhaite pour l'esprit d'aventure. Au moins peut-il considérer l'humanité comme un tout et dire que ce tout est la seule porte de sortie pour que tout le monde s'en sorte. Nous en sommes loin…

À cet égard, retrouver la parole des « anciens », comme Kant ou Montesquieu, ne serait pas un luxe tant leur préoccupation universaliste était déjà ultramoderne. Le projet de paix perpétuelle de Kant, grand aventurier de l'esprit s'il en est, disait déjà l'essentiel, à savoir qu'il ne peut y avoir de paix définitive entre les hommes sans souci de paix pour *tous* les hommes. Montesquieu affirmait avec grandeur d'âme que, si ce qui était bon pour son pays était néfaste pour d'autres pays, il n'y avait pas lieu de parler de progrès.

G. C. : N'oublions pas cependant que les sociétés sont régies par des rapports de force, des intérêts nationaux, et que le souci de la paix perpétuelle reste une sorte d'idéal. Dans la pratique, ce que l'on constate dans les rapports internationaux, ce sont les antagonismes qui s'expriment de façon plus ou moins feutrée et peuvent éclater dans des conflits. Les États sont des monstres froids.

Il ne s'agit pas de rêver mais de réaliser dans quel monde nous vivons. Ce que je retiens personnellement, c'est que dans le monde tel qu'il est, il est nécessaire de rester aux aguets. C'est l'inverse de la quiétude. Il faut garder une capacité à saisir ce qui bouge, où nous allons, comment nous adapter aux défis, comment faire face. Il faut conserver un esprit combatif dans le travail et dans la quête du savoir.

S. M. : Le constat est là : nous vivons sur une terre pleine de conflits. Comment parleriez-vous de cela, de la guerre et de la violence, des questions de sécurité, à travers le prisme de l'esprit d'aventure ?

P. F. : Tout d'abord, et contrairement aux siècles passés, les conflits, même localisés, ont un impact sur nous. Par exemple, ce qui se passe aujourd'hui en Syrie n'aurait guère eu de conséquence sur nos vies il y a un siècle ou deux parce que cela se passe entre Syriens. Aujourd'hui, nous n'avons rien de bon à en attendre. La globalisation du monde, c'est aussi cela.

Ensuite, dans les sociétés démocratiques et prospères, pacifiques par nature et plutôt sur la défensive, la perception de la guerre, de la violence et de la sécurité s'est profondément modifiée – comme nous l'avons dit tout à l'heure – dans un sens qui ne nous serait pas favorable en cas de conflit majeur. Ce sont les deux points principaux, à mon avis.

G. C. : En ce qui concerne le rapport à la guerre, nous avons beaucoup changé en Europe. Le phénomène, depuis les lendemains de la guerre du Vietnam, est assez similaire aux États-Unis. Cela tient à une multiplicité de facteurs, dont notre démographie globalement déclinante est un des éléments, en même temps que notre changement de sensibilité. Jadis, au XIXe siècle, durant la période des guerres coloniales, l'opinion publique, peu informée, était, d'une façon générale, indifférente. La seule guerre coloniale européenne qui va avoir un écho important est la guerre des Boers, en Afrique du Sud, parce qu'il s'agit d'une guerre entre « Blancs » : des colons, néerlandais d'origine, installés en Afrique du Sud depuis le milieu du XVIIe siècle – peu de temps après l'installation des pères fondateurs de la Nouvelle-Angleterre –, qui sont délogés par des Britanniques pour des raisons économiques et politiques de la région du Cap puis, par la suite, des provinces septentrionales parce qu'on y a trouvé de l'or et des diamants.

À part ce conflit, l'investissement de quelque 50 millions de kilomètres carrés entre 1815 et 1914 ne suscite pas beaucoup d'échos : quelques romans russes sur la conquête du Caucase – Lermontov, Tolstoï, etc. – ou anglais – Kipling surtout. Il est vrai que le nombre de victimes européennes est modeste et que nous connaissons alors une vigoureuse expansion démographique. On exaltait surtout le côté héroïque et spectaculaire – Stanley et Livingstone, le « Grand Jeu » entre Russes et Britanniques en Asie, etc. Par la suite, le cinéma véhicule même des images « positives » de tout cela : *Les Trois Lanciers du Bengale*, *Gunga Din*, *La Bandera*, etc.

Le rejet de la guerre fait son apparition au lendemain de 1914-1918.

La démocratie, née en 1792 avec l'État-nation, portait en elle-même la guerre de masse, puisque la patrie en danger concerne tous les citoyens. L'adversaire, comme à l'accoutumée, est diabolisé, mais au XXe siècle il y a les médias de masse. Avec la Seconde Guerre mondiale, on ne fait plus de différence entre civils et militaires. Les massacres se multiplient jusqu'au génocide. C'était déjà le cas lors de la Première Guerre mondiale, dans l'Empire ottoman.

Lorsque cette période se termine apparaît le feu nucléaire qui jouera par la suite un rôle de dissuasion dès que les deux principaux adversaires en disposeront.

Restent les combats retardateurs dans les colonies. Sur le plan international, cependant, le droit à l'autodétermination a été reconnu. Comment refuser la liberté à ceux qui, nombreux parmi les colonisés, ont combattu pour la démocratie contre le racisme hitlérien ? Les mentalités impériales dépérissent lentement au terme de guerres perdues ou non victorieuses qui sont des échecs politiques.

Il n'en demeure pas moins qu'il faut du temps pour que les États-Unis au Vietnam, comme la France en Algérie et, par la suite, les Soviétiques en Afghanistan, comprennent que les guerres néo-coloniales ne peuvent plus se mener qu'avec des professionnels. Seules les dictatures, sans présence des médias et souvent soutenues par leurs opinions publiques ou la grande majorité d'entre elles, peuvent mener à bien de tels conflits : Turcs contre Kurdes dans les années 1990, Russes contre Tchétchènes au début de la première décennie, Sri-Lankais bouddhistes contre Tigres Tamouls, plus récemment.

P. F. : C'est exact, et cela s'accompagne chez nous, en parallèle, de la vision du monde plus pacifique qui est devenue la nôtre. Autrefois, toutes les sociétés, si elles le pouvaient, allaient prendre chez les autres ce qu'elles n'avaient pas chez elles et personne ne trouvait rien à redire à cela. C'était la mentalité du temps. Elle a cessé en partie avec la création des Nations unies, institution aux défauts innombrables mais dont on oublie parfois de dire que le monde serait bien pire si elle n'existait pas.

Aujourd'hui, nous mettons de l'éthique – ou croyons être obligés d'en mettre – dans tous les conflits que nous menons. Nous le faisons un peu à tort et à travers, il faut en convenir, mais les observateurs de la chose militaire relèvent rarement que c'est une nouveauté dans l'histoire. Les contraintes d'ouverture de feu, de considération pour les populations, de minimisation des dégâts collatéraux n'ont rien à voir avec ce qui a précédé. C'est comme notre obsession nouvelle pour l'élimination du risque en tant que tel, et à tout prix. On ne l'envisageait pas à ce point auparavant.

À ce propos, le fait que le principe de précaution a été inscrit dans la Constitution française est significatif tant pour ce qui est de notre mentalité nouvelle, que sur la manière dont nous concevons l'avenir. L'ennui avec ce genre de principes, légitime en soi, est que, par nature, ils ne peuvent que déborder très vite de leur cadre d'origine pour envahir tous les domaines de l'action – comme les fleuves débordent de leurs lits.

Il va de soi que, si l'on estime que le risque peut être éliminé – et doit l'être impérativement –, toute action politique comportant un risque visible devient automatiquement un scandale. Or, en politique, comme dans l'art militaire – et la vie tout court –, n'importe qui voit bien que le risque, s'il peut être calculé, analysé, pesé, ou tout ce que l'on veut, reste une constante qui ne peut être entièrement éliminée.

Il existe actuellement une confrontation souterraine et peu visible entre deux sortes d'hommes : ceux, de moins en moins nombreux, qui considèrent que pour avancer il faut savoir prendre les risques inhérents à toute entreprise – mais ni plus ni moins qu'autrefois –, et ceux qui préfèrent renoncer à toute action comportant un risque qui ne peut être éliminé antérieurement à l'action.

Dans l'état actuel de la société, on n'enverrait pas un homme sur la Lune comme en 1969, tous les astronautes en conviennent : trop risqué pour nos standards actuels. L'aéropostale non plus ne serait pas possible. Quant aux expéditions de découverte de look au Bougainville, n'en parlons même pas... Dans le domaine militaire, cela a donné le principe de la guerre zéro mort, déjà évoqué. Et donc, une paralysie très sensible de l'action car s'il y a un domaine dans lequel un haut degré de risque ne peut cesser d'exister, c'est bien celui de la guerre. Le niveau actuel de robotisation du champ de bataille ne peut être qu'un palliatif de circonstance et la guerre de Libye une exception.

G. C. : En somme, nous ne sommes plus en mesure de mener au sol, en masse, une guerre irrégulière fondée, par définition, sur l'usure. Nous pouvons encore gagner des guerres classiques compte tenu de la supériorité de nos moyens, mais pas supporter de lentes hémorragies sans remède adéquat, à moins d'y mettre des moyens démesurés ou d'user d'une brutalité qu'on ne peut se permettre lorsqu'on prétend à la démocratie.

À ma connaissance, il n'y a jamais eu dans l'histoire une métamorphose de cette ampleur. En somme, on pourrait dire que les Occidentaux ne veulent plus assumer la tragédie.

P. F. : C'est tout à fait cela : ne plus assumer que la vie est tragique. C'est pourquoi je me dis parfois que l'esprit de commodité n'est pas près de laisser la place à l'esprit d'aventure… Ce dernier ne continue-t-il pas de proposer une vision héroïco-tragique de la vie et du destin humain – c'est-à-dire une réalité universelle –, dans un monde qui ne cherche qu'à l'évacuer ?

S. M. : Ce que vous avez dit sur la tragédie me paraît intéressant. Pouvez-vous développer ? En quoi la vie est-elle une tragédie ?

G. C. : Dès la naissance, nous sommes programmés pour mourir. La vie est, par définition, tragique. Non seulement dans sa finalité, mais sont tragiques les pertes d'êtres chers, la maladie, la vieillesse, l'impotence, tout ce à quoi il faut renoncer. L'amour même est souvent tragique, puisqu'il porte aux extrêmes. C'est aussi de cela que peut naître l'art. Toutes les religions ont su que la vie était fondée sur la tragédie.

Aujourd'hui où tout, dans les sociétés occidentales,

tend à évacuer la mort, rester jeune le plus longtemps possible est devenu un but. On peut certes se réjouir de vivre mieux, dans de meilleures conditions et plus longtemps qu'avant puisque nous avons gagné vingt ans sur la génération de nos grands-parents. La mort chez nous ne se voit plus guère qu'à la télévision. La plupart des jeunes n'ont jamais vu de cadavres. On escamote la mort et la tragédie, mais le monde n'est pas virtuel ou fictif, il est fait de chair et la tragédie nous rattrape à un moment ou à un autre.

P. F. : Cette vision collective est une conséquence logique de l'hédonisme de notre société, d'un vaste oubli culturel et philosophique des grandes voix qui depuis plus de deux millénaires nous parlent par-dessus le temps de la condition humaine et de sa destinée tragique. Pourquoi s'étonner ? Ré-accepter ce que vient de dire Gérard, ou ré-entendre les messages de Sénèque, d'Épicure ou de tant d'autres, nous rendrait certainement plus sereins. Et moins inquiets dans notre quête perpétuelle d'un bonheur idéalisé, inatteignable en l'état, hier comme aujourd'hui. L'idée que le bonheur pouvait exister sur terre pour *tout un chacun* et non pour quelques privilégiés date, au plus, du siècle des Lumières. Mais nous avons fait du bonheur une sorte de dû. Ce n'est pas raisonnable. On ne peut être heureux avec un droit qui n'en est pas un, qui est simplement un but de la vie qu'il faut conquérir chaque jour, dans un mélange d'humilité et de fatalité. Accepter ce fait ferait fléchir la crise morale dans laquelle nous sommes tout de même plongés depuis longtemps. Et après tout, nos vies ne sont plus comme autrefois des vallées de larmes permanentes. Nous parvenons à arracher à ces vies davantage de petits moments de bonheur que ne pouvaient le faire les générations qui nous ont précédés.

11

Sophie Mousset : Venons-en maintenant à l'idée de liberté, l'une des vertus de l'esprit d'aventure. Est-ce que ce bonheur que l'on considère comme un dû nous apporte une nouvelle liberté ?

Patrice Franceschi : Ce qui est en jeu dans cette question précise, c'est moins notre conception du bonheur, je crois, que le lien intrinsèque existant entre sécurité et liberté. Un lien que l'on ne peut couper. Il y a même comme une loi régissant ces deux facettes de l'existence. Cette loi dit que l'on perd en sécurité à proportion exacte de ce que l'on gagne en liberté et vice versa.

Pour autant, ceux qui pensent qu'un accroissement de sécurité apporte un gain de liberté n'ont pas tort dans un certain nombre de cas identifiables comme, par exemple, dans la sécurité des personnes face à la délinquance. Mais même ainsi il y a finalement une perte de liberté. Elle est indolore au premier abord, invisible souvent, mais bien réelle. Les caméras de vidéosurveillance accroissent sans aucun doute la sécurité des personnes dans l'espace public – donc permettent de mieux se déplacer en liberté –, mais elles diminuent en même temps cette dernière en nous livrant aux yeux scrutateurs d'une autorité dont, au fond, nous ne savons trop ce qu'elle pourrait faire à notre encontre.

Tout au long de l'histoire de notre civilisation, nous avons été partagés entre sécurité et liberté. À titre individuel, les hommes également ont été de tout temps tenaillés par l'une et l'autre, vivant parfois cette tenaille comme une guerre civile intérieure. Les explorations de jadis, ainsi que les conquêtes des temps anciens, peuvent être analysées comme un consentement à une perte de sécurité par ceux qui les entreprenaient, en contrepartie d'un accroissement de liberté. Ceux qui ne bougeaient pas de chez eux faisaient le choix inverse. Entre ces deux extrêmes, la majorité des hommes gérait le rapport sécurité/liberté comme on le fait pour des vases communicants.

Tout ce qu'on peut dire en ce début de XXIe siècle, c'est que la quête de sécurité est, à l'évidence, supérieure à la quête de liberté.

Gérard Chaliand : On peut situer le point de bascule aux lendemains de Septembre 2001. Le « Patriot Act » a considérablement limité les libertés au nom de la sécurité. Pourtant, les États-Unis, dans leur histoire, s'étaient voulu un État dont le rôle serait modeste, à l'inverse de l'État français qui prétend tout régenter.

Dans le domaine de l'aventure, le risque était jadis admis et admiré. Aujourd'hui, il est écarté, suspect, voire interdit. On n'en finit plus de légiférer là-dessus, sur terre, en ville, sur mer. Dans quelques années, si l'on se penche sur le genre d'existence que nous avons menée, Patrice et moi, chacun à notre manière, on estimera que nous avons pris trop de risques et que nous en avons fait courir à d'autres. Les réglementations, les restrictions imposées chaque année, que ce soit en montagne, sur mer, en campant, en voyageant, dès qu'on s'écarte des sentiers balisés, se multiplient. On marche vers un monde qui se veut sécurisé dans les comportements, mais qui socialement reste d'une extrême violence. Il y a dichotomie entre le côté protecteur des institutions et le fait qu'on perde toute sécurité matérielle en temps de crise.

P. F. : L'esprit d'aventure donne nettement le primat à la liberté sur la sécurité et tire de ce choix ce qui fonde son énergie, sa volonté, et cet élan vital qui peut imprégner toutes les activités humaines. Ce qui ne signifie pas le choix d'une liberté totale pour une sécurité nulle. Ni un goût extravagant pour le risque. Mais s'il faut choisir, l'engagement est clair. Et quand elle est bien comprise, cette volonté de liberté s'élève au-dessus du principe de liberté personnelle pour s'étendre à la volonté de liberté pour l'ensemble des hommes. Ce pourquoi l'esprit d'aventure est présent dans toutes les luttes de libération.

Comme l'a fort bien dit Gérard, ce sont les Américains qui, d'un point de vue légal et législatif, ont donné le signal en 2001 du renforcement de la sécurité au détriment de la liberté. C'était dans un domaine particulier, celui de la guerre contre le terrorisme, mais ce signal a vite contaminé, comme les métastases d'un cancer, des pans entiers de la vie quotidienne des hommes. Une sorte de tabou était tombé. Je date de ce moment-là le réel début de la fin de ce qui était avant une croissance de la liberté.

À titre personnel, dans le domaine aventureux où je me situe, il se pourrait bien, ainsi que l'a laissé entendre Gérard, que je sois considéré dans vingt ou trente ans comme un exemple à peu près accompli de ce qu'il convient de ne surtout plus jamais faire... Rien que pour cette raison, je suis conduit à revaloriser le risque gratuit qui n'est pourtant pas ma tasse de thé...

S. M. : Tu peux même aller plus loin. On entend régulièrement aujourd'hui des personnes qui trouvent qu'un alpiniste fait prendre des risques, s'il reste coincé, à ceux qui vont venir le sauver.

P. F. : C'est exactement ce dont je parle. Je partage l'avis de Gérard sur le fait que dans l'avenir on va nous produire un nombre ahurissant de lois et de règlements destinés à nous empêcher de prendre le moindre risque, même et surtout s'ils sont consentis. « L'instinct de la norme » va s'en donner à cœur joie dans son alliance avec la volonté de sécurité. Dans l'exemple des alpinistes que tu donnes, Sophie, on en est déjà à l'abandon du principe de solidarité désintéressée qui prévalait jusqu'à présent. Ce principe disait que l'honneur d'une nation consiste à ce qu'elle se porte au secours de l'un des siens dans tous les cas et quelles que soient les circonstances – et sans contreparties financières, dans un souci d'égal traitement de tous les citoyens. Aujourd'hui, mieux vaut être muni d'une bonne assurance et on vous demandera sans doute de la produire avant toute intervention. Car au problème de la sécurité s'ajoute une dimension économique nouvelle, voire une âpreté au gain, inconnue jusqu'alors. Il ne faut rien coûter à la société par inconsidération et c'est une raison supplémentaire d'empêcher chacun d'agir à sa convenance.

Bientôt, ceux qui voudront grimper au-delà d'une certaine altitude devront disposer d'un brevet quelconque, estampillé et contrôlé par une autorité « compétente » et tatillonne à l'image de ce que sont déjà les affaires maritimes pour les marins – le temps de la navigation de plaisance telle qu'on la connaît aujourd'hui s'achèvera bientôt. Tout sera contrôlé et il y aura des gendarmes bienveillants au bord de chaque chemin pour verbaliser les récalcitrants – et les sermonner sur leur « inconscience ». Nous n'avons pas fini d'être infantilisés.

Vous verrez que le temps n'est pas loin où il ne sera plus question de partir en montagne, ou ailleurs, selon son bon vouloir et sous sa seule responsabilité. Cela s'appelle une perte de liberté ou je ne m'y connais pas. Et je ne nomme pas cela un progrès.

Une question maintenant concernant le sort des alpinistes en difficulté et les risques pris par leurs sauveteurs :

qui nous dit que ces derniers ne trouvent pas dans leur mission une grandeur qui les fait hommes et vaut les risques encourus ? Souhaiteraient-ils disparaître si plus personne ne prenait de risques ? Je crois connaître la réponse…

Si l'esprit d'aventure ne réinvestit pas les hommes, ils trouveront tout à fait normal de consentir à ce type d'interdits. Car, après tout, ils sont rassurants. Le discours sera que l'on peut toujours trouver sa liberté ailleurs et notamment dans le virtuel qui peut tout reproduire. On nous proposera alors mille succédanés à la « vie vivante ». Des succédanés sans saveur, aseptisés, parfaitement au goût du jour et dans l'esprit du temps. Le virtuel – magnifié par un réel oublié – sera l'espace de liberté normal dans lequel chacun pourra se développer en toute sécurité. Dès lors, pourquoi s'aventurer dans ce réel si dangereux, dans ce monde si tragique, si ce que l'on peut trouver dans le monde virtuel à notre disposition est bien mieux ?

G. C. : Le virtuel joue déjà un rôle au cinéma. C'est Hollywood désormais qui gagne les guerres. *Rambo* libère les otages américains au Vietnam ; *Black Hawk Down* (*La Chute du faucon noir*) transforme en épopée un échec, celui de la Somalie dont les Américains se sont retirés après avoir perdu dix-huit *marines*. *Démineurs*, qui se passe en Irak, montre un héros qui rempile parce que l'action lui manque. C'est très bien fait. Mais quel rapport avec l'échec politico-militaire en Irak ? On refait l'histoire pour un public auquel on raconte qu'on n'a pas perdu. Demain, on racontera qu'on a gagné la guerre d'Afghanistan…

Je ne suis pas assez naïf pour ignorer que le rôle de propagande du cinéma ne date pas d'hier. Mais les grands films soviétiques, comme *Potemkine* ou *Octobre*, reflétaient, en l'embellissant, un fait divers ou un épisode de l'histoire. Ils ne racontaient pas l'inverse de ce qui s'était passé.

P. F. : Si seulement la propagande et le virtuel pouvaient se limiter au cinéma… Mais revenons à la problématique liberté/sécurité. Elle est aussi à l'œuvre désormais là où on ne l'attendait pas, par exemple dans le domaine de l'action humanitaire. Ce domaine a été le mien pendant près de vingt ans, quoique par intermittence, mais j'ai observé attentivement son évolution. Au temps des débuts, il y a une trentaine d'années, l'état d'esprit était le suivant : quand ça tire quelque part et qu'il y a besoin d'une intervention, on y va. Aujourd'hui, l'état d'esprit est plutôt : si ça tire, on laisse tout en plan et on se retire. Je ne crois pas être trop sévère dans ce raccourci qui me paraît saisissant et hautement symbolique. Il me rend plutôt malheureux. Un certain esprit chevaleresque s'en est allé – ou plus exactement, ne persiste que chez les acteurs les plus modestes, ceux qui agissent sur le terrain lui-même.

Aujourd'hui, l'exigence de sécurité pour partir en mission humanitaire est considérable. On ne part que si tous les risques, ou peu s'en faut, ont été écartés. Ce qui s'est accru également, c'est la demande de confort : connexion permanente avec le siège, avec les familles, par téléphone, Internet ou Skype, la nourriture doit être satisfaisante comme les conditions de logement, etc. C'est parfaitement louable vu sous un certain angle, mais je ne nomme pas cela un progrès parce qu'il ne nous conduit plus forcément à intervenir là où il le faudrait, autrement dit aux pires endroits, faute d'avoir réuni toutes ces conditions de sécurité et de confort. Il existe de nombreux contre-exemples individuels, j'en vois beaucoup autour de moi, mais ils sont à l'image d'oasis dans le désert.

Il n'y a pas si longtemps, à la fin du XXe siècle, les « humanitaires » se moquaient de ces problèmes de confort et ne rechignaient pas à l'insécurité la plus grande. Ils partaient sans assurances, en Afghanistan par exemple, totalement coupés du reste du monde pendant six mois ou un an, dans l'inconfort absolu, la précarité professionnelle la plus grande – et en danger permanent. Ce qui motivait l'action était supérieur aux conditions de terrain. On y voyait une vraie modernité, inconnue auparavant, et hors de laquelle nous sommes retombés comme après un élan trop fort. La volonté de liberté occupait auparavant tout le champ d'action, individuel et collectif.

S. M. : Liberté, citoyenneté ?

P. F. : Demandes-tu par là si le citoyen né à Valmy a évolué en consommateur ?

S. M. : Disons : qu'est-ce qu'un citoyen ?

G. C. : Il y a toujours des citoyens. Je remarque, par exemple, que les nordiques en gros ceux de l'Europe du Nord protestante, restent des citoyens. En France, cela dépend de l'éducation civique reçue dans la famille ou, autrefois, à l'école. En contrepartie, nous avons de plus en plus d'administrés et peu de responsables de la cité. Cela a changé depuis une trentaine d'années, quarante peut-être. Bien sûr, je ne peux pas généraliser : dans les sociétés calvinistes, par exemple, on respecte le bien public mais on est prompt à la délation. Au moins a-t-elle le mérite d'être publique. Chez nous, elle est masquée.

Pour en revenir à ce qui s'est modifié, il faut bien constater qu'en dehors des avancées en matière de liberté des mœurs, ce qui s'est aussi développé au lendemain de 1968, c'est une tendance à estimer que l'espace public n'est plus la propriété de tous mais un lieu à dégrader. Ceux qui ont connu Nanterre en 1969-1970 savent de quoi je parle. À l'école, on a abandonné le civisme, et les droits ont largement pris le pas sur les devoirs. On aime « traire le système », en tirer toutes les ressources possibles. Cela se reflète jusque dans la vie la plus quotidienne. Dans le métro, on annonce désormais, comme aux États-Unis il y a plus de trente ans : « attention à la marche », mais on ne dit pas de ne pas mettre les pieds sur la banquette d'en face. J'ai vu récemment une affiche dans une gare qui disait : « pas de petits pieds sur les banquettes, pas de petit incivisme ». C'est un slogan pour des enfants, pas pour des adultes qui se foutent du civisme. On a trente années de retard pour reprendre les choses en main. Les démocraties se sont montrées misérablement laxistes à certains égards, tout en laissant le chômage des jeunes progresser, et en sachant que se développaient les zones de « non-droit ».

Les divers gouvernements, quelle que soit leur couleur, ont été au-dessous de la situation, au nom de la paix sociale de ceux qui étaient nantis d'un travail.

La crise nous pendait au nez. Nous avons longtemps pensé qu'elle concernait surtout les autres : Grecs, Portugais, Irlandais, Espagnols, Italiens. Je ne crois pas que nous soyons taillés pour nous adapter avec le même civisme que les Allemands. Le social-démocrate Schröder a accepté de se suicider politiquement pour faire les réformes nécessaires. Il n'a pas été réélu. Et alors ? L'Allemagne s'en est sortie.

P. F. : Il y a une différence entre les Nordiques et les Latins, soit… Mais l'équation économique et financière du monde est la même pour tous, et elle contourne l'obstacle du citoyen pour favoriser le consommateur à la faveur de la faiblesse politique des dirigeants, de leur désintérêt, voire de leur complicité avec les dirigeants économiques – ou de leur profonde lassitude. Mais je connais des tas de citoyens véritables autour de moi, surtout dans la jeunesse et dans les associations. Je crois qu'un sursaut est encore largement possible dans cette jeunesse, sinon je ne m'entretiendrais pas de ces questions avec vous pour les publier ensuite… Mais à cette jeunesse il faut un discours qui « tienne la route » et propose un projet d'ensemble, à la fois généreux et exaltant. Je suis stupéfait de ne l'entendre nulle part de manière sérieuse. Je ne voudrais pas avoir vingt ans aujourd'hui. Cela dit, je ne me souviens pas d'un quelconque discours de ce genre quand j'avais moi-même vingt ans, ce qui laisse de l'espoir à défaut d'illusions…

Quoi qu'il en soit, une lutte est là encore engagée entre consommateurs et citoyens, ou plutôt entre ces deux facettes de chaque administré, comme dit Gérard. C'est une lutte pour la reconquête des citoyens sans handicaper leur désir de consommation – en la matière on ne reviendra pas en arrière. Je retrouve trois des quatre vertus de l'esprit d'aventure dans cette lutte. Car il y faut au moins de l'aptitude au risque, une volonté de liberté, et une capacité au non-conformisme.

G. C. : Le système qui nous régit, le capitalisme, est le seul qui s'avère capable de produire de la croissance grâce au marché – avec des bémols. Cette croissance a besoin de consommateurs, qui sont dans une large mesure incités, manipulés, pour acquérir davantage de biens. Il ne s'agit pas seulement de satisfaire des besoins, il faut en créer.

Il y a de nombreux laissés-pour-compte dans de nombreux pays, mais le conditionnement commence de plus en plus tôt pour une large partie des populations qui vivent dans des sociétés déjà développées ou dans celles où il y a une croissance. Pour résister à cette course, en partie stérile et sans limites, la culture permet de savoir ce qui est nécessaire et de faire la part du superflu, sinon on perd sa vie unique à surconsommer comme si acheter consolait d'une vie sans ancrage. L'éducation consiste aussi à développer la résistance au matraquage publicitaire qui favorise la course à l'objet, comme s'il était important, par pression sociale, de le posséder. Cela fonctionne très bien grâce au besoin de paraître, au vide de l'existence, à la cupidité. On est loin du désir d'être libre, d'avoir davantage de temps pour faire plutôt que pour avoir. Mais la majorité de l'espèce, si elle a le choix, sans doute préfère-t-elle l'accumulation des biens à la liberté d'action.

S. M. : C'est une forme d'aliénation.

P. F. : Ce système a cette force parce qu'il flatte l'esprit de commodité. On ne peut lui opposer que l'esprit de culture et la citoyenneté qui l'accompagne. Mais que pèsent-ils en réalité ? Ils ne s'adressent qu'aux choses de l'esprit, ne tentent que de redonner au politique et à la démocratie leur juste place, c'est-à-dire une place supérieure à tout le reste : la consommation, l'économie, la finance, le profit, le confort, la sécurité… En résumé, il faut choisir où l'on veut se situer. Dans le combat en question, je vois l'élitisme républicain, fortifié par l'esprit d'aventure, jouer un rôle central.

Au temps du marxisme-léninisme, on considérait qu'il fallait une avant-garde prolétarienne pour entraîner le peuple. Aujourd'hui, sans doute faut-il recréer, non quelque chose qui y ressemble idéologiquement, mais quelque chose qui joue ce rôle d'entraînement, de locomotive, de traction vers le haut, pour tout dire. Cette élite républicaine qu'il faut recomposer doit l'être, bien évidemment, hors de toute classe sociale, ouverte à tout un chacun, porteuse des valeurs dont nous avons parlé. Mais sans elle, rien ne sera possible.

S. M. : Est-ce qu'il s'agira vraiment d'une élite ou simplement de gens éclairés ?

G. C. : Il y a une connotation négative dans le terme d'élite.

S. M. : Une avant-garde éclairée alors ?

P. F. : Si tu veux. Et je ne crains pas, Gérard, comme tu viens de le rappeler justement, les connotations négatives encore à l'œuvre dès que l'on parle d'élitisme. Je pense, justement, que pour faire bouger les lignes, il n'y a pas d'autre choix que de revaloriser la notion d'élitisme mais, bien sûr, à l'aune du républicanisme et de la citoyenneté. J'y vois une manière de refonder dans la modernité ce qu'il y avait de mieux dans l'universalisme du siècle des Lumières. Il y avait de la générosité là-dedans. Mais les clercs d'aujourd'hui l'ont trahie.

S. M. : Que nous dit cette idée de générosité ?

12

Patrice Franceschi : À mes yeux, la générosité est la plus importante des qualités humaines. Tout est possible à partir d'elle. Le courage ou l'intelligence, en tant que qualité, viennent pour moi après la générosité. Cette qualité doit être notamment à l'œuvre dans les décisions politiques. Je n'aurais pas dit cela il y a vingt ans. Je mettais plutôt en avant le courage, la fidélité en amitié, la loyauté, la parole donnée, toutes ces sortes de choses. L'expérience du monde et des hommes m'a fait changer d'avis. Une société qui placerait la générosité comme point de départ de toutes ses actions serait réellement une *autre* société.

Gérard Chaliand : À titre personnel, je place d'abord le courage. C'est la vertu première, sur le plan moral, intellectuel et physique. Contrairement à ce que je pensais lorsque j'étais plus jeune, il s'agit d'une qualité rare, surtout lorsqu'elle englobe le physique, le moral et l'intellect. J'ai pu constater cela maintes fois, depuis, sur des terrains divers, lors de circonstances où il faut choisir. Le courage est rare, surtout sur la durée. Je ne parle pas du coup d'éclat.

En seconde place, la générosité me paraît importante. On s'y réfère rarement. Ce que je connais du monde me fait dire que la générosité n'est pas souvent payée de retour et que la cruauté des rapports de force oblige à faire surtout preuve de courage pour être capable de dire non lorsque cela coûte.

P. F. : La vision de Gérard est plus réaliste que la mienne à coup sûr. Si je mets la générosité en premier, c'est par un idéalisme que je traîne encore, mais il me convient.

Sophie Mousset : Tu es dans une utopie ; Gérard est dans un principe de réalité.

P. F. : Principe que je partage tout de même sur le fond. Le courage est rare, effectivement, mais je dirais : surtout le courage intellectuel, qualité essentielle pour servir les quatre vertus de l'esprit d'aventure.

S. M. : Et la force de caractère ?

G. C. : Elle a mauvaise presse dans les sociétés enclines à la victimisation.

P. F. : Au point que la capacité de notre société à désigner clairement ses ennemis est aujourd'hui perçue comme suspecte. Il faut que l'ennemi se désigne à nous-mêmes pour que nous consentions à le nommer. Il faut répéter cette évidence oubliée : on ne défend fermement que ce en quoi on croit fermement. Mais la fermeté du jour se trouve logée dans l'unique « défense des consommateurs » ou, pour ce qui est de l'économie, dans la compétition acharnée entre les marques. On descend dans la rue pour défendre son niveau de vie, par pour défendre la démocratie. Ou de moins en moins. Autrefois, on manifestait pour la paix au Vietnam. Personne ne défile pour la paix en Syrie.

S. M. : Je ne suis pas d'accord. Je pense qu'il y a encore toute la place pour cela. Rappelle-toi en 2002 les dizaines de milliers de personnes dans la rue pour faire élire au second tour de l'élection présidentielle Jacques Chirac au lieu de Jean-Marie Le Pen ! C'était une vraie manifestation citoyenne !

P. F. : C'est vrai. Je modère donc le jugement que je viens de porter. Il existe encore des sursauts citoyens dans ce domaine. Il n'empêche qu'il y a de moins en moins de mouvements pour défendre autre chose que nos acquis matériels.

G. C. : Pour être juste, précisons que dans une période de crise il est normal d'essayer de défendre des droits acquis et la possibilité de travailler.

P. F. : C'est juste aussi.

S. M. : Je voudrais émettre une restriction encore. Il y a toujours des gens qui descendent dans la rue, peut-être en moins grand nombre, mais cela existe toujours. Il y en a eu contre la guerre en Irak, pour la Palestine, etc.

P. F. : C'était assez mince, me semble-t-il… Cela dit, même si j'ai un regard sombre sur l'avenir, je reste optimiste quant au combat à mener : il y a toujours des résistants quelque part et des oasis de liberté dans les dictatures. C'est là-dessus qu'on peut s'appuyer. Par exemple, en ce qui concerne l'éducation et la jeunesse, je ne pense pas du tout que ce soit fichu.

S. M. : Et la fermeté d'âme ? Qui en parle encore aujourd'hui ?

P. F. : Nous trois, non ? Et beaucoup d'autres encore, c'est certain. Franchement, la fermeté d'âme – qui est autre chose, n'est-ce pas, que la fermeté de caractère – est une valeur universelle, reconnue de tout temps et dans toutes les sociétés. Elle doit soutenir notre vision du monde, pour les choses à long terme comme pour celles de l'immédiateté, par exemple dans la fermeté d'âme dont il faut faire preuve face au terrorisme actuel – dont je sais qu'il n'inquiète guère Gérard…

G. C. : Le phénomène terroriste, depuis deux ou trois décennies, est avant tout un phénomène psychologique. Cela fait plus de bruit que de victimes, les médias aidant.

Pour résister à ce type de déstabilisation des esprits, il faut de la fermeté tout court. Au total, après avoir annoncé l'apocalypse au lendemain du 11 septembre 2001, Al-Qaïda et ses émules, en une douzaine d'années, n'ont réussi que deux ou trois attentats en Occident : Madrid en 2004, Londres en 2005, Boston en 2013, et quelques assassinats : l'affaire Merah en 2012, un soldat en Grande-Bretagne en 2013 et un autre en France. S'il s'agissait d'une entreprise commerciale, ces gens-là seraient licenciés pour incompétence et manque de rendement…

On a beaucoup agité le spectre du terrorisme de destruction de masse. Bien sûr, le terrorisme est une nuisance très coûteuse, que la police et les services spécialisés prennent, à juste titre, au sérieux. Mais les médias n'ont cessé, comme George W. Bush en son temps, de survaloriser ce phénomène infiniment moins important que celui de la drogue. Les politiques, certains plus que d'autres, ont également instrumentalisé et manipulé le sentiment diffus d'angoisse auquel nos sociétés sont si sensibles. Pendant une décennie, lors de laquelle on a beaucoup prêté attention au phénomène terroriste, le monde a changé avec la montée des « émergents » qui, eux, sont véritablement les agents du changement de *statu quo* mondial. Par ailleurs, nos médias n'ont cessé, depuis des décennies, de vendre de l'angoisse, comme je l'ai déjà dit. Cela dépasse le phénomène terroriste qui a été déclencheur de ce phénomène. Depuis, il est rare qu'on n'annonce pas une nouvelle menace quelconque, pour la santé, pour ceci ou cela, ce qui fait que l'on a le sentiment d'être cerné de dangers. Les médias diffusent ce qui est vendeur et les opinions publiques semblent fascinées par le danger.

Pour être entendu, il faut être dans le spectaculaire. Quand on dit calmement quelque chose d'important, il y a de fortes chances qu'on ne soit pas entendu, ou alors seulement de quelques-uns.

P. F. : Tu veux dire que notre focalisation sur les quelques milliers de morts que le terrorisme a provoqués en trente ans nous a masqué les dangers véritables qui montaient en même temps ? C'est dans doute exact, mais n'est-ce pas aussi parce que nous nous sommes sérieusement occupés du terrorisme qu'il ne lui a pas été possible de provoquer davantage de morts ? En la matière, les cyniques, dont je ne suis pas, diront que ces pertes sont « modérées » au regard de la préservation de notre sécurité et de nos libertés, surtout si on les compare au prix que nous consentions à payer jadis pour les même buts : 27 000 soldats français tués dès la première offensive d'août 14 pour contrer l'avance allemande. Une épouvante… En ce temps-là, on n'accordait décidément pas le même prix à la vie humaine.

Certes, dans notre façon de contrer le terrorisme, nous sommes à l'opposé du citoyen de Valmy qui proclamait la patrie en danger et acceptait le risque de la mort pour défendre la liberté qu'il venait d'acquérir face à la royauté. Mais tout de même, avec le terrorisme, c'est de liberté qu'il est question *in fine*.

Quant à la quête du sensationnel par une certaine presse, dont parle Gérard, elle est manifeste mais ne date pas d'aujourd'hui. Il suffit de relire *Bel-Ami* de Maupassant pour voir déjà à l'œuvre cette tendance lourde. C'est une constante de la nature humaine, sans doute… Ce qui compte, en définitive, c'est de savoir si le type de société dans lequel on vit tente de freiner cette tendance ou, au contraire, l'accélère comme c'est le cas aujourd'hui dans notre système de divertissement généralisé.

S. M. : Qui a intérêt à l'accélérer aujourd'hui ? Nous avons pourtant les outils pour le faire. Lorsqu'il fallait plus de temps pour transmettre une information, cela mettait également de la distance avec ses aspects négatifs, ce n'est plus le cas aujourd'hui.

P. F. : Sans doute. Mais il y a plus étrange. Certains médias vont jusqu'à scier la branche sur laquelle ils sont assis en demandant à tout un chacun de témoigner, entretenant ainsi la confusion entre témoignage et journalisme. Le journalisme, c'est enquêter, contrôler ses sources, analyser et prendre le temps de la réflexion, n'est-ce pas ? C'est l'inverse de la réaction instantanée dans le prisme réduit d'un regard localisé. Mais l'arrière-pensée de tout cela est peut-être de flatter le consommateur qui achète ces médias en lui donnant l'impression d'être participatif.

S. M. : C'est un moyen de vendre de l'émotion et de la publicité dans les pages du journal… Je ne suis pas un spécialiste, mais je me souviens de la guerre d'Irak en 1991, avec un Guillaume Durand qui occupait l'antenne en donnant l'impression qu'il vivait sur un lit de camp, pas rasé, tenant l'antenne comme ça. Quel mensonge ! Et surtout plus d'analyse, rien que de l'émotion. Avec de l'émotion, on est dans le facile, dans la simplification, l'analyse c'est tout de même plus compliqué.

G. C. : Il faut ajouter la motivation politique. On insiste sur certains événements et pas sur d'autres. La Syrie, par exemple, a été maintes fois montrée comme théâtre de guerre durant plus de deux ans. Mais lorsque la même chose s'est passée au Sri Lanka, contre les Tamouls, au début de 2009, de janvier à mai, lorsque 40 000 civils au moins ont été tués, cela s'est passé sans grand bruit. Le régime avait écarté les observateurs. L'ONU reconnaissait, en novembre 2012, dans un rapport concernant leur action envers la population, que l'organisation avait « échoué à assumer ses responsabilités ». Je n'ai jamais été de ceux qui ont soutenu les Tigres Tamouls, mais leur population aurait dû bénéficier de droits. Le régime institué par la famille Rajapakse voulait en finir à tout prix avec les Tigres et ne rien accorder aux Tamouls. L'affaire a été classée avec un *mea culpa* de l'ONU.

Le CICR a signalé qu'entre 1996 et 2006 il y aurait eu 4 millions de morts en République démocratique du Congo, et ce n'est pas fini au Kivu, dans une indifférence quasi complète. Des choix politiques sont faits et il y a forcément des manipulations.

P. F. : Tu soulignes là un point très important concernant la liberté réelle des médias dont les décisions éditoriales sont aussi dictés par des modes, des engouements, et des choix politiques dont on peut se demander qui les décide. Tout le monde sait cela. Toutefois, la question pour ce dernier point est : de quelle manière les forces politiques parviennent-elles à enclencher l'intérêt médiatique dans un endroit donné pour que tous les journalistes s'y dirigent et pas ailleurs ? Je ne saisis pas très bien comment l'ensemble des médias, malgré l'indépendance proclamée des uns et des autres, s'engouffrent tous dans les mêmes entonnoirs, désertant les autres territoires. Je ne m'explique pas que, dans des pays démocratiques et libres, ces médias en arrivent tous à suivre la même voie. Bien sûr, il y a un effet d'entraînement. Quant un média d'importance se met à parler de quelque chose, les autres doivent en parler aussi, sous peine de paraître dépassés. Mais l'explication est courte. C'est un mystère pour moi.

S. M. : Ne nous servons-nous pas de ces problèmes extérieurs pour fuir les questions internes ?

G. C. : Restons ici sur les problèmes internationaux et la façon dont on les traite. Dans la guerre civile syrienne, qui est aussi un règlement de comptes régional, je rappelle qu'il y a, de façon ultime, le projet d'affaiblir l'Iran des mollahs. Se rejoignent, à cet égard, les intérêts des États sunnites arabes menés par les wahhabites d'Arabie Saoudite et du Qatar, comme de ceux de la Turquie, d'une part, et, de l'autre, les intérêts des États-Unis, d'Israël et des États européens dont la France et la Grande-Bretagne. Du côté du régime de Bachar el-Assad, outre l'Iran, il y a le Hezbollah, l'Irak chiite et la Russie.

On ne peut pas dire que durant deux années les médias aient beaucoup insisté sur ce contexte. On joue l'émotion, le manichéisme – le méchant Bachar el-Assad contre son peuple. Après la Syrie, l'Irak chiite sera la prochaine cible des salafistes, des islamistes de tous bords et des sunnites. On aura, après un intermède chaotique et des massacres, une dictature comme je l'ai déjà dit.

Quant à l'Arabie Saoudite, elle a toujours été dans l'ambiguïté entre son alliance de convenance avec les États-Unis, hydrocarbures contre sécurité, et son militantisme islamique qui a été, depuis quarante ans, le terreau de l'islamisme militant, de l'Afrique de l'Ouest à l'Indonésie.

S. M. : La question reste qu'on ne comprend pas très bien pourquoi on se focalise sur des événements extérieurs et pas sur d'autres ? Je pense qu'il y a un curseur émotif. Dès qu'on parle d'une guerre, on fait monter le curseur. Ensuite, il faut rester dans la simplification, avec des bons et des méchants.

G. C. : Bien sûr. Et pour ce qui est de masquer les problèmes internes, tout le monde joue à cela. De nombreux régimes arabes se sont focalisés sur l'existence d'Israël – on peut comprendre leur hostilité –, mais celle-ci a aussi servi de prétexte pour leur éviter de s'attaquer aux problèmes nés de la crise de leurs sociétés. Il faut apprendre à se regarder dans le miroir sans complaisance et savoir se remettre en cause. Certaines sociétés colonisées n'en finissent pas de ressasser le passé, d'autres vont de l'avant, comme le Vietnam, quel que soit le jugement qu'on porte sur la nature de son État.

P. F. : On parle souvent des médias comme d'un « quatrième pouvoir », c'est-à-dire comme l'emblème du contre-pouvoir étatique. C'est à discuter en tant que réalité, malheureusement. D'autant qu'aujourd'hui c'est peut-être moins leur contre-pouvoir politique qui est en cause que leur contre-pouvoir économique, ces médias vivant largement trop de la publicité pour être réellement indépendants vis-à-vis de ces pouvoirs – qui, de surcroît, possèdent financièrement nombre de ces médias.

S. M. : On dit aujourd'hui que les contre-pouvoirs sont sur Internet.

G. C. : Le problème, c'est qu'il y a tout sur Internet…

P. F. : Le pire et le meilleur… On y trouve l'information la plus fouillée comme les théories complotistes les plus abjectes, sans oublier la remise en valeur du *Protocole des sages de Sion* ou les textes les plus oubliés de Hitler et de sa bande, l'ensemble mis sur le même plan. Comment faire le tri ? Nous en avons déjà parlé. Au moins les médias traditionnels nous épargnent-ils les campagnes de diffamations honteuses qui, sur Internet, peuvent déverser des torrents de boue sur n'importe qui, sans que les intéressés puissent faire grand-chose.

G. C. : En 1975, sous la présidence de Carter, les Occidentaux ont entamé une contre-offensive idéologique d'envergure contre l'Union soviétique et ses alliés, fondée sur les droits de l'homme. Or, ces droits dont nous pouvions nous réclamer – la décolonisation était terminée, même par les Portugais, la guerre du Vietnam également avec le retrait américain – ont été utilisés selon une géométrie variable. Les adversaires politiques étaient vigoureusement dénoncés tandis que des alliés étaient épargnés alors qu'ils étaient loin de satisfaire aux critères des droits humains. L'Arabie Saoudite, alliée des États-Unis au Moyen-Orient, était ainsi ménagée. Pourtant, on ne voit pas quels droits y sont respectés. De surcroît, les Saoudiens sont les propagateurs majeurs de l'islamisme militant. Au lendemain des attentats du 11 Septembre, dont la majorité des exécutants étaient saoudiens, le personnel de l'ambassade a quitté précipitamment Washington et les fonds saoudiens ont été retirés des banques américaines.

Depuis trois décennies, avec une brève exception entre 2002 et 2003, l'Arabie Saoudite n'a jamais été prise à partie dans une campagne dénonçant ses violations constantes des droits humains ou son rôle dans la montée d'un islamisme politique agressif.

P. F. : Tu es revenu à la désinformation. Ou à l'information biaisée qui en est une variante. L'exemple le plus intéressant que j'aie retenu là-dessus par rapport aux Saoudiens concerne l'islamisme des talibans d'Afghanistan. À l'époque où ils étaient au pouvoir à Kaboul, les médias occidentaux les condamnaient avec virulence – et à juste titre – lorsqu'ils ordonnaient des lapidations publiques de femmes ou faisaient trancher la main des voleurs. Au même moment, l'Arabie Saoudite agissait de même comme depuis toujours, mais nul n'en parlait. Les droits de l'homme chez nous sont devenus aussi une arme au service des visées politiques, et l'image de Gérard sur leur géométrie variable est parfaitement exacte.

G. C. : Nous estimons représenter le droit et la morale internationaux. Nous organisons la Cour internationale de justice, mais les États-Unis n'y participent pas et ne peuvent donc y être jugés. Nous décernons les brevets de bonne tenue internationale et les critiques pour comportements condamnables réservés aux vaincus ou à des États faibles. Pas aux autres. Dans ce rôle, nous faisons preuve d'hypocrisie.

P. F. : L'intérêt guidant toujours les États comme les individus, les valeurs mises en avant reculent toujours devant les intérêts. En cela, aucun progrès décisif n'a été accompli et celui des nouvelles technologies masque sous son attrait cet échec essentiel. Finalement, chacun joue sa partition.

13

Sophie Mousset : Gérard, comment voudrais-tu que soit le XXIe siècle ?

Gérard Chaliand : Revenons en arrière pour envisager cette question. La dernière guerre mondiale se termine en 1945. Depuis, grâce au nucléaire, les risques dépassant désormais de loin les enjeux, il n'y a plus eu de conflit généralisé. La dissuasion a, jusqu'à présent, fonctionné. Elle est fondée sur la capacité de seconde frappe. En somme, celui qui attaquerait le premier, n'étant pas assuré de détruire l'ensemble des moyens de l'autre, lui laisserait la capacité de répondre, avec des sous-marins nucléaires, par exemple, et serait en mesure d'infliger, à son tour, des dégâts intolérables.

Les crises se sont donc réglées soit par la menace d'une frappe comme à Cuba en 1962, ou plus communément par des confrontations périphériques dans lesquelles les supergrands n'ont jamais été directement face à face afin d'éviter une montée aux extrêmes. Les Américains étaient en Corée, pas les Soviétiques. À l'époque, il n'y avait que des « volontaires » chinois, pas de troupes chinoises. D'ailleurs, la Chine ne dispose pas, en 1950-1953, du feu nucléaire. C'est le général MacArthur qui suggère son usage et qui est rappelé par le président américain.

Alors que l'Europe, au lendemain immédiat de la guerre, est l'épicentre de la confrontation Est/Ouest avec notamment la crise de Berlin en 1949, cette confrontation se déplace vers l'Asie orientale avec la guerre de Corée. L'Europe est restée à l'abri du parapluie américain tant qu'il y a eu la menace soviétique, qui s'efface en 1989-1991. Ensuite, nous Européens, n'avons fait aucun effort pour repenser une stratégie dans la mesure où l'Europe, comme le souhaitait la Grande-Bretagne, se limitait toujours à un grand marché de libre-échange. La marche vers davantage d'intégration, l'euro par exemple, a été tardive et très partielle. Il a fallu la crise pour que se pose la question de davantage d'intégration fédératrice et on n'a pas encore de réponse à cet égard. Les partitions continuent d'être jouées selon les intérêts des acteurs, sans orchestration commune, et avec une montée des populismes, comme c'est classique en période de crise.

En Europe, à partir de 1968, nous nous sommes sentis plus ou moins menacés par le terrorisme : Palestiniens, groupes moyen-orientaux manipulés par la Syrie, l'Irak, la Libye – et après 1979 par l'Iran –, par la *Rote Armee Fraktion* mieux connue sous le nom de « groupe Baader-Meinhof », les Brigades rouges italiennes, les Cellules communistes combattantes de Belgique. Au milieu des années 1990, c'est le développement, à l'échelle internationale, des attentats djihadistes qu'Al-Qaïda a incarnés et symbolise toujours.

Par ailleurs, lorsque Mao a réussi à établir son pouvoir, en 1949, la Chine est redevenue indépendante pour la première fois depuis 1840, c'est-à-dire depuis un siècle. Au cours de ce siècle, l'immixtion blanche, parce que c'est ainsi que cela s'appelait à l'époque, avait été continue : les Anglais d'abord, les Franco-Anglais ensuite, puis il y avait eu les empiètements territoriaux des Russes, une mainmise semi-coloniale. Les Japonais sont arrivés un peu plus tard. En Mandchourie d'abord en 1931, ensuite en Chine de 1937 à 1945.

Depuis, l'obsession des Chinois est la consolidation de leur indépendance. Fin 1978, la page se tourne avec le début des réformes de Deng Xiao Ping qui portent la Chine, en trente ans, à la place qui est devenue la sienne. Tout cela est vécu comme une revanche, non proclamée pour ne pas inquiéter trop tôt, afin d'avoir le temps de se renforcer.

On constate aujourd'hui que la Chine a gagné en puissance, avec des revendications beaucoup plus brutales sur des îlots ou des îles de la mer de Chine septentrionale où elle se heurte au Japon avec lequel elle a depuis la guerre – 1937-1945 – un sérieux contentieux. On sent la main de fer sous le gant de velours qui était porté jusqu'ici avec légèreté.

Le monde est en train de changer de façon accélérée dans ce domaine. On est loin du G7 et de l'époque où l'Occident et le Japon étaient à l'origine de plus de 60 % de la production mondiale. Notre européocentrisme paraît bien anachronique.

Nous sommes aujourd'hui dans une phase que les Chinois perçoivent comme un retour à la place qu'ils occupaient au XVIIIe siècle et avant. De là les problèmes en mer de Chine. Les Américains cherchent à être les arbitres de la situation, en épaulant tous ceux qui, du Japon à l'Inde, en passant par la Corée du Sud, Taiwan, les Philippines, l'Indonésie, le Vietnam, la Thaïlande, la Malaisie, Singapour, etc., craignent une Chine trop impériale.

Ainsi va le monde, toujours en mouvement. Et il va continuer…

S. M. : Pendant tout ce temps, nos hommes politiques se sont pour la plupart préoccupés de problèmes essentiellement nationaux, éventuellement européens. Leurs connaissances historiques sont souvent assez limitées. Peut-on dire que les hommes politiques des années 1940-1950 – Churchill, De Gaulle – avaient une vision mondiale et une culture universaliste ?

P. F. : C'étaient des littéraires. Ils lisaient et ils écrivaient. Leur culture était une ouverture sur le monde dans sa totalité. À mes yeux, ils étaient manifestement habités par l'esprit d'aventure tel que je le conçois. C'étaient aussi des visionnaires et des hommes d'État faits pour la tempête. Il semble que le moule ait été cassé vers la fin du xxe siècle… Quand on pense à un George W. Bush, c'est manifeste.

G. C. : Nous nous sommes provincialisés dans un monde élargi. Les politiques comme les journalistes. La presse française couvre très peu ce qui se passe en Asie. Si on veut se tenir informé, on est obligé de lire en anglais sur cette aire considérable… L'Inde ou l'Indonésie intéressent très peu les Français.

S. M. : Nous avons l'impression d'avoir une vision complète de ce qui se passe dans le monde, notamment grâce aux flux d'informations considérables qui nous abreuvent, et pourtant une partie complète de ce monde est négligée. Pourquoi ?

P. F. : Parce que toutes les technologies de la modernité ne remplaceront jamais la curiosité et l'intérêt pour le monde. Ce qui se passe entre le Japon et l'Inde, beaucoup de spécialistes peuvent nous l'expliquer, mais leurs voix se perdent dans une sorte de « désert de masse » parce que nos préoccupations immédiates ne nous engagent pas, à tort, à les écouter. Si nous demandions aujourd'hui à un chef d'État européen combien de temps il consacre chaque semaine à cette zone asiatique, je pense qu'il répondrait qu'il n'en a guère le temps ou que ce n'est pas le problème du moment. Nous sommes très forts pour les problèmes municipaux…

Le constat final, assez banal dans son paradoxe, est que la surabondance d'information peut se révéler aussi nuisible que son absence.

G. C. : L'information pullule, c'est l'analyse qui manque. Trop de péripéties, mais pas d'explication sur le fond des problèmes. Un flot d'information ne suffit ni à comprendre une situation ni à prendre une décision pertinente.

Dans l'opération libyenne entamée pour stopper Kadhafi devant Benghazi et qui a été menée pour provoquer sa chute – Russes et Chinois ont été floués –, il était prévisible que l'effondrement brutal du régime provoquerait des dégâts politiques collatéraux. Il était notoire que Kadhafi avait une politique sahélienne et que son pays abritait et utilisait des mercenaires, qu'ils soient touarègues ou d'autres groupes ethniques. Après la disparition du régime, ces éléments ont quitté le pays avec armes et bagages. D'où les événements déstabilisateurs du Mali. La réponse à cela incombe surtout à la France du fait de ses accords avec les pays sahéliens. La Grande-Bretagne, qui a renégocié des contrats pétroliers, n'est guère concernée. Dans cette affaire, l'addition est payée par la France et ce n'est pas terminé. D'où l'intérêt de savoir quelles conséquences entraîne une décision. C'est le cas des Américains avec le choix de la guerre en Irak, celle de la France avec l'opération libyenne.

P. F. : Je rappelle à cet égard que la raison donnée par Nicolas Sarkozy était humanitaire : il fallait protéger le peuple de Benghazi de la répression de l'État. Ce n'était pas faux. Mais c'était, par choix ou ignorance, reléguer au second plan les vrais enjeux d'une guerre civile qui ne disait pas son nom et d'un régime dont on voulait se débarrasser.

En ce qui concerne les Américains avec l'Irak et l'Afghanistan, on peut dire à peu près la même chose. Finalement, hormis la chute d'un tyran à Bagdad, quel bénéfice pour les peuples de ces deux pays ? Aucun : c'est pire qu'avant. Et pour les Occidentaux en général ? Pire qu'avant aussi : une image plus dégradée que jamais dans le monde arabo-musulman. Voilà le type même d'opérations préparées dans la plus vaste méconnaissance qui soit de « l'autre » et de ce qui constitue aussi bien sa *psyché* que son *ethos*. On ne peut rien faire de bon sans ce savoir.

G. C. : Sur la perception des autres, je voudrais ajouter que les Afghans, par exemple, prétendent avoir vaincu l'armée soviétique et vont même jusqu'à dire qu'ils sont la cause majeure de l'effondrement de l'URSS. En réalité, les Soviétiques se sont retirés en bon ordre après un échec que l'on peut en partie attribuer au changement de politique entrepris par Mikhaïl Gorbatchev à partir de 1985. Quoi qu'il en soit, les combattants afghans, en trois années, de 1989 à 1992, ont été incapables de s'emparer du pouvoir tenu par Najibullah, incidemment, un homme politique de stature, dont le régime n'était pas caractérisé par la corruption. Les situations sont complexes, il ne faut pas être victime de la propagande de son propre camp.

Demain, après le retrait américain fin 2014, les talibans vont annoncer qu'ils ont battu militairement l'armée américaine, et même l'ensemble des armées occidentales. Il y aura des gens en Afghanistan et dans le monde musulman pour les croire. On a le droit de rêver… En Irak, si l'intervention américaine s'est révélée bénéfique pour les Kurdes, celle-ci portait au pouvoir les chiites qui sont des alliés de l'Iran, l'un des États de « l'axe du mal » défini par l'administration Bush.

P. F. : En ce qui concerne Najibullah – tout de même un tortionnaire du Khad, les services de sécurité prosoviétiques –, il a tenu trois années supplémentaires grâce, quand même, au maintien de l'aide militaire de Moscou, de la même manière que les Vietnamiens du Sud avaient tenu le même laps de temps entre le départ officiel des Américains en 1973 et la victoire du Nord Vietnam sur eux en 1975. Un régime solidement installé par un occupant de taille suffisante – Russes et Américains, en l'occurrence – s'effondre rarement d'un seul coup.

De toute façon, ce sont les vainqueurs qui écrivent l'histoire, vous le savez bien, et un paysan insurgé voit nécessairement les choses à son niveau, dans un raccourci qui est celui-ci : les Soviétiques nous ont envahis pour faire leur loi, nous avons résisté, ils ont fini par repartir, nous avons gardé nos lois, donc nous avons gagné. D'un point de vue du pur constat, ce n'est pas absolument faux. À la place des Afghans, nous aurions dit la même chose. Bien évidemment, nombre de leurs intellectuels intègrent les paramètres donnés par Gérard. Mais ils se gardent bien de le proclamer. Pour quoi faire ?

La véritable histoire se réécrira plus tard, quand tous les protagonistes auront disparu et que les esprits se seront apaisés.

Autre question parallèle pour Gérard : si l'on considère que ces guerres étaient de type néocolonial, en verra-t-on dans le futur menées par d'anciennes nations colonisées ?

G. C. : Non. Le colonialisme en tant que tel appartient au passé. Avec un bilan contrasté, d'ailleurs, pour le pire et le meilleur. Le pire, nous le connaissons, nous nous sommes battus contre. Pour le reste, bon gré mal gré, les Européens ont fait circuler des idées et des conceptions qui ont permis aux élites colonisées de retourner celles-ci contre leurs colonisateurs après une période d'errements et de désarroi devant le choc colonial. Notamment l'idée du nationalisme moderne qui a permis de mobiliser de larges masses au moment de la Seconde Guerre mondiale.

Les États-Unis étaient opposés au colonialisme. En dehors des Philippines, de 1898 à 1945, ils n'ont pas eu de colonie. À partir de la déclaration de Monroe, en 1823, ils cherchent à écarter du continent américain toute présence européenne. Après avoir chassé les Espagnols de Cuba et des Philippines en 1898, ils exercent un *imperium* sur l'ensemble du continent et, plus particulièrement, dans le bassin caraïbe, la « Méditerranée américaine », comme disait l'amiral Mahan.

Les interventions dans le bassin caraïbe ont été très fréquentes au XXe siècle, dès la construction du canal de Panama en 1903. Les États-Unis se conduisent dans l'hémisphère ouest comme les Européens dans le reste du monde. Au nom de la lutte contre le communisme, à partir du début de la guerre froide, ils soutiennent des dictatures ou déstabilisent et suppriment des régimes qui leur paraissent contraires à leurs intérêts, cette fois à l'échelle mondiale. En Amérique latine : appui à Somoza au Nicaragua, intervention indirecte au Guatemala en 1954, soutien à la longue dictature de Stroessner au Paraguay, intervention indirecte à Cuba en 1961, au Chili en 1971, soutien au régime de Marcos aux Philippines, à celui du shah en Iran, et à une partie des dictatures moyen-orientales. Enfin, soutien prolongé en Afrique à Mobutu.

Après l'effondrement de l'Union soviétique et du communisme européen, les néoconservateurs américains, à la faveur du traumatisme du 11 septembre 2001, lancent le projet d'un remodelage du « grand Moyen-Orient » au nom de la démocratie : un thème fondateur aux États-Unis, puisqu'ils considèrent que c'est leur destinée manifeste de répandre la démocratie à travers le monde. Après la chute de l'URSS, les États-Unis vont dire le droit, l'appliquer, le faire appliquer.

Entre 1991 et 2001, les États-Unis ont connu une période exceptionnelle sur le plan politique. Plus de rivaux, une hégémonie absolue, un recul spectaculaire de l'aire qui fut celle de la domination de l'URSS, une euphorie boursière. Pourtant, quelques années plus tard, en 2008, la crise révèle les dérapages du marché, l'importance de la dette, et le prix de guerres irrégulières sans perspective de victoire. Soudain, on réalise la montée plus rapide que prévu de la Chine qui devient le numéro deux de l'économie mondiale, et le poids croissant des réémergents. Un monde vient de basculer.

Déjà, dès 2000, la Russie, hier encore dans une situation financière désastreuse, redresse la tête. Le G7 devient le G8 puis le G20 avec l'ascension d'autres pays hier encore sous-développés.

C'est le début de la fin de l'hégémonie absolue exercée par ce qu'on appelle l'Occident. Longtemps, on s'était habitué à n'avoir que le Japon comme pays asiatique industriel. Étaient apparus les « Petits Dragons » : Taiwan, Singapour, Corée du Sud, apparemment sans grande importance et, guère plus peuplés, tous ensemble, que la France. Ils ne produisent, en 1990, pas même ce que seuls nous produisions. En quinze ans, trente si l'on remonte au grand tournant chinois, tout a changé. Dur réveil. Nous ne sommes plus compétitifs. Saurons-nous faire face ? Il faut nous adapter.

Quant aux États-Unis, ils ont bien l'intention de rester prééminents aussi longtemps que possible, tout en resserrant leurs alliances, notamment en Asie-Pacifique. Il va falloir qu'ils redressent leur économie, rajeunissent leurs infrastructures, épongent le chômage et luttent. Ils sont, à cet égard, plus dynamiques que la plupart des pays européens.

P. F. : L'Europe est de taille à résister aux nouveaux *imperiums* qui se dessinent si elle parvient à se rassembler et à se ressaisir. N'est-ce pas là l'objectif principal que doivent se donner nos dirigeants ? En tout cas, Gérard, comment vois-tu la suite pour la Chine ?

G. C. : L'*imperium* chinois se met en place de façon prudente. Les Chinois n'ont pas cessé depuis quinze ans de nous dire qu'ils se développent dans la coopération. Le tigre fait patte de velours. Mais il a montré ses griffes avec les Japonais, à propos de souveraineté maritime. Il est vrai qu'ils ont un contentieux historique avec eux. Cela indique bien cependant que demain, quand ils auront conforté leurs avancées, ils tendront à exercer des pressions sur le plan économique et financier. Ce qui ne signifie pas que cela débouchera sur une guerre.

P. F. : C'est probable au moins à court terme. Autrefois, pour conquérir un territoire ou faire pression sur lui, ou encore pour s'emparer de ses ressources naturelles, il fallait faire la guerre. Il n'y avait pas d'autre choix. Avec la mondialisation, ce n'est plus aussi nécessaire. Dans ce contexte, la Chine n'a pas de raisons majeures à s'étendre territorialement.

G. C. : Effectivement. La mort des empires, c'est la mort des empires territoriaux. Pas des *imperiums*.

P. F. : C'est ce que je disais. Si l'on veut récupérer le cacao de la Côte d'Ivoire, plus besoin d'une expédition militaire coûteuse. Les interventions politiques, la spéculation financière ou l'achat massif de terres ont un rendement meilleur que la guerre pour obtenir ce cacao au meilleur prix.

G. C. : Ce qui ne veut pas dire que l'on ne va pas provoquer ainsi des crises graves. Le résultat dans le désastre peut être le même que dans la guerre. Mais, quoi qu'il arrive, il faut disposer de la panoplie militaire pour ne pas céder au chantage de l'autre. Imaginons par exemple que l'Iran détienne le feu nucléaire. On ne peut plus leur dire alors que toutes les options sont sur la table.

P. F. : C'est clair. Mais si j'étais iranien, sans doute voudrais-je l'arme atomique, comme l'ont les Américains, les Français ou les Chinois. Il n'y a rien d'incompréhensible à cela si l'on se met à la place de l'autre. Les Iraniens ressentent l'interdiction de la prolifération nucléaire comme une injustice flagrante à leur égard. Pourquoi les autres et pas nous ? Ils veulent peser régionalement et internationalement. L'arme nucléaire est un outil décisif pour cela. Bien d'autres grands pays en train d'émerger pensent ainsi ou le feront bientôt. C'est inévitable et il va falloir gérer ce problème potentiellement dévastateur, surtout compte tenu des régimes politiques de nombre de ces pays. En la matière, l'Iran n'est qu'un précurseur.

Mais, puisque tu as parlé de l'Iran, Gérard, je voudrais en profiter pour dire tout ce qui, à mes yeux, nous différencie de ce pays, et en général de l'islam politique et du djihadisme, au-delà des événements factuels. Le constat, sans jugement de valeur, est le suivant : contrairement à nous, ces gens-là sont portés par un rêve collectif vigoureux. Le moudjahid afghan en son temps, les talibans aujourd'hui, les militants d'Al-Qaïda, du Hezbollah ou du Hamas ne sont pas des voyous bien qu'ils emploient des procédés condamnables. Ils sont portés par des idéaux qui leur appartiennent. Ce ne sont certes pas les nôtres, mais ces combattants-là rêvent à quelque chose de précis, à un monde différent, à un contre-modèle de société si fort qu'ils vont jusqu'au sacrifice suprême pour tenter de le faire exister. Il n'y a personne chez nous pour aller aussi loin dans la défense de la démocratie. Et ils le savent. Ils appartiennent, en outre, à des sociétés d'un dynamisme extraordinaire, portées par nombre de ces qualités que nous cherchons à nous réapproprier, dont le courage n'est pas la moindre. Si je nous compare à eux sur ce strict plan-là, l'absence d'idéal collectif en Occident, soutenu par des valeurs communes, éclate sans équivoque. Même la démocratie n'est plus cet idéal d'antan. Ce n'est plus qu'un discours convenu, une vieille lune sans éclat.

Faites l'expérience autour de vous en demandant au premier venu ce pour quoi il serait éventuellement prêt à mourir. Vous verrez... La famille et les proches, sans doute, et c'est heureux. Pour le reste...

G. C. : Comprendre les logiques des uns et des autres, c'est cela qui importe. Les Indiens, par exemple, sont en train de se doter d'une marine dont ils ne disposaient pas auparavant. Ils viennent de se souvenir que l'océan qui les borde s'appelle « Indien ». Les Chinois, eux, comptent beaucoup sur un certain nombre de relais maritimes afin de pouvoir acheminer leurs produits à partir du Golfe, de la façon la plus sûre possible. Même chose pour la construction en Asie centrale de grands gazoducs et oléoducs qui vont permettre de transporter les hydrocarbures à partir du Kazakhstan. Tout cela en prévision de leur indépendance énergétique. Avec la construction d'un chemin de fer qui va de Kumming à l'océan Indien, ils peuvent éviter d'avoir à emprunter le détroit de Malacca. Les Américains font la même chose avec le gaz de schiste chez eux pour rester indépendants de ce point de vue-là.

P. F. : Ce qui n'empêche pas de voir se poursuivre la vieille logique du plus fort : prendre chez les autres plutôt que chez soi.

G. C. : Tous les États puissants sont prédateurs.

P. F. : Nécessairement. Et tous les peuples sont xénophobes à un degré ou un autre. Comme cela, le tableau est complet pour donner les clefs de nombre de conflits… Il n'y a pratiquement que les pays démocratiques pour essayer de contenir la xénophobie par leurs lois.

G. C. : Les sociétés sont toutes naturellement xénophobes. L'hospitalité à l'égard des voyageurs de passage a été instituée afin de civiliser cette attitude. Pour lutter contre la xénophobie, il faut un effort conscient, fondé sur l'acceptation d'autrui. Les Occidentaux ont, à cet égard, fait de gros progrès depuis la fin de la Seconde Guerre mondiale et, pour remonter plus loin, depuis les Lumières. Les Japonais, parmi les régimes démocratiques, sont les plus enclins à la xénophobie : réflexe d'insulaires dans une société remarquablement homogène. Leurs flux migratoires sont modestes. Devenir japonais est pratiquement impossible. Des Coréens installés chez eux depuis trois générations restent coréens. On ne peut pas prétendre que l'absorption, aux États-Unis, entre 1845 et 1920, des Irlandais, des Italiens ou des Juifs se soit passée sans heurts – pour ne rien dire des Chinois et, par la suite, des Japonais – mais, dans l'ensemble, l'intégration s'est faite autour de valeurs américaines. La France a été – pour des raisons démographiques entre autres – le pays d'immigration majeur en Europe au XXe siècle, jusqu'en 1960. C'est à ce moment que les immigrations vers la Grande-Bretagne, l'Allemagne, les Pays-Bas, la Belgique et la Suède ont commencé à se multiplier.

L'intégration, en France, s'est faite en deux générations jusqu'à ce qu'elle connaisse, depuis les deux ou trois dernières décennies, des difficultés nées, entre autres, du chômage des jeunes, de la ghettoïsation et du raidissement de problèmes identitaires dans les couches sociales défavorisées. Cela n'empêche pas que l'intégration d'une importante partie des populations d'origine maghrébine s'est opérée malgré tout, et plus particulièrement peut-être chez les femmes.

Il faut rappeler ici que tous les États se sont construits par le fer. Le plus démocratique d'entre eux, les États-Unis, s'est constitué aux dépens du Mexique et des territoires indiens. Au fil des dynasties, la Chine, qu'on dit non expansionniste, n'a cessé d'élargir son périmètre, celui des dix-huit provinces initiales, vers le sud comme vers l'ouest. L'expansion maximale s'est produite aux XVIIe et XVIIIe siècles avec la dynastie Qin, qui était mandchoue. Le Tibet comme le Xinjiang ne sont pas dominés depuis 1949 mais depuis le XVIIIe siècle. La caractéristique de la Chine, c'est qu'elle a réussi à siniser ses envahisseurs et, en général, à les absorber démographiquement. Par ailleurs, lorsque les dynasties étaient puissantes, elles considéraient les pays voisins, tels la Corée, le Vietnam, etc., comme des tributaires.

S. M. : Et comment analysez-vous les relations Chine-Afrique dans tout ça ?

G. C. : La Chine pratique en Afrique ce que nous y avons pratiqué à partir de 1884 quand nous nous sommes emparés des territoires et que nous, Européens, les avons divisés entre Allemands, Britanniques, Français, Portugais et éventuellement Espagnols. Tout ce qu'il y avait comme ressources a d'abord servi, non pas aux Africains, mais aux Européens. Les Chinois arrivent maintenant. Ils sont les derniers pour l'instant, et ils proposent d'acheter en ressources minières et énergétiques tout ce dont ils ont besoin. Ils se comportent de façon classique, comme les forts par rapport aux faibles, et nous, nous protestons, parce que nous avions fini par considérer que c'était notre pré carré.

P. F. : Il s'agit d'un comportement impérialiste et non d'un comportement colonialiste, non ? Mais justement, nous protestons *aussi* parce qu'il s'agit d'un impérialisme, souvent très brutal. Les Africains également protestent parce qu'ils ne gagnent guère au change – je ne parle pas ici de leurs dirigeants qui, eux, ont souvent beaucoup à y gagner.

Dans les vingt ou trente ans qui viennent, il va être intéressant de voir comment va procéder en Afrique ou ailleurs l'autre *imperium* émergent, l'Inde, même si d'un point de vue culturel et ethnique il est loin d'être aussi homogène que la Chine.

G. C. : C'est exact : 92 % des Chinois sont chinois, des Han comme on dit. L'Inde n'est pas un État-nation. C'est une civilisation avec une mosaïque religieuse et linguistique.

P. F. : Sur les billets de banque indiens, onze langues officielles sont représentées, je crois… C'est dire l'habit d'arlequin qui couvre l'Inde. Mais c'est néanmoins un

État politique qui a démontré sa force de cohésion depuis 1947 en réussissant à ne pas éclater en mille morceaux, même s'il continue à être secoué par un nombre considérable de rébellions armées – culturelles, idéologiques ou religieuses – dont on n'a pas idée en Occident. Sans parler des affrontements interethniques qui provoquent chaque année des milliers de morts. Si ces troubles incessants avaient lieu chez nous, même rapportés à notre échelle, nous aurions l'impression de vivre en état de guerre civile permanent.

Il n'empêche que l'Inde est le contrepoids naturel à la Chine dans cette partie du monde et que la lutte feutrée qui se déroule entre ces deux mastodontes est rarement évoquée. La Chine occupe tout l'espace médiatique. C'est un effet de mode. À tort. Car ce qui va se passer avec l'expansion de l'Inde, et dans la compétition entre cette dernière et la Chine, aura, mondialisation oblige, des répercussions sur nous. *A minima* d'un point de vue économique, donc sur nos modes de vie et notre indépendance.

S. M. : On a l'impression, à vous écouter, que l'Europe est très en retrait par rapport à tout cela, et que les grands équilibres se jouent entre d'autres acteurs…

G. C. : Nous n'avons pas fini de parler de l'Europe. Mais, pour reprendre l'expression de je ne sais plus quel philosophe contemporain, l'Europe ne fait plus partie de la « grande histoire ». On le constate chaque année davantage.

Pour être bref, les occasions perdues ont été nombreuses, comme en 1954 en matière d'intégration militaire, et les erreurs tout autant, comme en 1973, lorsque nous avons associé la Grande-Bretagne à l'Europe sans avoir établi au préalable des règles concernant les buts poursuivis. Ceux qui souhaitaient la construction d'une Europe plus intégrée, autour des six membres initiaux – France, Allemagne (de l'Ouest), Benelux, Italie – avec, au centre, le noyau franco-allemand, n'ont pas voulu ou su avancer au rythme nécessaire, installés qu'ils étaient dans une période qui paraissait relativement stable jusqu'à la chute de l'URSS.

À cette date, l'adversaire s'étant effondré, il eût fallu songer à s'adapter à une autre Europe qui ne résolvait pas ses problèmes en s'élargissant. Les États-Unis, pour leur part, en étaient satisfaits, car cela refoulait l'ex-URSS vers les frontières de la Russie, pays baltes, Ukraine, Géorgie et même Kirghizistan.

En somme, le projet britannique d'un vaste espace de libre-échange convenait parfaitement à la Grande-Bretagne, confortant ainsi les vues de Washington. Brzezinski a très bien évoqué cette stratégie dans son livre *Le Grand Échiquier*[1] : une Europe unie est moins souhaitable qu'une série d'États qui ont besoin de façon vitale pour

1. Zbigniew Brzezinski, *Le Grand Échiquier. L'Amérique et le reste du monde*, Hachette Littérature, coll. « Pluriel », 1997, préface de Gérard Chaliand (*The Grand Chessboard : American Primacy and Its Geostrategic Imperatives*, New York, Basic Books, 1997).

leur sécurité du parapluie américain, comme durant la guerre froide. De nouveau, en 2011, Zbigniew Brzezinski publie[1], au lendemain de la crise dont la chute des Lehmann Brothers en 2008 est le signe, un ouvrage dans lequel il recommande aux États-Unis de se reprendre : chômage, infrastructures, éducation, etc., domaines dans lesquels des retards se sont accumulés – sans parler de la dette. Il indique aussi les points forts : l'innovation, le dynamisme, la capacité de rebond, la mobilité américaine. L'Europe – avec la Turquie – lui paraît être l'indispensable allié pour des raisons économiques et démographiques. L'Amérique du Nord, avec l'Europe, avoisine 1 milliard d'individus : cela permet de faire le poids par rapport à la Chine et à l'Inde.

P. F. : C'est une analyse très américanocentriste. Il n'est pas interdit d'en avoir une autre, plus favorable à l'Europe elle-même, qui n'a pas à être inféodée aux États-Unis ou à qui que ce soit. Que les Américains soient nos alliés est une chose. Qu'ils soient nos tuteurs et nous leurs supplétifs en est une autre.

Depuis toujours les États-Unis ont empêché l'Union européenne de se construire. Une Europe forte leur tiendrait tête, rendrait l'OTAN inutile, et serait un concurrent économique redoutable. En ce qui concerne la Turquie, rien aujourd'hui ne nous oblige à l'intégrer à

1. Zbigniew Brzezinski, *Strategic Vision : America and the Crisis of Global Power*, New York, Basic Books, 2011.

l'Europe, sous prétexte que cela conforterait les intérêts américains. C'est le type même de question qui ne me semble pas à l'ordre du jour. Question trop lourde et sans urgence. L'ordre du jour, c'est la construction de l'Europe telle qu'elle est dans ses frontières actuelles, et si possible, pour moi, de manière fédérale. Et là, il y a urgence.

G. C. : On peut se demander si ce n'est pas trop tard. La situation de crise peut évidemment être un élément accélérateur : le dos au mur on fait des choses qu'on cherchait jusque-là à esquiver. Ou, au contraire, il y a montée du populisme et des replis nationaux. Peut-être qu'une Europe à deux vitesses aurait été préférable compte tenu des disparités entre l'Allemagne, qui est dans la catégorie des mi-lourds, et la Grèce qui est un poids coq. Fallait-il intégrer la Grèce dans l'euro ? La question peut raisonnablement être posée.

Par ailleurs, nous n'avons pas défini notre attitude à l'égard de la Russie. Seuls, me semble-t-il, les Allemands, qui ont une présence industrielle et plus largement économique en Europe centrale, paraissent plus dynamiques à cet égard. Le lien énergétique direct par la Baltique, qui évite la Biélorussie et/ou l'Ukraine et la Pologne, en est un signe. L'Allemagne – Berlin étant désormais l'épicentre de l'Europe – entend bien participer activement au marché russe sous tous ses aspects. À l'heure actuelle, l'Europe n'a pas de volonté politique commune et n'a qu'une importance militaire très marginale, en dehors, toute proportion gardée, de la Grande-Bretagne et de la France.

P. F. : Pour la Grèce, il me semble que ce n'est pas parce qu'elle a intégré l'euro qu'elle a connu les problèmes que l'on sait, mais parce qu'elle a les problèmes que l'on sait – dus à un foisonnement de causes – qu'on se demande si l'euro en est responsable. D'autres poids coq de l'Europe, pour reprendre ton expression, Gérard, tiennent le choc grâce à une économie plus saine et des décisions politiques plus sages.

G. C. : En tout cas, partout sauf en Allemagne et en Europe du Nord, nous hésitons à nous engager dans des réformes radicales. Les demi-mesures que nous prenons vont pourtant déplaire sans résoudre la situation. En France, on a récemment signalé, en mai 2013, que la cote du chômage dépassait celle de 1997. Mais qu'est-ce qui a été fait, en 1997 ? Rien. C'étaient les années où Jacques Chirac était au pouvoir. De toute façon, droite comme gauche n'ont pas voulu s'attaquer aux réformes nécessaires : celle de l'État, de la législation du travail, du chômage, des corporatismes, etc.

P. F. : Par esprit de commodité.

G. C. : Pourtant, aucun État ne devrait dépendre d'un autre pour sa sécurité, même si c'est commode. On a laissé les choses se dégrader dans les banlieues. À ce sujet, je me souviens que, quand j'enseignais à l'ENA en 1995-1996, des officiers de gendarmerie disaient déjà que depuis douze ans certaines zones étaient hors du contrôle de l'État et qu'un jour on allait le payer. Cela remonte maintenant à une génération. Tout cela a été laissé à vau-l'eau, au gré d'une gestion au jour le jour par l'État, occupé uniquement par le court terme, les campagnes électorales, avec des hommes politiques plus soucieux de leur réélection que du terrain.

P. F. : D'après ce que j'ai pu comptabiliser, les hommes politiques français passent en moyenne 80 % de leur temps à l'invective de l'adversaire pour le maintien ou la conquête du pouvoir, et 20 % à la pratique politique en tant que telle, gestion de l'État comprise.

G. C. : En ce qui me concerne, en dehors de mes devoirs de citoyen, je ne me mêle pas directement de prendre position, en France, sur nos problèmes. Je m'occupe de questions internationales depuis très longtemps et elles m'accaparent d'autant plus qu'étant très souvent et longtemps absent, je ne suis pas de très près les débats politiques nationaux. Les articles du *Canard enchaîné* sont souvent opaques pour moi. Je ne connais guère les références, ni souvent les affaires. Cependant, on ne peut être que profondément concerné par la période que nous commençons à traverser. Pour ne pas remonter à la première crise pétrolière de 1973 à partir de laquelle nous avons commencé à nous endetter. Raymond Barre, alors Premier ministre du président Giscard, avait dit que le temps des vaches grasses était terminé. La prise de conscience, comme c'est habituel, s'est faite avec retard[1]. Une fois le constat établi, il y a en somme plus d'un quart de siècle, qu'est-ce que nos dirigeants politiques ont entrepris pour rétablir la compétitivité ? Les années de Jacques Chirac, surtout lors de son second mandat – en dehors de son refus de s'engager en Irak –, ont été des années d'immobilisme, et pourtant ce dernier ne manquait pas de soutien dans l'opinion publique. La gauche, quant à elle, a été timorée, démagogique avec les trente-cinq heures, sans courage pour entamer des réformes, notamment pour résorber le chômage qui produisait, entre autres, des problèmes sociaux et d'intégration dans les banlieues. On peut à cet égard renvoyer dos à dos l'ensemble de la classe politique. En France, il y a eu, et il y a encore, ceux qui sont dans le système, quel que soit l'échelon, et ceux qui sont hors du marché du travail, entre autres parce que l'embauche coûte trop cher à l'employeur. Le précédent président avait promis de redonner du dynamisme, mais il ne l'a pas fait. Le pouvoir présent joue la demi-mesure, compte tenu de son électorat. Et, faut-il le dire, quitte à être critiqué : une large partie des Français n'est pas prête à se battre. L'âge d'or, c'était hier ou avant-hier et l'avenir est craint parce qu'il est plein de défis.

1. Nicolas Baverez, *Les Trente Piteuses*, Flammarion, coll. « Champs », 1997.

On ne vivra plus comme naguère. L'Europe devrait être construite. Qu'on le veuille ou non, c'est la seule façon, pour nous, de peser dans le monde de demain. Nous en avons le potentiel. En avons-nous la volonté ? L'alternative, c'est le repli populiste sur soi-même qui ne peut qu'aviver les antagonismes sociaux. C'est l'heure des choix.

En matière de compétitivité, en 2013, les États-Unis sont les premiers, suivis par la Suisse, Hong Kong, la Suède et Singapour. L'Allemagne se classe neuvième. La Grande-Bretagne, qui était il y a une quinzaine d'années au onzième rang, passe au dix-neuvième. La France, qui occupait le treizième rang, n'est plus qu'au vingt-neuvième.

Nous avons si longtemps vécu protégés par l'État-providence que nous avons, pour une large partie de notre société, perdu l'habitude de nous battre. Notre capacité de réaction aux difficultés s'est beaucoup émoussée. Je crois que nous n'avons pas conscience encore de l'ampleur des changements internationaux qui sont en train de s'opérer. Le discours franco-français, les querelles franco-françaises, la place donnée à des événements mineurs comme le terrorisme, tout cela accentue notre provincialisme. *In fine* se pose la dernière question : dans les conditions présentes, que peut-on demander comme efforts aux Français ? Avons-nous un personnel politique assez courageux pour tenter d'opérer les changements indispensables ?

P. F. : La plupart des analystes lucides sont d'accord sur le tableau que tu viens de brosser. Il n'y a donc pour s'en sortir que l'appel à un ressaisissement général autour duquel nous tournons depuis tout à l'heure. Là aussi, tous les observateurs sont à peu près d'accord. Mais personne ne sait comment s'y prendre au juste. Peut-être parce qu'on met la charrue avant les bœufs en cherchant des solutions techniques d'un point de vue économique alors qu'il faudrait travailler en priorité à un véritable changement des mentalités. Tout ce dont nous parlons depuis le début. Seul un changement de ce type peut permettre de relever les défis les plus durs.

Les hommes politiques de demain, ceux dont l'histoire pourra se souvenir dans les siècles à venir seront ceux qui auront contribué à ce changement pour construire réellement l'Europe. On oubliera les autres. Pour l'heure, hélas, nos ministres se « municipalisent » chaque fois qu'il y a la moindre usine à sauver, mobilisant jusqu'au chef de l'État pour résoudre des problèmes d'ordre local. On joue encore sur l'émotion, l'empathie avec les victimes, la sympathie avec les électeurs. Nul n'a jamais dit qu'il ne fallait pas avoir de tels sentiments, bien au contraire. Mais quand on est ministre ou président de la République, on ne peut être, ni ne doit être, partout. Ce ne sont pas des pompiers. Sarkozy a initié une méthode populiste des plus néfastes pour la stature du poste qu'il occupait. Hollande a fait un peu mieux mais à peine. Le pli était pris.

L'Europe est donc le rêve principal qui devrait occuper les hommes politiques et cela devrait être leur principale vision à long terme. Il va leur falloir travailler dur compte tenu des retards accumulés et de la prégnance d'un euroscepticisme nouveau – qui ne va que s'accroître avec la montée en puissance du Front national et des autres mouvements souverainistes. Si l'idée même d'une Europe fédérale n'est pas tout de suite remise au premier plan, nous allons vers une vassalisation feutrée de nos nations dont on voit bien qu'elle signerait l'échec de deux mille ans de civilisation. Pour les citoyens européens qui sont, tout de même, quelques centaines de millions, ce serait une pitoyable réalité. Il faut leur dire et répéter que seule une Europe réelle et forte peut régler leurs problèmes. Tout le reste est secondaire, subsidiaire, et contenu dans l'idée européenne.

S. M. : Comment redémarrer, à propos de la construction européenne, quelque chose de positif sans changer complètement les paradigmes ? Sommes-nous encore dans un projet fort, ambitieux et porteur d'espoir ?

P. F. : Il faudrait surtout, en premier lieu, réinsuffler le rêve européen dans la jeunesse qui, je le sens bien, ne demande qu'un but exaltant à poursuivre, quelque chose d'autre qu'un consumérisme sans fin. Pour ces grandes affaires politiques, comme pour toutes les grandes choses, il faut du rêve et du désir. Ensuite, le reste peut venir. Sans rêve et sans désir, rien ne peut advenir. On travaille sur une terre stérile.

Il faut reprendre la tâche à la base, comme il y a cinquante ans. Avec une bonne dose d'esprit d'aventure, on peut y parvenir, voilà ce à quoi cet esprit peut servir pour une véritable modernité… Mais pour commencer, il faudrait déjà que nos gouvernants cessent d'accuser Bruxelles à tort et à travers dès que quelque chose ne va pas – en s'attribuant tout le mérite quand quelque chose fonctionne. Nous avons tout à perdre à ce petit jeu politicien.

S. M. : N'avons-nous pas à repenser la démocratie et la façon de la faire vivre ?

P. F. : C'est à revoir, sûrement. Mais le plus important est de mettre en route le chantier intellectuel et culturel qui consiste à accepter l'abandon d'un nombre important de souverainetés nationales au profit d'une souveraineté européenne à inventer en même temps. Puisqu'un patriote français de mon espèce, très attaché à sa culture, y est prêt, pourquoi pas une majorité de citoyens ? L'idée d'un patriotisme européen qui n'existe pas encore non plus, mais qui pourrait « emboîter » les patriotismes nationaux et régionaux les uns dans les autres comme des poupées russes, est à bâtir en parallèle. C'est une construction mentale fascinante. Voilà ce qui serait réellement nouveau !

Reste à trouver quelques hommes politiques prêts à tout jeter dans la balance pour y parvenir. Et capables d'attendre vingt ou trente ans les effets de leur action.

Ou jamais. En ce qui me concerne, je veux garder l'optimisme combattant qui était celui d'un De Gaulle en 1940 : puisque ça a l'air fichu, autant y aller à fond… L'essentiel est d'y croire et de penser qu'il n'y a de dignité que dans le combat. On peut toujours avoir un quart d'heure de souffle de plus que le destin. C'est cela aussi, l'esprit d'aventure.

S. M. : Ce que tu dis est-il vraiment « politiquement correct » ?

P. F. : Comment appréhender cette question du politiquement correct à l'aune de la démocratie ? Parlons-en un moment. Mais je peux d'abord retourner la question de la manière suivante : si la démocratie est le système politique le plus élaboré qui ait jamais existé du point de vue de la liberté d'expression, comment peut-il aboutir à l'installation de pensées dominantes, uniques, dans l'air du temps ? Et à partir de là, comment peut-il se heurter à ce concept de politiquement correct, c'est-à-dire à l'idée qu'il puisse y avoir un certain nombre de sujets inabordables et suspects dans leur expression même, indépendamment de toute argumentation ? Comment la démocratie peut-elle construire ce type de prisons intellectuelles ?

G. C. : Le politiquement correct prend naissance aux États-Unis sur des questions raciales et de genre. Dans le cadre du féminisme, les femmes dénonçaient le discours machiste qui réduisait la femme à un objet. C'était une réaction extrêmement saine. La dictature du mâle ne devait plus se faire sur une gent féminine soumise. Il n'a pas été vain d'obliger les gens à penser autrement, à ne plus pouvoir exprimer librement leur racisme. Ils ont été obligés de repenser celui-ci, ainsi que leurs discours sur les femmes, les handicapés, les homosexuels, bref tous les minoritaires. C'est une obligation au respect. Changer les discours, c'est aussi changer la pensée.

Par la suite, cela s'est développé dans divers domaines, comme une censure, qui s'est étendue à la chose politique, sociétale, etc. On en est arrivé au paradoxe qui est le nôtre. Dans une société en principe issue de la matrice grecque qui se caractérise par la fonction critique, c'est devenu comme se rendre à un combat de boxe avec un bras derrière le dos. Du masochisme. Du point de vue des idées, nous sommes dans une autre tyrannie nouvelle, à l'intérieur de laquelle il y a intérêt, quand on exprime une opinion qui n'est pas « correcte », à s'autocensurer. Encore qu'il faille nuancer. J'ignore si dire « malvoyant » au lieu d'aveugle est une avancée, mais il est vrai que des termes qui étaient d'emblée péjoratifs ou dépréciatifs peuvent et doivent être corrigés. Mais, en politique, il faut pouvoir parler librement, analyser sans œillères, ne pas répéter les thèmes de la propagande de son camp comme si c'était des vérités absolues. C'est un manque à penser, une entorse au droit à la critique, à la libre recherche. Cela mène au conformisme ou à la manipulation.

P. F. : Voilà un tableau très complet du problème... Mais la façon dont les choses ont dérapé, ce qui reste mystérieux à mes yeux, je l'avoue, c'est la manière dont on est passé de la censure des siècles passés où l'on pouvait être embastillé pour un rien, à l'autocensure moderne qui nous enferme dans une bastille personnelle. L'antinomie entre la libre expression démocratique et le politiquement correct m'étonne toujours, m'accable et m'intrigue. Gérard a raison de parler de tyrannie. Une tyrannie qui ne fait guère réagir là aussi et provoque peu de révoltes. Tant que l'on peut consommer, n'est-ce pas ?...

S. M. : Et les anachronismes ?

G. C. : Ils sont légion. Nous vivons dans l'anachronisme. Par exemple, les débats sur l'esclavage aujourd'hui. Que Condorcet ou Olympe de Gouges, comme on l'a déjà dit d'ailleurs, aient manifesté leur refus de l'esclavage en disant à quel point c'était dégradant pour l'espèce humaine et en affirmant que tous les hommes faisaient partie de l'espèce humaine, je trouve cela fondé, courageux et généreux. Aujourd'hui, le procès concernant l'esclavage me paraît tardif, anachronique. Il y a beaucoup de retardataires dans le domaine de la critique de ce qui s'est passé et il vaut mieux saluer ceux qui l'ont fait à l'époque. Je tire mon chapeau à Montaigne pour ce qu'il dit à propos des cannibales et des indigènes, à La Boétie pour ce qu'il dit sur la servitude, mais qu'on nous resserve cela aujourd'hui, je trouve ça démagogique.

P. F. : Démagogie qui va de pair avec le politiquement correct. Mais il y a souvent des arrière-pensées dans ces affaires, ou des manipulations de l'opinion publique – comme dans le cas du problème de l'esclavage qui resurgit pour accentuer la tendance à la repentance et dresser les communautés les unes contre les autres. Ce serait intéressant de voir ce que les Allemands, les Français ou les Anglais feraient s'il leur prenait à eux aussi l'envie de régler les comptes de leurs ancêtres. Il y a beaucoup de noms sur le monument aux morts de mon village. Je n'ai pas vécu personnellement les guerres qui les ont provoqués, tuant beaucoup des miens, mais, si j'en veux beaucoup aux Allemands d'hier, je n'en veux à aucun Allemand d'aujourd'hui. Ni eux ni moi ne sommes directement responsables de cette violence du passé. Nous avons décidé de l'oublier pour aller de l'avant et c'est tant mieux. L'inverse aurait provoqué de nouvelles guerres. Quel peuple, à ce sujet, peut se dire sans tache, d'ailleurs ? Même pas un Bantou du Congo auquel je peux reprocher aujourd'hui encore de mettre les Pygmées en servage. Et j'ai trop vu de victimes devenir bourreaux pour ne pas me méfier de ces résurgences du passé.

Bref, je ne suis pas comptable d'un passé où je n'ai aucune responsabilité. Ces responsabilités appartiennent à ceux qui ont fait l'histoire, c'est tout ce que je dois savoir, c'est tout ce dont je dois être conscient – et dans l'unique but de ne pas les reproduire.

G. C. : Il faut reconnaître les faits. L'histoire entière n'est qu'un immense bain de sang dans lequel le vainqueur tend à faire regretter au vaincu d'être né. L'esclavage était jadis le lot de tout le monde quand une guerre était perdue, et cela depuis les Assyriens et bien avant : on a cinq mille ans d'histoire de l'esclavage, sinon davantage.

Ajoutons que la culpabilité n'est pas héréditaire et que nous ne sommes comptables que de nos propres actes. C'est très important de le rappeler comme l'a fait Patrice.

P. F. : Une fois la chose reconnue, le pardon de l'histoire doit intervenir pour permettre à cette histoire de continuer de façon plus positive. À mes yeux, ceux qui persistent à faire du passé une culpabilité pour les gens du présent jouent à un jeu à la fois injuste et périlleux. Le fond de leur motivation est le ressentiment. On pourrait trouver à redire chez eux, comme chez tout le monde.

S. M. : Tous les peuples seraient-ils alors dans la repentance ?

P. F. : C'est clair. Mieux vaut donc, comme le dit Gérard, ne pas considérer les fautes comme héréditaires. De mes quarante ans d'expérience dans diverses sociétés et dans pas mal de guerres, j'ai retenu à l'examen, en plus de l'histoire, qu'il n'y avait pas de peuples innocents, comme je l'ai dit tout à l'heure. Et, il faut le redire comme un simple constat à prendre en compte, la xénophobie fait partie de l'identité des peuples comme de leur instinct de conservation sur le long terme. Il faut faire avec dans l'immédiat et travailler à changer sereinement tout cela pour l'avenir.

G. C. : Pour finir sur l'esclavage, on met essentiellement l'accent sur l'esclavage occidental, mais toutes les études sérieuses montrent que l'esclavage musulman, la traite qui commence dès le VIIIe siècle et s'étend jusqu'au XIXe, sinon au-delà, dépasserait en nombre celle faite par les Occidentaux via l'Atlantique. En d'autres termes, la critique de l'esclavage est strictement réservée aux vainqueurs d'aujourd'hui. Les autres sociétés se sont-elles penchées sur leur passé esclavagiste ? Des descendants d'esclaves, on en trouve en grand nombre au Brésil, aux Caraïbes, aux États-Unis, mais où sont les descendants d'esclaves en zone musulmane ? On n'embarquait essentiellement des mâles africains dont la descendance ne pouvait qu'être réduite et cette descendance, qui plus est, ne pouvait occuper que des fonctions très subalternes…

P. F. : Pour être complet et impartial, il ne faut pas oublier non plus l'esclavage interafricain, vecteur de l'esclavage des Blancs. Et rappeler surtout qu'il existe encore une forme d'esclavage moderne : travail des enfants dans les pays émergents, traite des prostituées, domestiques des pays du Golfe, servage de peuples minoritaires en Afrique, et j'en passe. S'il y a un problème de l'esclavage aujourd'hui, il est là.

G. C. : On retrouve le rapport du faible au fort à l'intérieur des sociétés africaines, comme partout.

14

Sophie Mousset : Peut-on revenir sur la question de la notion de risque ?

Gérard Chaliand : Pour moi, le goût du risque est fondamental. À titre personnel, j'ai toujours considéré le risque comme l'une des choses les plus excitantes de l'existence.

Patrice Franceschi : Je partage ce goût. Si le risque en tant que tel est consubstantiel à la vie, en avoir le goût, c'est mettre des épices dans sa vie. Mais, Gérard, penses-tu que ce goût du risque puisse exister au niveau d'une nation ?

G. C. : Non. Il y a l'acceptation du risque qui est une chose qu'une société doit pouvoir accepter, mais le goût du risque, c'est-à-dire la recherche du risque, est réservé à un nombre relativement restreint d'individus, femelles ou mâles. Moi j'aime ça, je trouve que cela donne à la vie une couleur, fait sortir de la grisaille de la vie quotidienne, mais je n'en ferai pas un modèle universel, encore que, longtemps, les sociétés ont vécu dans la précarité, ce qui implique des risques.

Cela dit, dans l'éducation qu'on donne, il faudrait inclure le goût du risque et de l'initiative, sinon on produit des individus uniquement préoccupés de sécurité.

P. F. : Ce serait d'autant plus intéressant que le goût du risque est peut-être transmissible…

Si je cherche maintenant à théoriser ce risque, je dirais qu'il me semble se situer sur trois niveaux dans la vie des sociétés et des individus. Le premier niveau est le *refus* du risque, niveau auquel nous sommes actuellement dans nos sociétés occidentales : la vie ne *doit* pas comporter de risques. Le second niveau est *l'acceptation* du risque, niveau qui était celui de nos grands-parents et de leurs aïeux : la vie comporte *nécessairement* des risques. Troisième niveau, enfin, le *goût* du risque, niveau individuel – ou de groupes particuliers d'individus : la vie n'a d'intérêt *qu'avec* des risques.

Il n'y a pas de hiérarchie particulière dans ces trois niveaux, juste le fait de leur existence.

À mes yeux, on ne fera repasser la société occidentale du *refus* du risque à *l'acceptation* du risque qu'avec un certain nombre d'individus mettant en avant le *goût* du risque. Mais où trouve-t-on chez nous ces modèles d'individus, maintenant que l'aventure ancienne, avec son lot de risques, est en voie de disparition ? Dans l'exploit sportif individuel sans doute – effet de l'individualisme de masse –, mais essentiellement là où le risque peut être apprivoisé, maîtrisé ou fabriqué : à la télévision et dans le tourisme d'aventure destiné à la consommation. Drôles de modèles…

G. C. : Oui, en groupe avec un guide. C'est le parfum du risque.

P. F. : Exact. Des succédanés. Car il faut rappeler qu'il n'y a pas d'aventure véritable sans risque véritable – et la responsabilité qui va avec. Pourtant, si l'on demande autour de soi où se trouve encore l'aventure, beaucoup répondent : *Koh-Lanta*, une émission regardée par des millions de téléspectateurs.

S. M. : Ceux qui regardent cette émission sont persuadés qu'ils voient réellement se dérouler une aventure. Ils n'ont pas dans l'idée qu'au moment où ils regardent un type se jeter à l'eau ou lutter avec un crocodile, ledit crocodile a été importé parce qu'il ne fallait pas qu'il soit trop gros ni trop dangereux, qu'il y a cinq caméras, du personnel pour intervenir en cas de besoin, et que l'ensemble est monté comme un film. Nous sommes dans une création pure où tout est scénarisé, où tout est faux, mais dont le parfum qui s'en dégage est grisant et puissant.

P. F. : Nous sommes à coup sûr chez des faux-monnayeurs, mais ce qui me paraît passionnant, c'est que ce type d'émissions est la preuve qu'il y a encore un besoin et un désir d'aventure dans notre société – notamment dans la jeunesse –, et c'est ce qui m'intéresse. Le défaut de l'affaire, c'est que, par contrecoup, les dernières aventures réelles, entreprises par des individus ou des groupes d'individus, doivent posséder un haut niveau médiatique pour pouvoir supporter la comparaison avec le modèle télévisuel, littéralement assené – faute de quoi elles sont marginalisées.

S. M. : Je voudrais faire deux remarques. La première, qu'il faut intégrer le fait que ceux qui participent à ces émissions veulent être vus, et pour cela ils sont prêts à faire n'importe quel jeu à la télévision. La seconde, que l'esprit d'aventure est un projet que l'on porte et qui n'a pas besoin d'être médiatisé, c'est presque un projet secret. L'un a besoin de lumière pour exister et l'autre pas.

P. F. . Excellentes remarques. Car, sur le principe, l'aventure n'a nul besoin de médiatisation pour exister. Elle est ou elle n'est pas. Sa dimension métaphysique est là – celle qu'ont tant cherché à exprimer Conrad et quelques autres avec lui. Elle relève d'abord de l'ordre de l'intime, c'est-à-dire de la motivation qui la suscite, et peut varier considérablement selon les individus, ce pourquoi, sans doute, on ne trouve dans l'aventure que ce qu'on y a mis soi-même. Cependant, comme chacun d'entre nous a besoin – à des degrés divers mais dans tous les aspects de la vie – du regard de l'autre et de sa reconnaissance pour se sentir exister – si ce n'est exister vraiment –, la médiatisation de l'ère moderne joue un rôle capital. Peu importe le paradoxe, il est là. D'où d'ailleurs le succès des réseaux sociaux qui donnent le sentiment qu'on est vu par le plus grand nombre, donc reconnu à proportion jusque dans son être le plus intime que l'on abandonne à tout vent. L'équation humaine reste : plus je suis vu, plus j'existe.

De grands aventuriers totalement inconnus, j'en connais beaucoup. Ceux, parmi eux, qui ne se soucient d'être reconnus que par ceux qui comptent à leurs yeux, sans prêter attention au reste du monde, sont à la fois grands et vrais. Je dirais qu'ils « persistent » dans leur être. Il leur apparaît même plus précieux de ne pas être connu que d'être reconnu dans la rue – selon le vieil adage, sans doute, que pour être heureux il faut vivre caché. Adage plus que jamais d'actualité.

Malheureusement, certains projets d'aventure coûtent cher et, pour trouver leur financement, la médiatisation reste impérieuse. Ce dont on ne parle pas n'existe pas. Nouveau paradoxe tout aussi incontournable que le précédent. Car cette médiatisation peut aisément fausser le rapport à la vérité de l'aventure et aux motivations qui la suscitent. D'où nombre de dérives consternantes.

Toutefois, il reste un nombre considérable d'aventures qui demandent peu de moyens financiers. On peut toujours partir dans le monde les mains dans les poches et se confronter à lui pour le découvrir. L'inconnu reste toujours ce que l'on ne connaît pas soi-même. Le risque et la découverte sont à notre propre échelle.

Pour quelqu'un qui ne connaît pas l'Inde, par exemple, aller s'y « engouffrer » le temps nécessaire reste une formidable et authentique aventure qui ne demande qu'un peu de courage, d'efforts, d'ouverture d'esprit, de frugalité et de persévérance. Pour l'individu isolé, rien n'est perdu.

Je plaide d'ailleurs, depuis peu, pour l'instauration par l'État d'une « bourse nationale de l'esprit d'aventure », ouverte à chaque classe d'âge arrivant à la majorité. Elle serait destinée à permettre à tous les jeunes de mettre en œuvre un projet personnel de découverte du monde avant d'entrer dans la vie professionnelle : un projet précis, une année de bourse, 1 000 euros par mois. Cette bourse nationale coûterait cher dans l'instant. Les dividendes qu'elle rapporterait pour l'avenir seraient, j'en suis certain, cent fois supérieurs à la mise initiale. Nous sortirions mieux de nos problèmes de société par la seule action des jeunes adultes formés ainsi. Longtemps on a convoqué toutes les classes d'âge pour effectuer un service militaire d'une année. Convoquer maintenant les jeunes pour un service national de la découverte du monde représenterait ce que j'appelle un progrès.

Un jour prochain, je vous détaillerai les grandes lignes de ce projet et comment le financer…

En attendant, revenons à l'aventure actuelle, celle proposée par le tourisme, monétisée et tarifée. Elle est peu de chose malgré sa domination absolue comme modèle de masse. Il faut donc refuser la diffusion de ce modèle. C'est tout un travail, car il a pris une position dominante depuis une vingtaine d'années. Le temps est déjà là où le spectateur installé devant sa télévision ou son écran d'ordinateur est déçu si l'aventurier qu'on lui présente n'a pas lutté contre un jaguar ou ne s'est pas frotté sous l'eau à de redoutables requins. Une fois de plus il faut exercer son esprit critique au bon endroit.

G. C. : Tu as parlé de la jeunesse. Les jeunes sont les seuls que je vois véritablement intéressés par l'aventure et par l'esprit d'aventure. Certains viennent me voir en disant : j'aime ce que vous avez fait, je voudrais vivre comme cela, je suis prêt à prendre des risques ! J'en rencontre, des garçons et des filles ! Je les aide comme je peux, je les conseille pour choisir un terrain. Si les gens se contentent de me dire : « qu'est-ce que j'aurais aimé faire comme vous », c'est qu'ils n'en ont jamais eu assez envie. Il ne s'agit pas seulement de rêver. Il faut y aller. Mais ceux qui sont véritablement animés par l'envie de faire quelque chose, ce sont les jeunes.

S. M. : C'est peut-être lié à l'insouciance ?

G. C. : Je pense que l'esprit d'aventure s'inculque tôt, de façon consciente ou inconsciente. La façon dont on est éduqué jusqu'à l'âge de douze ans me paraît fondamentale, je le redis encore. À douze ans, tout est joué. On est déjà ce qu'on va devenir. En ce sens, une famille qui s'intéresse à l'éducation de ses enfants, qui y veille au quotidien, est essentielle. Ensuite, il faut une école où il y ait suffisamment de moyens pour que l'instituteur, à condition de ne pas être débordé par le nombre d'élèves ou d'un niveau trop bas, puisse dispenser savoir et discipline : ce qui doit être fait chaque jour, du point de vue de l'hygiène, de la ponctualité, du comportement, etc. Par ailleurs, le contact avec la nature, surtout pour de petits urbains, revient toujours au scoutisme ou aux éclaireurs. Je ne trouve pas cela désuet, mais on peut trouver d'autres formules. Il y a des familles qui campent ensemble, il y a aussi des colonies de vacances bien organisées. Tout cela doit susciter un environnement dans lequel l'enfant est bien structuré. Il ne doit pas être laissé à l'abandon, faire uniquement ce qu'il veut. Cette formation de base me paraît essentielle. Si on ne l'a pas, il est difficile de l'acquérir. Il faut créer les conditions de l'autodiscipline, de la responsabilité et du goût de l'effort.

Il faut préparer le citoyen avant même l'adolescence, préparer les données de son comportement. On remarque tout de suite ceux qui font leur lit, la vaisselle, ceux qui, lorsqu'ils quittent un lieu, le laissent en bon état. Tout cela s'apprend très jeune. S'il n'y a pas cette formation de base essentielle, c'est que la famille n'a pas joué son rôle : père absent, mère débordée. Il faut préparer un ou une adulte à envisager l'existence comme quelque chose que l'on dirige. Faire face me paraît important. Ce n'est pas l'esquive, c'est la préparation à être combatif et à lutter.

P. F. : Il faut ajouter à ce tableau la capacité à vivre avec les autres. Sur cette question, je remarque que dans notre société occidentale cela fait 2 500 ans que tous les penseurs mettent l'éducation au centre de leurs réflexions et cette nécessité de la préparation au vivre ensemble. À partir de Rousseau, bien sûr, mais déjà bien avant. Les textes d'Aristote ou de Platon, ceux des stoïciens et des épicuriens sont nombreux sur ce sujet. Et détaillés, avec un nombre considérable d'idées, pas toujours merveilleuses, d'ailleurs…

Éduquer la jeunesse reste, à l'évidence, l'un des facteurs fondamentaux de la vie en collectivité si l'on ne veut pas que l'égoïsme de la nature humaine prenne le pas sur le reste. On appelle cela le civisme aujourd'hui. Il n'est pas délaissé, mais il n'est plus au centre de nos préoccupations.

G. C. : Et c'est une erreur ! Les dictatures, plus elles sont totalitaires, plus elles s'attachent à dresser les enfants. Là, on ne parle plus d'éducation, mais de dressage. En ce qui nous concerne, je me réfère évidemment à une éducation de type démocratique, ouverte sur le monde, qui, par ailleurs, n'aurait pas l'individu pour seul horizon.

En ce qui concerne l'école, elle est un phénomène récent, autrefois réservée à quelques-uns. L'accès à l'école pour tous est une idée neuve. Les filles, qui durant des siècles et des siècles ont été complètement écartées du savoir, à l'exception de quelques personnalités aristocratiques, participent désormais pleinement de l'éducation et du savoir, mais c'est tout récent. Il y a peu, il était encore impensable de voir une diplômée de physique ou de médecine. C'est au XXe siècle que les femmes ont commencé à avoir droit de cité : le vote, l'accès à l'université et bien d'autres choses. Encore ne voit-on cela que dans une partie du monde. C'est une transition en cours.

P. F. : Observons ici que cette égalité de l'homme et de la femme à laquelle nous sommes presque parvenus, et qu'il faut encore améliorer, est l'un des facteurs de développement des sociétés démocratiques. Ailleurs sur la planète, les sociétés qui se privent de la moitié de leur population ont du mal à progresser. Elles perdent une part de leur puissance intellectuelle, une sensibilité différente, et tout ce que les femmes peuvent apporter. Ces sociétés prennent du retard sur les autres et devraient s'interroger sur la raison de ce retard.

S. M. : Les problèmes de l'éducation aujourd'hui seraient-ils liés à des pertes de valeurs ?

P. F. : Nombre de théories de philosophie politique contemporaines mettent l'accent sur ce qu'elles appellent la « neutralité axiologique de l'État ». En termes courants, cela signifie que l'État doit être neutre à propos des valeurs, il ne doit pas dire ce qu'est « la vie bonne ». C'est aux individus de choisir. Dans ce cas de figure, répandu dans les démocraties, l'État est dit « procédural » – il se limite à régler par la loi les rapports de justice entre les citoyens. Il n'est plus un État « substantiel » comme jadis – c'est-à-dire proposant à ses membres un socle de valeurs communes pour la meilleure vie possible. À l'origine, il s'agissait d'évacuer les valeurs religieuses qui entravaient la liberté individuelle par leur codification de tous les actes de l'existence. La réussite a été au rendez-vous, mais du même coup l'État s'est en partie coupé de valeurs non religieuses qui auraient pu lui être encore utiles pour garantir la cohésion sociale. Ce sont ces valeurs, celles du vivre ensemble pour tout dire, du civisme de base si l'on préfère, que l'école ne transmet plus qu'avec timidité. Elle craint de redevenir une école « substantialiste » dans laquelle tous les groupes de la société, notamment minoritaires, pourraient s'engouffrer pour réclamer chacun une part de « substance », autrement dit des valeurs particulières et non plus communes.

C'est pour cette raison que les cours d'instruction civique, quand il y en a, se limitent précautionneusement à expliquer ce que sont les institutions de l'État – autrement dit à détailler son aspect « procédural » –, et rien d'autre, ou presque. Cet élargissement de l'école à autre chose que les programmes scolaires actuels est aujourd'hui un sujet très sensible. Le seul moyen de rétablir quelque chose d'utile d'un point de vue civique est de rappeler, encore une fois, que dans les fondements de notre démocratie se trouve l'idée qu'il existe des valeurs universelles communes à tous les hommes par-delà leurs particularismes. La bataille n'est pas gagnée. Mais l'instauration, par exemple, du service civique actuel grâce à Martin Hirsch montre que l'on peut faire quelque chose de neuf, comme une refondation moderne de ce qui a pu fonctionner par le passé.

15

Sophie Mousset : Quelles pourraient être les valeurs de la République ?

Patrice Franceschi : Ces valeurs de la République me semblent déjà bien connues. De même que cet autre fait qu'une société, quelle qu'elle soit, ne peut fonctionner sans un socle minimal de valeurs communes dans lesquelles chacun se retrouve. L'atomisation de notre société en un agrégat d'individus tous préoccupés d'eux-mêmes et ne se reconnaissant pas dans les autres a atteint ses limites. Une société n'est pas la somme de ses membres. Chaque individu ne peut percevoir les autres comme un obstacle à ses projets personnels.

Ces valeurs communes sont tout simplement celles qui ont fondé notre démocratie et que nous avons délaissées. Quand on grave « Liberté, Égalité, Fraternité » au fronton des mairies de la République, tout est dit, nous n'avons guère besoin de plus. Mais qui proclame encore que tout doit être subordonné à ces devises ? Et que le patriotisme républicain n'est rien d'autre que cela, institué dans un espace politique et territorial précis ? Nous vivons entourés d'exemples qui ne cessent de ruiner ces idéaux. Et à l'école, nous nous refusons à les enseigner de la manière la plus ferme.

Gérard Chaliand : Les valeurs évoluent. La société aristocratique, par exemple, était fondée sur l'honneur. On voit bien, aujourd'hui, que nous ne sommes plus dans une société aristocratique. Certains continuent de penser que l'honneur a un sens, beaucoup d'autres pensent que c'est une notion désuète. Il fut un temps, pas très lointain, où l'excellence dans le travail était considérée comme une valeur. Je constate que, d'une façon générale, ce n'est pas le cas aujourd'hui dans nos sociétés, sauf dans certains secteurs où la compétition est vive.

Dans une société où il y a de plus en plus d'exemples de malversations, de scandales d'origine financière, il y a automatiquement un relâchement moral par rapport à la société telle que nous l'avons connue. Les règles étaient alors plus strictes, mais la stratification sociale était plus rigide.

P. F. : Il est clair que les valeurs évoluent avec le temps – du moins pour celles dont l'universalisme est incertain. Pour ce qui est des valeurs de la République, c'est justement tout le problème. Elles ne sont plus que des incantations électorales oubliées dès la fin des élections – avant d'être reprises lors des élections suivantes dans un même cycle inutile. Par ailleurs, nous transmettons des choses contradictoires et paradoxales.

L'État, même se voulant le plus procédural possible, produit une législation imprégnée de morale chrétienne disant le bien et le mal – que lui-même en tant qu'État bafoue régulièrement par le biais de ses représentants. La presse également énonce le bien et le mal chaque fois qu'elle juge et prend partie – mais on ne la voit pas donner l'exemple quand elle prône la réussite sociale à tout prix, ou vante la manière de payer moins d'impôts. L'économie se dit vertueuse mais ne fonctionne qu'avec le profit comme horizon spirituel au détriment des plus faibles et des plus exposés. Le sport ? L'argent, la triche et le dopage y sont répandus sans vergogne. Même le monde associatif n'est pas épargné par le *charity business* et autres joyeusetés.

En tant que citoyens, nous sommes sans cesse tiraillés par la contradiction des discours et des actes. Comment poser des valeurs sûres et stables dans un tel décor ? « Liberté, Égalité, Fraternité » ? On a du mal à trouver sur qui on pourrait prendre exemple pour les suivre à la lettre. C'est la crise morale dont vient de parler Gérard – et elle ne date pas d'hier. Après tout, c'est là-dessus que réfléchissait Nietzsche il y a plus d'un siècle…

S. M. : Tu fais donc une différence entre différentes « morales » appliquées à certains moments et pas à d'autres, ou par une partie des groupes qui se donnent les mêmes règles, mais pas forcément par l'État, donc par celui qui est au-dessus et qui devrait encadrer tout cela ?

P. F. : D'un point de vue éthique, il faut distinguer ce que l'État doit impérativement faire en politique intérieure, et ce qu'il peut éventuellement être autorisé à faire en politique extérieure. Ce distinguo n'est pas satisfaisant sur le fond, mais on ne peut pas faire mieux pour l'instant. Dans cette optique, il est important que l'État respecte d'autant plus scrupuleusement à l'intérieur de ses frontières les règles qu'il impose à ses citoyens qu'il se montre un monstre froid à l'extérieur – il s'agit alors d'autre chose : la moralisation des rapports étatiques dont nous ne sommes pas près de voir les débuts…

Quand Gérard parle d'enseigner avant douze ans le goût du risque, celui de la nature, la politesse, la discipline et ces sortes de choses, on voit bien – que cela plaise ou non – qu'il n'y a pas d'alternative à l'enseignement de ce socle de base si on souhaite une société plus juste et plus solidaire.

S. M. : Je remarque que vous associez systématiquement éducation et Éducation nationale. Je pense qu'aujourd'hui il n'y a pas que l'école. Les jeunes passent du temps devant la télévision, Internet, les consoles de jeux… et ils passent aussi du temps entre eux. Tout cela est aussi une complémentarité, voire une concurrence, à l'école. Il y a des tentations plus faciles…

G. C. : Je le répète : s'il n'y a pas d'emblée l'imposition d'une discipline, tout porte l'enfant, quel qu'il soit, à devenir fasciné par l'image, à jouer, à consommer. Nous sommes dans une société qui, sans même faire d'efforts, draine les gens là où elle veut les entraîner, c'est-à-dire à être des sujets passifs ouverts à toutes les tentations qui leur sont offertes. Seuls des parents exigeants peuvent restreindre les heures de télévision à des émissions intéressantes. Même chose pour les jeux. L'enfant doit être suffisamment armé pour résister au poids général qu'il va ressentir tout de suite à l'école. C'est indispensable, très difficile, mais si ce n'est pas fait, à l'âge de douze ans, on aura un consommateur déjà admirablement adapté à la société qui l'attend.

P. F. : La télévision peut être un vecteur d'éducation – ou aurait dû l'être, comme dans les utopies des fondateurs de la télévision publique. La tendance lourde, hélas, ne porte pas à l'optimisme puisque l'économie de marché et les financiers ont graduellement pris le commandement de ce secteur. L'État, détenteur du service public, réagit mollement à cette prise de pouvoir. Il a d'autres soucis. De toute façon, quelle est sa puissance réelle ? On n'insiste jamais assez sur le rétrécissement du périmètre de pouvoir des hommes politiques. Qu'est-ce qu'un ministre aujourd'hui ? Que peut-il réellement faire ? Pas grand-chose en vérité et tout le problème est là. Longtemps nous avons craint – à juste titre – l'expression du pouvoir discrétionnaire et despotique des hommes politiques. Aujourd'hui, il faut plutôt craindre l'inverse.

Globalement, les hommes politiques ont beaucoup perdu de leur capacité à peser sur les événements – en bien comme en mal. Il faut qu'ils reprennent la main le plus vite possible, notamment contre la logique de marché, afin de remettre celui-ci au service des citoyens et non au profit d'une élite de l'argent.

En la matière, le développement forcené des lobbys officiels est un désastre. Les exemples abondent de leur poids insupportable sur les législateurs et les décideurs politiques. Qu'ils puissent aller jusqu'à suggérer des articles de loi ou des amendements au profit de tel ou tel acteur économique ou intérêt particulier est une perversion de la pensée démocratique qui ne devrait échapper à personne.

G. C. : À cet égard, la société américaine a été largement en avance, et le modèle des États-Unis, avec leur pouvoir d'influence, se répand. Je constate cependant que leur société est plus mobile, plus dynamique, plus patriotique – c'est distillé à l'école –, et plus encline à considérer que l'ascension sociale est ouverte et fondée sur le travail et le désir de réussir.

Peut-être est-ce moins le cas aujourd'hui, mais à mes yeux ce mythe mobilisateur et stimulant que « tout est possible » continue de fonctionner.

S. M. : Quel est notre roman national à nous ?

P. F. : Il a été bâti sur une histoire souvent fictive, mais ça n'a, sur le fond, aucune importance. Ce qui compte, c'est l'histoire elle-même et qu'on veuille se l'approprier, bien qu'on en connaisse l'aspect fictionnel.

Que cherche-t-on dans une nation démocratique en matière de roman national ? Suffisamment d'exaltation et de fierté pour que la cohésion collective qui en découle nécessairement serve la justice et la solidarité entre les membres de cette nation en vue d'un destin commun – et que, par la force et la confiance qui en résultent, les relations avec les autres peuples soient de même nature. Sans roman national, il est difficile d'atteindre ces buts.

Si les États-Unis restent puissants, c'est aussi en partie parce que chaque Américain est fier d'appartenir à la première nation de la planète. Et dans leurs écoles on enseigne cette fierté sans complexe. Pour nous, Français, le problème est qu'il est difficile d'être fier lorsque l'on n'est pas assez fort.

G. C. : Comme beaucoup à mon époque, je suis allé à l'école communale, puis au lycée. On nous a transmis que nous avions occupé en Europe une place prééminente, dès le début, aux XIe-XIIe siècles. Avec Richelieu, nous avons supplanté les Habsbourg et surtout contribué au déclin de l'Espagne, première puissance européenne entre 1492 et 1648, date du traité de Westphalie. Au XVIIe siècle, nous étions certainement la première nation d'Europe avec Louis XIV, même si nous ne savions pas que les Anglais avaient déjà un Parlement démocratique à la même période et que certains de leurs penseurs, comme Locke, appelaient le Roi-Soleil : le despote français. Ce sont des choses que l'on apprend par la suite, si on exerce sa fonction critique. Cela ne fait pas partie du roman national…

Au XVIIIe siècle, nous étions le centre du monde de l'époque avec nos philosophes, les Lumières, le fait que Diderot allait chez Catherine de Russie, comme Descartes au XVIIe était allé chez Christine de Suède. On parlait français dans les cours européennes, aussi bien dans les petites cours allemandes qu'en Russie.

Avec la tentative napoléonienne, nous avons vécu une épopée extraordinaire qui a échoué à cause de l'Angleterre, qui d'ailleurs en filigrane, depuis Jeanne d'Arc, reste jusqu'à Fachoda notre ennemi intime, beaucoup plus que l'Allemagne. Au XIXe, nous étions encore très importants, bien que, sur le plan démographique, nous commencions à décroître. La France était le pays le plus peuplé d'Europe à l'époque de Louis XIV. Sous Napoléon, nous sommes les seconds, tout de suite après les Russes. Et puis ce roman national se mue en expansion coloniale, tandis que nous connaissons une floraison littéraire extraordinaire : Hugo, Balzac, Flaubert, Stendhal, etc. Cependant, nous sommes surclassés par la Grande-Bretagne au cours de sa révolution industrielle, et talonnés, puis dépassés par l'Allemagne. Ensuite vient la défaite de 1870. En 1914, les Allemands auraient dû l'emporter, mais en 1918 nous avons notre revanche. Nous la payons très cher et nous sommes battus, en 1939, ce que Marc Bloch appelait « une étrange défaite ». L'armée française, réputée la meilleure du monde, ne tient que huit jours de plus que l'armée belge. Finalement, on se demande si on n'a pas oublié de nous dire, dans ce roman national, que la guerre de 40 nous l'avions perdue en 14-18, avec les saignées démographiques de la Marne et de Verdun.

Après 1945, l'Europe est finie en tant que puissance. On aura une belle remontée économique durant les « Trente Glorieuses », une vie intellectuelle active, et Paris continue, jusqu'en 1968, à attirer des intellectuels et des créateurs. Mais, bientôt, sur la pointe des pieds, nous sortons de la « grande histoire ». La descente commence en 1973, avec le premier choc pétrolier, et s'accuse fortement avec le second, en 1979. Depuis, nous avons vécu sur nos acquis…

P. F. : Le roman national français, tel que vient de nous le décrire Gérard à sa manière ramassée, est effectivement l'histoire implacable d'un déclin qui est peut-être la source d'une partie de notre dépression collective. Mais Rome ou Athènes ont connu cela et l'Italie comme la Grèce existent toujours. On peut même dire qu'on y vit plutôt bien. Les civilisations sont mortelles, dit-on, mais elles peuvent renaître, la Chine en étant le meilleur exemple actuel.

Le roman national des Anglais, des Italiens, des Portugais, des Espagnols, des Hollandais, et de tant d'autres, ressemble au nôtre. Toutes ces nations ont eu, chacune à son tour, un rôle de premier plan dans l'histoire. Leur roman reprendra des forces si l'Europe devient ce qu'elle doit être.

S. M. : Pour les États-Unis, il n'y a pas de roman national, alors tout semble possible, tandis que pour nous plus rien ne paraît l'être.

P. F. : Je ne crois pas, Sophie. Et il y a bien un roman national américain. Il est bref du fait de la courte histoire des États-Unis, mais il est fort, sans cesse renouvelé et enseigné de toutes sortes de manières, contrairement au nôtre. Bâti sur l'immigration dès le départ, ce roman américain raconte toujours la même histoire aux nouveaux arrivants : « Si tu veux être des nôtres, non seulement tu auras tes chances pour t'élever, mais, quoi qu'il arrive, tu appartiendras à la nation la plus puissante du monde. » C'est autrement plus exaltant que de se voir proposer sous le manteau, comme chez nous, les dernières pages d'un roman qui semble mal se terminer et dont l'écrivain a vaguement honte. C'est ce que nous faisons pour notre propre immigration. Il n'y a rien d'exaltant à faire partie de notre société, hormis de pouvoir consommer mieux que dans le pays d'où l'on vient.

G. C. : Nous n'avons plus l'aura de la puissance, mais nous avons l'extraordinaire privilège de la démocratie. C'est d'ailleurs sans doute la conquête historique la plus formidable qui soit lorsqu'on jette un regard sur l'histoire de l'espèce humaine qui n'est faite que de despotisme jusqu'à une date récente et à de rares exceptions près. Dans l'écrasante majorité des pays où j'ai vécu, en Asie, en Afrique ou en Amérique latine – ou en Europe centrale et en URSS il n'y a pas si longtemps –, la norme c'était la dictature, fondée sur la terreur à des degrés divers. Il n'y a pas de citoyens, mais des sujets. Dans l'ensemble de ces pays, l'opposition politique n'est pas tolérée. Comme à l'époque stalinienne, avec des variantes, on peut venir à quatre heures du matin vous cueillir en disant : « Madame Mousset, vous nous suivez. » Et ta famille ne te verra plus jamais. Cela s'est passé, et se passe encore, en Chine, en Indonésie, en Argentine, à Cuba, en Iran, la liste serait trop longue. Cela ne se passe pas en Amérique du Nord, en Europe occidentale, en Australie, en Nouvelle-Zélande et dans quelques rares autres États… Ailleurs, c'est l'emprisonnement, la torture, banalement employée[1]. La démocratie, l'État de droit, doit être défendue sans concession. Elle est le garant de nos libertés.

P. F. : Rien de tout cela n'est mentionné dans les discours que l'on prodigue à la jeunesse. Dans notre roman national, il reste pourtant cette part essentielle de nous-mêmes. Mais à un immigré africain on dira plutôt qu'il est une victime directe de notre histoire, même s'il vient

1. Notons que les démocraties elles-mêmes, lorsqu'elles se sentent directement attaquées, la font pratiquer ou la pratiquent aussi. Dick Cheney n'a-t-il pas déclaré que le supplice de la baignoire, *water drowing*, ne pouvait pas être considéré comme une torture ? On lui suggère de se le faire appliquer.

bénéficier en France des attraits de la démocratie qui a été aussi conquise pour lui.

En ce qui me concerne l'esprit d'aventure est un antidote moderne à tout cela. Et il faut à tout le moins diffuser les valeurs qu'il porte en bandoulière à défaut de les enseigner.

S. M. : Tu veux dire que ce sont des fondements forts qui permettent de construire quelque chose derrière ?

P. F. : Oui. On ne combat pas collectivement pour des valeurs sans esprit d'aventure. Individuellement, cela sert à braver le destin quand il le faut et à tenir tête à l'adversité comme à l'infortune, ces revers de la vie que chaque homme croise dans son existence. Ce n'est déjà pas si mal.

G. C. : Ce n'est pas en agitant sans cesse le spectre de l'insécurité que l'on va former des citoyens capables de faire face aux défis. Les États-Unis, la plus puissante des démocraties, a aussi la population la plus frileuse et la plus terrorisée du monde. Cependant, leur capacité à prendre des risques, à répondre aux défis, leur adaptabilité sont très au-dessus des nôtres, Européens et Français en particulier. Nous semblons avoir une sorte d'obsession de la stabilité, alors que le monde n'est qu'une succession de déstabilisations et de restabilisations. L'éducation doit aussi pouvoir former, entre la maison et l'école, des gens qui soient capables d'affronter les défis plutôt que de vouloir être protégés à tout prix.

P. F. : Bref, le goût pour la sécurité doit être absolument dévalorisé en tant que tel… Même chose pour les discours des banquiers, des assureurs, des hommes d'affaires, des politiciens, qui ne cessent de nous entretenir des risques que nous courons pour un oui ou pour un non, d'un taux d'intérêt bancaire qui baisse malencontreusement, à la menace d'une nouvelle grippe l'hiver, en passant par les alertes météo pour le moindre coup de vent. Nous avons davantage peur de ce matraquage qu'un poilu de 14 sous une pluie d'obus dans sa tranchée… Où joue-t-on réellement notre peau dans tout cela ? Nous ne jouons que notre niveau de vie.

Rappeler ces vérités très simples est essentiel. Le discours sur le risque et la sécurité doit être entièrement repensé.

16

Sophie Mousset : Abordons maintenant le thème de la vérité et du mensonge qui découle de ce qui a été dit précédemment.

Gérard Chaliand : La vérité, c'est dire les choses dérangeantes. Par exemple celle-ci : dans nos sociétés, la souffrance physique est évacuée, ce qui est une excellente chose, mais nous sommes mal préparés à affronter les situations tragiques, difficiles, de crise profonde, lorsqu'on est entièrement dedans, sur le plan physique, mental, etc. Rony Brauman, ex-dirigeant de Médecins sans Frontières, me racontait que lorsqu'il se trouvait en Irak, à l'époque de Moustapha Barzani, il a vu arriver à son poste de soin un Kurde qui se tenait le ventre à deux mains et qui avait parcouru deux kilomètres avec une balle dans le ventre : « Nous, avec une balle dans le ventre, on se couche et on attend que l'infirmier arrive. »

Patrice Franceschi : À l'époque napoléonienne, nous en étions encore capables.

S. M. : Nous avons déjà évoqué cela. Le Français moyen n'a pas combattu depuis des années...

G. C. : Aujourd'hui, on ne demande pas ce type de courage physique, parce que, *grosso modo*, il n'y en a à peu près pas besoin. Il n'en reste pas moins qu'il est indispensable d'avoir du courage moral, mais je constate aussi un affaiblissement dans ce domaine-là. Notre résistance mentale s'est érodée, probablement parce qu'on l'a assez peu sollicitée et parce que l'on cherche la protection maximale.

S. M. : Vous dites donc que la société européenne, n'ayant pas eu de guerre, s'est « ramollie » et c'est aussi le constat que faisait l'Afghan dont parlait Patrice lors du lancement officiel du timbre à l'effigie de Massoud.

P. F. : Oui, mais il ne faut pas trop dénigrer ce « ramollissement » qui a quelques vertus : chez nous, contrairement à ce qui se passe hors d'Europe, les gens se conduisent entre eux de manière plutôt pacifique, la violence entre citoyens est faible, le taux de criminalité raisonnable – même s'il tend à s'élever aujourd'hui –, et les bagarres de rue comme les coups de couteau au coin d'un bois sont peu nombreux. Paris, ce n'est pas Caracas ou Lagos, il faut être sérieux et aller voir là-bas à quel point on risque sa peau... Dans ce domaine comme dans les autres, il ne faut pas se laisser impressionner par les médias qui ressassent à l'envi le moindre meurtre ou la moindre fusillade, les diffusant en boucle des jours durant au point de laisser croire que le même fait s'est déroulé cent fois. Tous les chiffres montrent que nous vivons dans une sécurité physique qu'aucun de nos ancêtres n'a connue. Le droit prédomine sur la force et l'on peut mener ses affaires sans craindre pour sa vie, ce qui n'est pas donné à tout le monde.

Notre embourgeoisement est autre chose. C'est lui qui diminue notre capacité mentale à résister, à faire preuve de courage. C'est lui qui provoque une diminution du seuil de souffrance que nous estimons tolérable et le recours de plus en plus grand à des aides psychologiques pour le moindre traumatisme. C'est un fait de société qui n'est pas anodin. Il ne s'agit pas ici, naturellement, de porter un regard dévalorisant sur ces pratiques mais de les constater : ce qui était considéré autrefois comme des souffrances supportables, dans les entreprises, dans l'armée, à l'école et dans la vie quotidienne, comme lors d'un accident de la route, est devenu aujourd'hui insupportable. La génération qui vient trouvera sûrement douloureuses les choses que nous acceptons encore aujourd'hui.

L'armée fait de son mieux face à ce problème parfaitement antinomique avec la vie rude du soldat en campagne. Mais elle accompagne ce problème plutôt qu'elle ne tente de le freiner. Elle s'est résolue à faire ce qu'elle peut avec les hommes fragiles que la société, telle qu'elle est, lui donne. Considérant, par exemple, que le choc d'un séjour en Afghanistan était trop violent pour un retour direct de ses soldats dans leurs foyers, l'armée française avait mis en place un sas de décompression de trois jours à Chypre avec hôtels et piscines. Elle a perdu moins de cent hommes en dix ans de guerre, soit dix jours de pertes humaines sur nos routes. Sans doute eût-il mieux valu renforcer la capacité mentale à subir le choc de cette guerre – modeste eu égard aux chiffres que je viens de citer, sauf pour les blessés –, plutôt que de céder à un air du temps que beaucoup de soldats désapprouvaient d'ailleurs en leur for intérieur. Car il faut savoir ce que l'on veut. Un soldat, volontaire de surcroît, a pour fonction de défendre les siens en faisant la guerre et doit donc être préparé à la faire de la manière la plus stricte qui soit et sans ménagement. C'est d'ailleurs son intérêt bien compris : « La sueur épargne le sang », disait-on quand j'étais soldat et j'ai pu maintes fois le vérifier à la guerre.

G. C. : Cela nous ramène à la tragédie. Nous risquons d'en connaître le retour. Toutes les vertus qui passent encore pour désuètes, inutiles, puisqu'on a prôné l'inverse pendant des décennies, vont redevenir à l'ordre du jour et le réveil sera brutal. Nous allons vers une période difficile de l'histoire. Nous ne nous en sortirons pas avec des colmatages de brèche comme tentent de le faire les gouvernements. Le courage va être nécessaire.

S. M. : Tu souhaites un retour de ces valeurs ?

G. C. : Ce n'est pas un souhait ! Elles sont devenues nécessaires. Nous n'avons plus le choix, nous sommes dans une situation difficile. Il faut retrouver la capacité à serrer les dents et à se pousser aux fesses. Dans la prospérité, il y a un certain nombre de qualités dont on n'a plus nécessairement besoin, mais au moment où revient la saison de la crise, il faut les retrouver parce que nous n'avons pas d'autre choix.

P. F. : On aimerait dire l'inverse, mais le fait est là. Il va nous falloir faire preuve de courage, de discipline, de solidité mentale, d'honneur, de frugalité, de solidarité, qualités que la prospérité nous a conduits à laisser au bord du chemin. Mais, Gérard et Sophie, comment appeler cette rénovation ? Une renaissance, une réinvention ? Il faut quelque chose qui ne soit récupérable par personne, politiquement s'entend, si nous voulons que le message passe. Même si les valeurs citées plus haut sont neutres en la matière et même universellement louées dans toutes les nations – je n'ai jamais connu un seul peuple, du cercle arctique aux montagnes de Nouvelle-Guinée, qui ait la haine du courage, la solidité mentale en horreur ou l'honneur en détestation. Il faut un terme qui balaye large pour que tout le monde puisse y trouver son compte et comprendre en quoi les valeurs défendues sont démocratiques et républicaines.

S. M. : Pourquoi pas « réenchantement » ou « réinvestissement » ?

P. F. : Allons pour « réenchantement » dans l'immédiat… Mais il faudra trouver mieux.

S. M. : Très bien. Mais je reviens sur un point, Gérard. Ne crains-tu pas que ces valeurs soient connotées comme guerrières ?

G. C. : Je ne pense pas que ce soient des valeurs guerrières en soi, même si elles sont *aussi* celles du soldat. Ce que nous prônions dans *De l'esprit d'aventure*, il y a plus de dix ans, est plus nécessaire que jamais. La capacité au risque – je ne parle même plus du goût –, la capacité à l'effort, de tenir sur le plan mental parce qu'il faut traverser des difficultés, tout cela est plus indispensable que jamais

P. F. : Pour finir là-dessus et sur l'indispensable « dépolitisation » des valeurs dont nous parlons, surtout quand on les exige des soldats, rappelons qu'elles ont toujours été exactement les mêmes dans toutes les armées de l'histoire. Qu'ils aient été communistes, fascistes, républicains espagnols, guérilleros guévaristes, contras nicaraguayens, ou autres, ils ne pouvaient faire l'économie de la discipline ou du courage au combat, sauf à leur détriment. Ces qualités sont des « outils » professionnels. Ce qui compte, c'est au service de quoi elles sont mises et à quoi elles servent.

S. M. : Il me semble même qu'historiquement, les valeurs de chevalerie ont une connotation très positive.

P. F. : Exact. Et on dit depuis longtemps beaucoup d'absurdités là-dessus et sur tout ce qui s'y rapporte. Je me souviens que j'avais été frappé en 1968 – j'avais alors treize ans – par un slogan des événements de mai qui proclamait sur un mur : « sport = fascisme ». Je ne voyais pas le rapport. Je n'ai compris que beaucoup plus tard comment les idéologies pouvaient travestir n'importe quel outil et n'importe quelle valeur selon leurs besoins du moment. L'extrême droite est très forte ces dernières années pour la récupération des valeurs républicaines laissées à l'abandon. Le vol de ces valeurs qui, pour toute ma famille, sont des valeurs républicaines, m'est insupportable. Il faut s'en emparer à nouveau et les redonner à la démocratie.

S. M. : La dévalorisation de l'image du soldat n'est-elle pas liée à la défaite – 1940 et la guerre d'Algérie par exemple –, qui a donné des représentations très négatives de l'armée en France ?

G. C. : Nous avons plusieurs traditions, en fait : cocardière – avec ses côtés Déroulède –, anarchiste – avec Darien par exemple –, pacifiste aussi – qui, après 1914, va prendre de l'ampleur –, anticolonialiste, etc. Ajoutons les surréalistes et la plupart des poètes qui n'aiment, en fin de compte, de l'armée que la résistance, c'est-à-dire les irréguliers. Nous ne sommes pas du tout comme les Américains pour qui l'armée est l'émanation de la nation.

P. F. : À cela s'ajoute l'image hautement négative du service militaire qui était devenu extrêmement injuste et mal fichu. Il a achevé de casser l'image de l'armée et largement fait oublier qu'elle était là pour défendre la démocratie, dont elle était l'émanation par la participation de tous les citoyens aux forces de défense. Dans les sociétés autres que démocratiques, je le rappelle, le statut militaire est très valorisé et valorisant.

S. M. : Revenons aux idées de vérité, de mensonge et de travestissement.

P. F. : De tout temps, l'homme a vécu dans le mensonge, c'est mon intuition intime, une « intuition d'expérience » si je peux me permettre ce néologisme. Et nous vivons de moins en moins dans ce que je pourrais appeler « l'inverse du mensonge », malgré les progrès de la science et des techniques. On nous vend peu le désir de vérité – je ne parle pas de la certitude de vérité. J'ai le sentiment qu'un « réenchantement » de la démocratie n'est possible qu'avec, aussi, le désir individuel et collectif de sortir le plus souvent possible de ce mensonge, grâce à l'exercice permanent de l'esprit critique.

G. C. : Je trouve que la définition de Castoriadis sur notre période : « la montée de l'insignifiance », a gagné, dans les trente ou quarante dernières années, une place considérable. D'une façon générale, plus on regarde la télévision et les médias, plus on constate cette montée de l'insignifiance. Qu'est-ce qui nous est proposé ? Je ne dis pas qu'avant on ne nous offrait que des choses remarquables mais la civilisation de masse, le marché de masse, c'est la montée de l'insignifiance. C'est cela qui circule et que l'on nous vend, c'est de cela qu'on veut nous nourrir. C'est fortement porteur de mythologie consumériste et mis en avant par des personnalités, dans l'ensemble, creuses, des mannequins. On vit dans un monde de mannequins qu'on appelle d'un terme anglo-saxon : les « *people* ». Des illustrateurs, maintenant, se font passer pour des artistes, des romans à l'eau de rose sont publiés par de grands éditeurs, et il y a de plus en plus de jeux à la télévision. Nous sommes dans une extrême futilité. On nous amuse, on nous distrait avec des histoires qui n'ont aucun lien avec la situation dans laquelle nous sommes.

P. F. : Quoi que nous fassions dans cette discussion, nous sommes ramenés aux mêmes thèmes, n'est-ce pas : le difficile exercice de notre citoyenneté, sauf pour nos intérêts personnels. Il n'y a rien d'étonnant à ce que le vide se remplisse d'un vide plus grand encore…

S. M. : Effectivement, maintenant que nous n'avons plus besoin de l'essentiel, on nous égaye. On peut donc parler de « ramollissement intellectuel »

P. F. : Pourquoi s'embêter à lire Héraclite ou Pindare quand on peut se contenter de Marc Lévy ? Il y a un culte de la facilité peut-être.

S. M. : Je ne pense pas qu'il s'agisse forcément d'une forme de culte. On peut avoir du plaisir à réfléchir, à se poser des questions. D'autant que nous savons que si nous restons dans une idée de recherche de la simplicité, nous absorberons plus facilement le mensonge.

P. F. : Surtout quand, de l'Éducation nationale à la famille, on s'est largement convaincu que l'on peut éduquer sans effort. On dit de plus en plus qu'il est possible d'apprendre en jouant. À la marge, sans aucun doute. Mais à la marge seulement. Ou en *dilettante*, c'est certain. C'est confondre la possibilité de rendre attrayante une discipline et la possibilité de la maîtriser en s'amusant. Ce n'est pas du tout la même chose. Il s'agit là d'une autre idéologie et il faut relire la « déconstruction » qu'en a faite ce philosophe rationaliste qu'était Alain, il y a déjà bientôt un siècle, pour être réservé sur ce type d'apprentissage. Sans effort, on n'apprend pas de la même manière, ni avec le même effet. Il y a un temps pour jouer, un autre pour apprendre, pourquoi craindre cette séparation ? Il y a là une confusion très nette entre plaisir et bonheur, c'est vieux comme le monde. On ne peut pas devenir danseuse étoile de l'Opéra de Paris en s'amusant, c'est comme ça. Qu'elle trouve du bonheur dans son incessant travail et la discipline de fer qui y est associée, c'est clair. Du plaisir, c'est autre chose. Et on ne peut pas gagner le 4 × 100 m nage libre aux Jeux olympiques en rigolant. Il faut être dans l'eau froide tous les matins pendant des années.

S. M. : Pour le sport et pour l'excellence, on sait très bien qu'un virtuose du piano doit travailler énormément. Mais est-ce la même chose pour l'enseignement scolaire ?

P. F. : C'est la même chose si on veut qu'il porte ses fruits. Les familles aisées l'ont compris qui mettent leurs enfants dans les écoles qui n'ont pas baissé les bras et participent à leur corps défendant à ce creusement de l'écart social que nous condamnions plus haut.

La mode de la vulgarisation scientifique, lointaine déjà, relève du même principe. Il est pourtant patent que si l'on veut devenir un vrai scientifique, mieux vaut oublier ce que la vulgarisation vous a appris. Il serait plus judicieux de faire l'effort de lire des traités élémentaires sur ces questions. Ils ne cherchent pas à rendre assimilable aisément ce qui ne peut pas l'être. Ils servent à poser des bases simples mais justes, qui permettront ensuite d'aborder des difficultés plus grandes. Nous revenons à l'idée d'effort dans l'éducation. Tous les chemins nous y ramènent…

S. M. : Ma crainte est que ceux qui réintroduiront l'effort dans l'éducation seront les familles dites aisées, celles qui ont des valeurs « traditionnelles », tandis que la grande majorité des autres familles devront suivre la tendance générale, provoquant le décrochement de beaucoup d'enfants.

P. F. : Cette école à deux vitesses serait un danger pour la démocratie, doublée d'une injustice au niveau individuel. Mais elle existe déjà dans les faits. Et elle accentue la fracture sociale, anéantissant l'idée même d'un élitisme républicain. Nous n'avons pas besoin de cela. Qu'il y ait des gens « éclairés » n'a de justification que si tout le monde peut le devenir, de la même manière qu'à mes yeux la seule justification de la volonté d'être fort c'est d'être au service de ceux qui ne le sont pas.

G. C. : La société la plus démocratique socialement que nous ayons connue se situe *grosso modo* entre le début des années 1950 et la fin des années 1970. Depuis une trentaine d'années, c'est-à-dire depuis la dérégulation des années 1980 avec Reagan et Thatcher, on voit apparaître une nouvelle élite très riche qui creuse l'écart fortement avec des classes moyennes qui stagnent, pour ne rien dire des catégories populaires les plus défavorisées. C'est le cas aux États-Unis comme en Europe.

P. F. : Il suffit de voir l'éventail des salaires pour constater la reconstitution d'une classe financière qui n'était pas aussi prononcée il y a trente ans.

G. C. : Ce n'est donc nullement le bon modèle qui se développe. On constate l'effondrement des 15 à 20 % du bas de l'échelle sociale. Patrice, tu étais trop jeune dans les années 1960, mais durant ces années-là les mendiants avaient pratiquement disparu. J'ai connu une France, à cet égard, très différente de celle où j'évolue aujourd'hui.

P. F. : C'est une grande tristesse que de le savoir. Voilà bien un autre échec de la démocratie qui, parallèlement à son modèle politique, est censée apporter un minimum de bien-être à tout le monde, ce qu'elle a su faire à une époque. Dans ce domaine aussi, c'est l'intégrité même de la démocratie qui est en jeu. Le scandale humain de la pauvreté dans les pays développés n'est pas admissible. Si la priorité n'est pas mise pour remonter cette pente, « Liberté, Égalité, Fraternité » ne voudront bientôt plus rien dire.

S. M. : Il y a même une forme de cynisme. Dans certaines villes, les maires vont jusqu'à interdire la mendicité par arrêté municipal.

P. F. : C'est juste. Et c'est dû à l'absence chez tout un chacun d'une conception complète, je dirais même *vénérable* de la démocratie – avec son modèle politique *et* son modèle social. En fait, il semblerait que tout le monde s'en fiche… Nous sommes dans une atomisation avancée de la société : chacun pour soi et demain sera un autre jour. Mais cet autre jour pourrait bien être, comme il y a fort longtemps, la guerre de tous contre tous. Relire Hobbes à ce sujet…

S. M. : Mais cela n'est-il pas un peu voulu ? Le mendiant n'est-il pas là pour rappeler à chacun qu'il peut être déchu s'il ne continue pas à faire ce qu'il doit faire ?

P. F. : Je ne pense pas qu'il y ait une volonté de ce genre. Personne n'a décidé qu'il devait y avoir des mendiants dans la rue. Le problème, c'est que personne n'a décidé qu'il ne devait pas y en avoir. Non, c'est une conséquence des choses qui vont toutes seules, sans direction, sans but à atteindre.

G. C. : Si on consent à être lucide, on peut dire que, *grosso modo*, les réponses seront essentiellement individuelles dans ce que nous aurons à affronter demain.

P. F. : C'est à craindre… Que feraient collectivement les Français d'aujourd'hui face à une menace comme celle que nous avons connue en 1940 ? Quelle serait la réponse de la plupart des gens ? À l'époque, il n'y en avait déjà pas beaucoup pour se battre, alors maintenant… La plupart des gens fuiraient le pays, c'est à parier. Ils essaieraient de refaire leur vie ailleurs.

G. C. : Déjà, tous les journaux ne cessent de parler de l'épopée de X ou Y ayant réussi en Australie, en Inde ou au Canada. C'est le modèle qui est donné dans *Le*

Monde aujourd'hui. Nous sommes un pays qui forme gratuitement des élites d'un très bon niveau et 200 000 à 300 000 de nos diplômés s'en vont travailler ailleurs et ne reviendront probablement pas, parce que quand on part jeune, on fonde souvent une famille. Les exils, cependant, sont loin d'être définitifs, on peut faire beaucoup de va-et-vient. Par ailleurs, nous sommes une société suffisamment stupide pour ne pas intégrer les diplômés étrangers, souvent parce qu'on ne reconnaît pas leur équivalence, par protectionnisme, contrairement aux Américains qui admettent qu'un bon diplômé indien vaut, pourquoi pas, un diplômé américain. On accepte ainsi des gens qui n'ont pas de métier et on refuse ceux qui savent faire quelque chose. C'est quand même paradoxal, à l'heure où le muscle ne vaut plus rien… Je me souviens de Sarkozy qui avait expulsé un diplômé tunisien qui voulait rester en France. Le débat archaïque sur le fait d'enseigner en anglais dans certains établissements, afin d'attirer des étudiants étrangers, est absurde et cela nous provincialise. Cela n'empêche ni la francophonie, ni la défense et l'illustration de la langue française. C'est tenir compte des réalités.

P. F. : Sur ce dernier point, j'ai quelques réserves… Mais le « marché », c'est exact, n'a pas de patriotisme et convoque qui bon lui semble aux emplois qu'il veut bien procurer, la main-d'œuvre bon marché comme les employés qualifiés. Tous restent des variables d'ajustement. Les multinationales, aux patrons surpayés, pèsent davantage que les hommes politiques sous-payés qui voudraient leur tenir tête. On est à des années-lumière de la conception d'une économie au service des citoyens et non l'inverse.

G. C. : Il n'y a pas de retour en arrière possible ; les multinationales, il faut faire avec.

P. F. : Et l'on n'est pas près de voir la mise en place généralisée de la bonne idée de la taxation des transactions financières, c'est sûr. Mais faire avec, ce n'est pas approuver, c'est tenter aussi de trouver des parades.

17

Sophie Mousset : Venons-en maintenant aux liens entre esprit d'aventure et humanisme.

Patrice Franceschi : Commençons alors par deux notions auxquelles il faudra les associer, l'amitié et l'amour : comment les voyons-nous, comment l'esprit d'aventure peut-il les appréhender ? Qu'est-ce que cela veut dire, par exemple, d'avoir deux mille amis sur Facebook ? Est-ce que ce sont des amis selon le concept d'avant Facebook ou est-ce autre chose, le mot ayant alors été usurpé ou détourné ? Et comment la réponse à cette question peut-elle s'intégrer à ce que nous avons déjà dit ?

Gérard Chaliand : Pour moi, l'amitié ne peut pas se limiter à des goûts communs. Bien sûr, c'est ce qui réunit des personnes au début : aimer les mêmes choses, avoir les mêmes opinions sur un certain nombre de sujets. Mais l'amitié, au sens où je l'entends, c'est l'amitié qui résiste à l'épreuve. C'est aussi simple que cela. C'est l'unique critère réel de l'amitié. C'est ce que, sur tous les plans, tu peux attendre de l'autre et ce que l'autre peut attendre de toi. L'amitié se mesure à travers l'épreuve ou alors on reste sur le plan poli des relations plaisantes qu'on peut avoir avec des copains avec lesquels il est agréable de partager un verre, un repas, une soirée ou, au mieux, quelques jours de vacances.

P. F. : J'ai toujours fait le distinguo entre copains, camarades et amis, ces derniers répondant à la définition que tu viens de donner. Trois degrés, donc, de rapports humains, avec, encore en dessous, ce qu'il est convenu d'appeler des « relations ». Dès lors, compte tenu de ce qu'est l'amitié pour nous, que penses-tu, Gérard, toi qui as une génération de plus que moi, des amis Facebook, les relations avec eux étant massivement virtuelles comme chacun sait – et la compétition pour en avoir un maximum, un marqueur social ?

G. C. : Cela me paraît singulier. C'est un moyen de communication intéressant, on peut partager un certain nombre de choses à travers cette virtualité, mais de là à dénommer « amis » des gens qui ne sont jamais que d'« honorables correspondants », comme on disait, cela me paraît une confusion de genres. Je conçois qu'on puisse multiplier les contacts et les rendre plus rapides qu'avec l'échange épistolaire, mais appeler cela de l'amitié, avec des gens que souvent l'on n'a jamais vus et avec lesquels on n'a rien fait, est une méprise.

S. M. : « Ami » est une mauvaise dénomination, ne vaudrait-il pas mieux parler de « contact » ?

P. F. : Mais justement, la dénomination telle qu'elle a été décidée par les inventeurs de Facebook est intéressante. Je ne pense pas que leurs « clients » soient dupes, mais ce qui est significatif, c'est cette tentative de redéfinition de la notion d'amitié que l'on essaie de nous imposer. Elle n'est pas innocente à mes yeux. « Ami » permet de tisser un lien de confiance bien supérieur à ce à quoi pourrait prétendre un terme comme « contact » ou « correspondant » – qu'il soit honorable ou non –, et ce lien est impératif pour générer le maximum de flux d'informations possible. Ces flux sont les données personnelles des utilisateurs dont on sait qu'elles valent de l'or sur le marché de la publicité. Sans parler des utilisations liberticides qui peuvent en être faites par ailleurs.

Hormis ce champ commercial, je note également que si cette définition de l'amitié venait à s'imposer à la longue pour les *digital natives* – un risque qui n'est pas négligeable –, il faudrait se demander quelle appellation inventer alors pour distinguer les amis Facebook de ce que nous sentirions être nos *vrais* amis. Il serait nécessaire de toute façon d'évacuer cette idée surprenante que l'on peut disposer de centaines d'amis dans la vie. C'est déjà bien si on peut en avoir autant qu'aux doigts des deux mains. Là, l'imposture est flagrante. De toute façon, je n'ai aucune envie que ce soit les commerciaux d'une multinationale qui me dictent ce qu'est l'amitié…

La facilité des contacts permise par Facebook et les autres réseaux sociaux masque à tout le moins les problèmes qui viennent d'être soulignés. Pour le reste, à chacun de décider ce qu'il veut exposer de sa vie privée et de ses petits secrets, de décider du temps qu'il veut passer à ce type de communication, et de décider de son niveau de participation à « la montée de l'insignifiance » dont parlait Castoriadis. Pour ma part, je ne ressens nul besoin pour ce type d'échanges et ça ne m'intéresse pas non plus qu'une lointaine connaissance m'abreuve de commentaires sur le restaurant où il se trouve, ou m'envoie des photos de son lieu de vacances. Il faut faire un tri. L'invraisemblable quantité d'informations qui nous assaillent par ailleurs, sans que nous puissions les éviter, est déjà bien suffisante. Tout cela ne peut se faire qu'au détriment de choses plus importantes, les journées se limitant toujours à vingt-quatre heures.

À propos de temps, il faut insister ici sur sa « rétractation » dans nos vies quotidiennes. En cette époque des trente-cinq heures, nous disposons de moins de temps que jamais et subissons partout la tyrannie du temps court. Tout s'accélère autour de nous. Comment est-ce possible ? Nous avions cru que les nouvelles technologies faciliteraient nos vies, participeraient de nos loisirs, mais elles nous font courir toujours plus vite. Être connecté de tous côtés rend tout urgent. Le rapport à la durée et au temps a profondément changé pour tous les individus en l'espace de quelques années.

On croit, au début, qu'on pourra s'extraire de ce temps compacté pour se réinstaller dans la quiétude et bénéficier du temps long. Après tout, rien ne nous force à répondre instantanément à des courriels ou à des coups de téléphone. Mais le prix de l'extraction pour retrouver le temps d'avant, c'est celui de l'exclusion dont le prix se paye très cher, notamment professionnellement. Il faut courir aussi vite que les autres pour ne pas être « largués ». Ce qui nous conduit à accepter des choses que nous aurions refusées auparavant. Nous préférons être abasourdis par ce nouveau rapport au temps plutôt que de devenir des anachorètes – car ce sont les deux extrêmes de nos possibilités de choix.

Ce rapport d'immédiateté au temps – et avec toutes choses – est celui de l'obligation d'agir sans cesse, même pour les choses les plus futiles. C'est celui d'informer en temps réel autour de nous, même si nous n'avons rien d'important, en fait, à dire, et d'être informé de même en retour. Il est difficile d'échapper à cette spirale de la communication constante, instantanée, et le plus souvent sans intérêt.

S. M. : Il est vrai que l'accélération de la communication est une forme de spirale. L'instantanéité, via Internet, est prodigieuse : on reçoit un courriel et on répond immédiatement. Parfois on se rend compte qu'on a répondu trop vite, qu'on n'a pas pris le temps de la réflexion, mais déjà le téléphone portable sonne. Nous sommes dans une communication permanente.

P. F. : Il y a encore quelques années, tes correspondants auraient attendu la réponse trois ou quatre jours sans s'étonner outre mesure.

G. C. : Ma capacité de travail s'étend sur trois ou quatre heures d'un coup et je les préserve.

S. M. : Et ce qui compte en définitive dans cette affaire de temps, ce n'est pas ce qui nous arrive à nous, mais ce qui se passera pour nos enfants et petits-enfants qui depuis leur naissance auront pris l'habitude d'être dans l'immédiateté. Je pense que cela va transformer les modes de pensée. Et les modes d'écriture.

P. F. : Transformation des modes de communication, de pensée, d'écriture, c'est bien résumé. Mais revenons à Facebook un instant. Je fais, là aussi, le pari qu'hormis une certaine frange du public, nous reviendrons bientôt au plaisir des soirées entre amis, sans télévision, déconnectés de tout, et à la joie de communiquer autant que possible charnellement avec ceux que nous avons véritablement choisis, sans passer par Skype. Tout cela n'est peut-être qu'une mode passagère et nous verrons, dans ce cas, nos enfants jeter par la fenêtre ces tablettes qui pénètrent inutilement leur intimité pour leur ôter ce temps si précieux qui s'amenuise avec l'âge. Pas d'affolement…

S. M. : Ce qui m'inquiète à propos de Facebook et des réseaux sociaux, de façon plus générale, c'est la porosité entre public et privé. Nous ne savons plus trop où nous sommes et dévoilons aux marchands du Temple nos caractéristiques, nos goûts, nos habitudes de consommation, etc.

P. F. : Ce déballage est étonnant, n'est-ce pas ? Servir à tout le monde ce que nous préservions auparavant, quelle drôle d'idée… La vie privée n'est effectivement pas une vitrine publique. Rompre la barrière, c'est accepter volontairement une restriction significative de son espace personnel. Et Facebook concerne plus d'un milliard de personnes, dit-on. C'est quelque chose qui n'a jamais existé auparavant et répond probablement à ce besoin de reconnaissance que j'évoquais tout à l'heure. C'est un peu Big Brother quand même… Et cette manière de faire semblant que l'on est ami avec tout le monde… Tout de même, c'est grotesque. C'est à se demander si les acquis démocratiques des siècles passés ne sont pas en train d'être rejoués comme au casino. Et si les invasions que nous avons à craindre pour l'avenir, loin d'être celles de nouveaux barbares sur notre territoire comme autrefois, ne seraient pas plutôt celles de ces « faits de société » dans le territoire de notre intimité – quelque chose de tout à fait nouveau.

G. C. : Je trouve, à cet égard, que le terme de « transparence » pour Facebook est une imposture.

P. F. : C'est bien cela. Mais l'exigence de transparence a déjà envahi bien des pans de nos activités individuelles alors que la demande d'origine concernait exclusivement l'action politique. Là encore, la barrière public/privé a sauté. C'est une autre forme d'attaque insidieuse contre l'humanisme.

S. M. : Le problème, c'est que ces nouveaux outils de communication font en sorte de nous pousser à des changements de comportement que nous n'aurions pas acceptés auparavant. Il y a des sécurités qui sautent au nom d'une certaine idée du progrès.

P. F. : L'important est de ne pas perdre de vue l'impact de ces nouveautés sur la réalité de la liberté privée. Et de se demander si elles sont compatibles avec une vision humaniste de la société. De toute façon, je n'aime pas ce type de tyrannies commerciales.

G. C. : Cela fait partie de ce qu'on appelle le pouvoir feutré, le « *soft power* ». Insidieusement, on nous formate. Nous sommes dans une société de persuasion plus que de coercition, mais le résultat final est qu'elle fait ce qu'il faut pour que nous devenions une clientèle.

P. F. : Nous sommes dans une nouvelle forme de problématique de l'aliénation. Communiquer à tout prix pour ne rien dire. C'est fort… Et pourtant, dans certains pays dictatoriaux, Facebook et les nouvelles technologies ont été libérateurs. On peut aussi échanger des idées par ce biais. Encore un paradoxe qui montre, au moins, que nous avons affaire à un *outil* et non à une *valeur.*

S. M. : Que fera-t-on dans un monde de la relation humaine virtuelle, où l'homme augmenté aura toute sa place, où l'on pourra faire l'amour avec des femmes ou des hommes-robots sans s'ennuyer ? Tout cela est-il vraiment en train de se mettre en place ?

P. F. : On en est encore loin. Notre génération, au moins, ne risque rien… Mais c'est effectivement un fantasme que l'on retrouve chez tous les théoriciens du transhumanisme américain. Pour ceux-là, l'homme tel que nous le connaissons a atteint ses limites et il est temps d'y mettre fin pour le remplacer par l'homme « augmenté » grâce à la science et aux techniques – du clonage humain aux manipulations génétiques, en passant par les greffes de toutes sortes. Après cela, on pourra même aboutir à l'homme bionique qui, disent-ils, n'est plus de l'ordre de la science-fiction. Tout un programme…

S. M. : Ce sont des questions très complexes. Mais pour revenir à la question du numérique, nous ne savons pas ce que deviennent les informations laissées sur les pages vues de Google, de Facebook, d'Amazon… nous n'avons aucune idée de cette part de notre vie privée qui va être capturée. C'est pernicieux, car caché, derrière un visage plutôt séduisant. Nous ne réalisons pas tout ce que nous abandonnons.

P. F. : Sans doute… C'est vrai que si je vais sur le site de la Fnac et que je regarde les commentaires des lecteurs sur mes livres, je peux voir tout de suite ce qu'ils ont acheté en même temps. On ne peut pas faire mieux pour tenter d'influencer les gens.

S. M. : Voilà sans doute pourquoi des notions aussi élémentaires que l'amour ou l'amitié, pour lesquelles nous pensions qu'il n'y avait pas de raison précise à leur remise en cause, sont redéfinies aujourd'hui.

P. F. : On nous propose beaucoup de choses aujourd'hui, n'est-ce pas ? Ce n'est pas étonnant, mais ce n'est pas par amitié… Nous ne sommes pas obligés de donner notre assentiment.

G. C. : Signalons ici les progrès considérables effectués depuis un siècle en matière de santé grâce à l'hygiène, à la médecine, à la prévention. En 1900, l'espérance de vie en Europe occidentale n'atteignait pas 50 ans. Aujourd'hui, dans les sociétés industrielles, on dépasse largement 75 ans et davantage encore pour les femmes. Lorsque j'étais gamin, une femme de 40 ans passait pour vieille. Cela a changé en quelques décennies pour atteindre 50, puis 60… Je me souviens que dans *Les Caprices de Marianne*, de Musset, un homme demande

son âge à Marianne. Elle répond : « J'ai dix-neuf an.
– Dans ce cas, dit-il, il vous reste encore cinq ou six ans pour être aimée, cinq ans encore pour aimer, et le reste pour prier Dieu. »

On vieillissait vite à l'époque et les grossesses répétées y contribuaient beaucoup. Depuis quelques décennies, nous cultivons en Occident le mythe de la jeunesse perpétuellement prolongée. La vieillesse, comme la mort, est évacuée et refusée. Pourtant, Homère dans l'*Iliade* nous désignait pour ce que nous sommes : « les mortels ».

D'autre part, compte tenu de l'allongement de la vie, on ne voit pas pourquoi il n'y aurait pas un allongement de la durée du travail. En période de crise, surtout avec une démographie dans laquelle la proportion des gens âgés augmente, il est impossible de vivre dix ans de plus et de travailler trois ans de moins.

Je n'aime pas la ségrégation des personnes âgées. Aux États-Unis, certains locataires s'opposent à ce que leur immeuble puisse être occupé par des vieux. On veut rester avec sa classe d'âge. L'inverse des bistrots espagnols fréquentés par des gens de tous âges. Évidemment, cela implique, de part et d'autre, une ouverture et non un préjugé hostile fondé sur la différence d'âge et donc de goûts…

Dans nos sociétés où les liens familiaux ont quasiment disparu, la pénalisation c'est d'être vieux et démunis. À l'inverse, on constate, tout particulièrement aux États-Unis, l'apparition du « *grey power* », cette couche de gens âgés et riches qui représentent une clientèle importante.

Nous prendrons le même chemin avec quelques années de retard.

P. F. : Tout cela arrive aussi parce que le temps pendant lequel un adulte conserve ses parents est beaucoup plus long qu'autrefois. Une personne de cinquante ans peut avoir des parents de soixante-dix en pleine forme. Quand cette personne devient vieille elle-même, et fatiguée, ses parents peuvent être toujours en vie, mais il ne peut plus s'en occuper. Il n'a guère d'autre choix que de les mettre en maison de retraite. Dans les temps passés, nous gardions nos grands-parents chez nous mais pour un laps de temps très court. La mort survenait vite. Aujourd'hui, ce qu'on appelle la dépendance est devenu un fait de société qui oblige à faire appel à des professionnels. L'espérance de vie a certes augmenté, mais dans quelles conditions physiques et mentales ? On peut rester grabataire de longues années. Est-ce un gain à tous les coups ?

G. C. : Uniquement pour l'entreprise qui s'occupe de toi.

P. F. : Très juste. Car pour les vieillards comme pour leurs familles, ce peut être un long chemin de croix. Cela concernera bientôt des millions de gens. Et coûtera fort cher à la nation.

G. C. : Autrefois, lorsque l'on était âgé, il était rare, comme tu l'as précisé, d'aller finir ses jours en maison de retraite. Il y avait toujours quelqu'un de la famille pour s'occuper de vous. Aujourd'hui, même les paysans qui ont souvent des rapports étroits avec leur famille estiment que leurs parents auront une vie plus confortable en maison de retraite.

Nous abordons un problème important. Faut-il à tout prix prolonger l'existence humaine au-delà d'un certain seuil physiologique et mental, ou les deux ? Le droit de décider de sa propre mort, en connaissance de cause, ne devrait pas faire problème. Nous sommes, à cet égard, en retard par rapport à la Suisse et à la Belgique, et l'on ne voit pas pourquoi le droit de disparaître serait réservé à ceux qui ont les moyens de s'y rendre. Nous restons prisonniers de l'héritage chrétien – saint Augustin – qui rompt avec la tradition latine, dans laquelle le suicide constitue la dernière liberté.

P. F. : À titre individuel, je partage cette opinion que, si la nécessité l'exige et la possibilité m'en est donnée, c'est moi qui déciderai du moment où je quitte la scène. Quand je ne serai plus moi-même, je m'en irai. Il existe là-dessus un héritage ancien, venu du lointain stoïcisme, que je m'approprie. Comme celui de la « belle mort » pour le combat qui en vaut la peine.

À titre collectif et pour être cohérent avec moi-même, je ne suis pas opposé à la mise en place d'un système de choix touchant à la mort. Mais ce serait d'une grande complexité éthique pour d'innombrables raisons. Nous ne pouvons pas ici entrer longuement dans cette problématique, mais, quel que soit le système choisi, il faut prendre garde à ses débordements possibles, vers un eugénisme déguisé, par exemple, ou vers la possibilité laissée à d'autres qu'au candidat à la mort de choisir à sa place pour une raison ou une autre.

G. C. : Je vois une demi-solution : cesser l'acharnement thérapeutique que les médecins peuvent parfaitement envisager avec l'accord de la famille. C'est le problème de l'euthanasie proprement dite, qui peut poser des problèmes sociétaux. Nous serons forcés de les aborder dans le cadre de la crise. Lorsqu'il y aura amenuisement des soins à l'égard de ceux qui sont en bonne santé, ce problème-là va se poser. Il est rare qu'à l'échelon individuel, comme à l'échelon d'une société, on n'y soit pas forcé.

P. F. : Je ne sais pas ce que les commerçants seraient capables de nous vendre dans ce cadre-là, mais je pense qu'on les trouvera aux aguets.

G. C. : C'est déjà le cas aux États-Unis. Là-bas, il y a des établissements qui prolongent la vie de certaines personnes durant des années malgré leur état d'inconscience, tant que la famille peut payer. En ce qui nous concerne, dans un pays où la Sécurité sociale joue un rôle plus important que dans la plupart des autres pays, la crise aidant, il va falloir rogner de toutes parts et l'on en viendra à ceux qui coûtent le plus cher, les « finissants ».

Toutes les personnes qui s'intéressent aux problèmes de santé savent que les six derniers mois de la vie coûtent, en soins, probablement davantage que les années qui ont précédé. C'est une chose d'avoir 10 % de vieillards, c'en est une autre d'en avoir 25 %. Nous y allons. Qui va supporter la charge ? À partir du moment où celle-ci sera insupportable, il faudra prendre des mesures.

P. F. : Dès lors, comment évoluera le concept de mort ? Et le traitement qu'on accordera à la mort elle-même ? Tout l'humanisme dont nous sommes issus a sacralisé la vie. Et c'est tant mieux car on peut imaginer ce qu'il en serait du monde s'il ne l'avait pas fait : bien pire encore que ce qu'il est. Revenir en arrière à ce sujet, toucher à une parcelle de cette universalité, présenterait des dangers plus grands que ceux affrontés jusqu'alors. S'il existe un domaine où le principe de précaution doit s'appliquer, c'est celui-là : sanctuariser la sacralité de la vie.

Pour notre façon d'aborder la mort, ou plus exactement la vieillesse, il n'y a pas de solution dans l'immédiat et mieux vaut temporiser avant de briser ce tabou. Un eugénisme de rentabilité économique, si ce n'est idéologique, est toujours à craindre. Et pas seulement pour les vieillards, mais aussi pour les handicapés physiques ou les déficients mentaux. Si la vie perd en sacralité, de vieilles questions resurgiront aussi, soyez-en certains : qui est utile ? À quoi sert réellement telle catégorie de personnes ?

Quoi qu'il en soit, l'évolution ou non de notre conception de la mort sera à n'en pas douter un problème de premier plan dont la plupart d'entre nous n'ont pas encore vraiment conscience. Dans l'âge d'or qui a précédé, nous pensions avoir repoussé la mort à des limites impensables aux siècles précédents. Nous sommes parvenus maintenant à une frontière où les corps, s'ils sont en vie, ne sont plus que des épaves, dans bien des cas à la dérive. L'espérance de vie nous revient en boomerang avec cette idée fondamentale que tout progrès n'est pas forcément constant et doit toujours être surveillé. C'est l'une des problématiques qui doivent, d'ailleurs, modeler l'humanisme de demain.

Mais cette frontière sera peut-être franchie en direction d'une autre frontière plus lointaine. Nombre de perspectives de la médecine laissent penser qu'un bond en avant pourrait advenir bientôt grâce aux nouvelles connaissances en génétique et avec l'aide des nanotechnologies. Peu à peu, le mystère du vieillissement se laisse percer. Ici ou là, on nous promet que bientôt nous pourrons vivre deux fois plus longtemps qu'à présent et en bien meilleure santé. Nous verrons. On ne peut pas se prononcer là-dessus en l'état.

G. C. : Pourtant, je le répète : quand nous ne pourrons plus prolonger les vieillards jusqu'au dernier fil de leur existence, quand nous n'aurons plus les moyens de le faire et quand il faudra que cela soit payé par des jeunes, peu nombreux, il faudra faire des choix. Quant au problème de la retraite, je la vois bien à soixante-dix ans dans les dix années à venir.

P. F. : Dans l'optique d'une révision du concept de mort, donc, par ricochet, du concept de vie, les dérives potentielles évoquées tout à l'heure pourraient être du type : pourquoi s'embarrasser de retraités, ces personnes improductives ?

G. C. : C'est concevable au sein des dictatures productivistes, dans lesquelles l'individu n'a de valeur que s'il est producteur. Dans une société comme la chinoise, par exemple, on essore les travailleurs jusqu'à ce qu'ils n'en puissent plus et on laisse ensuite les familles les prendre en charge. La société américaine, à sa façon, est cruelle elle aussi. En font l'expérience ceux que les circonstances amènent à être rejetés d'une entreprise dont on leur a fait croire qu'ils faisaient partie.

P. F. : Sans doute. Mais dans une logique de marché dominant, dépourvu de cadre éthique solide et poussé à l'extrême par les circonstances, tout est possible. Si l'on n'est plus ni producteur ni consommateur, quelles raisons de nous garder ? Au sein des sociétés post-humanistes dépourvues de citoyens devenus sujets, quelles raisons de garder ceux qui ne sont plus des agents économiques ?

G. C. : On a déjà vu, lors de la crise de 1929, la seule grande crise que nous ayons connue au XXe siècle, une dureté considérable s'installer. Les tensions auxquelles ont été soumises les sociétés démocratiques en Europe, aux États-Unis, étaient très vives.

P. F. : C'est pour éviter un retour à de tels drames que certains ne voient d'autre solution que de rechristianiser nos sociétés. La charité comme remède, est-ce que ça marcherait puisque ça n'a jamais fonctionné ? Il suffit de relire *Les Misérables* du grand Hugo pour s'en rendre compte. Les sociétés musulmanes où la réappropriation de l'individu par le groupe est souvent totale, ne font pas mieux.

G. C. : La déchristianisation, relative, est un phénomène français et, dans une moindre mesure, européen. Ce n'est pas du tout le cas aux États-Unis. On est là-bas dans un christianisme militant et même ultramilitant chez les évangélistes. Cela ne pousse pas nécessairement à la solidarité, dans la mesure où l'on est censé pouvoir se débrouiller par soi-même pour s'en sortir.

P. F. : Je parlais du catholicisme, en fait, qui n'a pas le même rapport à l'argent que le protestantisme. Mais, de toute façon, ce n'est pas ma solution personnelle, ne serait-ce que parce que l'histoire montre la stérilité de cette voie où l'hypocrisie des hommes mine les préceptes religieux les mieux disposés envers l'homme. Le « réenchantement », pour reprendre le terme de Sophie, appliqué aux valeurs humanistes, me paraît la voie la moins semée d'embûches.

G. C. : On ne peut pas exclure l'option du retour au religieux dans la mesure où, dans l'irrationnel, rien n'est jamais joué.

P. F. : C'est exact. Comme disent les négociateurs, toutes les options sont sur la table… On ne peut rien dire de plus là-dessus dans l'immédiat.

18

Sophie Mousset : Venons-en maintenant à la notion de justice. Que peut-on en dire aujourd'hui et comment la situer par rapport à l'esprit d'aventure ?

Patrice Franceschi : Il faut rappeler en premier lieu que, dans toute la pensée occidentale depuis ses débuts chez les Grecs il y a 2 500 ans, la justice est *le* thème de réflexion central pour le bon fonctionnement de la cité. Elle a toujours été considérée comme le pilier autour duquel devait s'organiser tout le reste. Sans justice véritable, tout n'est qu'illusion. La question était toujours la même : qu'est-ce que la justice exactement et quelles formes peut-elle et doit-elle prendre ? Qu'est-ce que l'équité par rapport à la justice ? Les questions de ce type ont été innombrables, de l'Antiquité à l'ère moderne, et les réponses ont varié à proportion. Mais la question demeure jusqu'à aujourd'hui tant les facettes de la justice peuvent être nombreuses. Et toutes les sociétés contemporaines se posent encore cette question, ne cessant de la remuer dans tous les sens. À ce sujet, la dernière contribution philosophique d'importance est celle de John Rawls dans les années 1970 avec *Théorie de la justice.*

G. C. : C'est le cas dans les sociétés musulmanes aussi. Ce qu'y veulent les gens, c'est la justice, pas la démocratie.

P. F. : Ce que tu dis est une remarque essentielle car tout le problème est de savoir, justement, s'il peut y avoir justice sans démocratie. Dans l'islam, la réponse est clairement : oui. Dans les démocraties, elle est nettement : non. La vision qu'on en a est donc relative à d'innombrables faits politiques, culturels et religieux. Nous ne pourrons pas trancher là-dessus dans un livre comme le nôtre. Tout ce qu'on peut dire à coup sûr, c'est que le besoin de justice est le premier besoin des membres d'une société.

G. C. : Tout de suite après la sécurité…

P. F. : Il est vrai que, dans certains cas extrêmes, la guerre par exemple, les hommes peuvent préférer la sécurité à la justice pour préserver avant tout leurs vies. Mais cela ne peut durer longtemps. Lorsque la paix se réinstalle, la demande de justice revient au premier plan.

Pour prendre le problème sous un angle plus simple, quoique aiguë la question qui nous intéresse ici n'est-elle pas : comment va évoluer notre concept de justice dans une société où les consommateurs risquent de remplacer peu à peu les citoyens ?

S. M. : La justice a quelque chose à voir avec tout ce qu'on a pu dire sur les valeurs, autour de la vérité et de l'effort. Nous parlions de l'effort que nous aurions à produire pour nous redresser, mais je pense que si cet effort n'est pas fait avec un esprit de justice ou si les citoyens ont l'impression que tout le monde n'est pas traité de la même façon, quelque chose de grave peut se passer ou ne pas se passer.

G. C. : Qui rend la justice, d'abord ? Cela présuppose une institution judiciaire indépendante, suffisamment assurée d'elle-même pour ne pas craindre les pressions ou l'opposition du pouvoir exécutif. Cela seul garantit pleinement ce que nous appelons l'État de droit. La Haute Cour de justice américaine, par exemple, a rendu, à plusieurs reprises, des décisions qui ne convenaient ni à la majorité ni, nécessairement, au gouvernement. De même, la Haute Cour de justice israélienne a prononcé un verdict qui allait à l'encontre des décisions du gouvernement.

Par contre, la Cour de justice internationale de La Haye me paraît présenter des déficiences. Les États-Unis échappent à sa compétence et c'est d'autant plus regrettable qu'ils sont un acteur décisif. D'autre part, elle ne juge que des vaincus.

P. F. : Ce que tu viens de dire sur l'État de droit exprime le lien indissoluble entre justice et démocratie. C'est le point de vue des sociétés occidentales. Il a beaucoup tendu à se répandre depuis un siècle mais se trouve aujourd'hui contesté dans nombre de sociétés, même si les institutions internationales mises en place après la Seconde Guerre mondiale freinent encore ce processus de contestation.

G. C. : La justice reste en tout cas d'une importance capitale dans des sociétés fondées sur l'État de droit qui est l'essence même de la démocratie, comme tu viens de le dire. Cela signifie, en principe, qu'il n'y a d'impunité pour personne. Sans l'État de droit, qui s'applique à l'ensemble de la cité, c'est la jungle, la loi du plus fort, celle du plus malin, de celui qui trompe le mieux. Bien sûr, cela existe malgré tout, mais pour moi, le concept d'État de droit reste central. Je le garderai comme point de départ.

S. M. : Le droit est-il un garde-fou ?

P. F. : À l'évidence. Mais quel type de droit ? Religieux, politique, démocratique ?… Tout est là. Je partage cette idée, fort heureusement très répandue chez nous, que si le modèle de justice démocratique actuel venait à être érodé, ou masqué, ou venait à disparaître, tout le reste s'écroulerait : notre rapport au temps, à l'amour, à l'amitié, à toutes les autres valeurs dont nous avons parlé. À partir de ce constat, la question est double, je crois : d'une part, savoir si notre modèle actuel peut être perfectionné compte tenu de ses défauts ; d'autre part, se demander s'il ne va pas évoluer sans notre consentement vers autre chose, d'indéterminé encore, sous la pression d'une modernité insaisissable et de ses acteurs dominants.

Cette double question n'est guère évoquée car le sentiment général est qu'il s'agit d'un de ces acquis qui n'ont pas vocation à être repensés. Il me semble qu'il faut y être au contraire très attentif pour ne pas nous retrouver un beau matin face à un glissement qu'il serait trop tard pour arrêter. Car si l'intérêt de la modernité économique est d'avoir face à elle des consommateurs plutôt que des citoyens, il en découle mécaniquement que la justice doit être ajustée aux nouveaux besoins de ces consommateurs. On se retrouve alors avec cette idée que la justice, comme les livres, ou les valeurs dont nous avons parlé, est un bien de consommation comme les autres, que le marché doit ajuster à ses propres besoins. Dans ce cas, ne se trouverait-on pas face à une nouvelle forme de barbarie qui n'aurait peut-être rien à envier à la lutte de chacun contre chacun théorisée par Hobbes il y a bientôt trois siècles ? Un anti-progrès en quelque sorte.

S. M. : La conséquence de la barbarie, c'est la mise en place de privilèges qui seraient organisés en fonction de l'intérêt des plus forts ?

P. F. : Des privilèges iraient avec, bien évidemment. Il faut rappeler à cet égard que l'égalité des droits en démocratie est quelque chose d'assez phénoménal en vérité, parce que profondément opposé à la nature humaine et anormal dans l'histoire de l'humanité. C'est une conquête quasi prométhéenne. Et comme tout ce qui est prométhéen, la chute n'est pas inenvisageable. Il faut prendre garde.

G. C. : Cette conquête est mon seul étonnement historique. Mon pessimisme devant cette boucherie qu'est l'histoire est total. Mais que la démocratie ait pu, à un moment, jaillir ici et là, à partir du terreau du despotisme, comme une contestation menant à l'État de droit, est fabuleux.

P. F. : Nos enfants, nés avec la démocratie, ne savent pas qu'il s'agit d'un avantage qui pourrait être fugace. Il faut le leur rappeler quand ils regardent ce qui se passe en Syrie ou ailleurs.

S. M. : Patrice, tu viens de laisser entendre qu'il pourrait y avoir un moment où la justice viendrait entraver le développement du marché. Que veux-tu dire par là ?

P. F. : Que les objectifs de l'économie n'ont rien à voir avec le désir de justice et que lorsqu'ils ne sont pas encadrés par une vision politique, ils mènent à des types de sociétés dont les membres n'auraient pas forcément voulu s'ils avaient pu les choisir par avance. Sophie, tu dois pouvoir trouver des tas d'exemples où le souci de justice est absent dans l'économie du livre, non ?

S. M. : C'est facile, effectivement. On voit aujourd'hui des entreprises ou des institutions qui souhaitent casser en France la loi sur le prix unique du livre pour permettre au tout marché de se mettre en place et pouvoir faire davantage de profit.

P. F. : C'est inquiétant, car cela bafouerait le juste et équitable accès de tous à la lecture, comme la juste et équitable rémunération due aux auteurs, aux éditeurs et aux libraires. Le marché, bien que totalement « informe », a suffisamment de points de convergence et d'intérêts dans toutes les formes qu'il revêt pour finir par former un tout qui tend à dicter sa loi et à promouvoir la justice qui lui convient. Il prend la place des politiques si ces derniers ne montrent pas de résistance ou s'allie avec eux.

Il serait injuste de ne pas rappeler ici que les hommes, en tant qu'individus, n'ont pas plus de souci de la justice que le marché. Tous les hommes parlent de justice. Mais de celle qu'il faut leur accorder. Ils montrent moins d'inquiétude et d'intérêt pour son application aux autres. Et la plupart des hommes sont insérés à des degrés divers dans l'économie de marché, à la fois victimes et complices. Le problème n'est donc pas près d'être résolu…

Remarquons enfin que l'économie de marché, pour établir la justice qui lui convient, travaille sur des milliers de champs de bataille différents. L'image qu'elle donne est celle du vent qui déplace une dune de sable grain après grain, lentement, sans que le changement de place de chaque grain puisse se voir. L'observateur ne peut rien déceler dans le temps court. Et lorsque la dune n'est plus là, il est trop tard. Elle se trouve ailleurs et elle a changé de forme. Et personne ne peut dire à quel moment la transition s'est produite ni quand a commencé son changement d'identité.

S. M. : Il faudrait sans doute un livre entier pour approfondir cette question.

P. F. : C'est certain. Mais comme dans celui-ci nous avons décidé de nous contenter de tracer des pistes de réflexion, en voilà une essentielle : l'évolution de ce que nous connaissons de la justice aujourd'hui dans notre démocratie est à surveiller.

19

Sophie Mousset : Abordons maintenant ce grand thème de « l'autre ».

Gérard Chaliand : L'Autre, avec un grand A, c'est celui qui est différent.

Patrice Franceschi : C'est l'altérité.

G. C. : C'est un sujet extrêmement important. En définitive, c'est la relation que l'on a au monde. Je vais évoquer mon expérience personnelle, ce qu'a été pour moi de découvrir l'Autre.

Ma première expérience a été mon séjour de jeunesse en Angleterre. J'avais treize ans. Formé à l'école communale, je suis arrivé là-bas, très anti-anglais. Je trimbalais Jeanne d'Arc, Azincourt, Trafalgar, Waterloo. Je suis resté en Angleterre plusieurs mois. Je me suis mis à parler de mieux en mieux anglais. J'ai appris à connaître le pays, je m'y suis fait des amis. À dix-sept ans, j'y suis retourné pour plusieurs mois et comme tout ce que l'on fait quand on est très jeune, cela m'a marqué.

J'ai commencé à aimer l'humour anglais, leur copieux petit déjeuner, des vertus britanniques comme le sang-froid, la ténacité, « *never give up* ». Ce fut ma première leçon à propos de mes préjugés : il valait mieux aller voir sur le terrain et se faire une opinion personnelle en connaissance de cause.

Peu après, j'ai passé, en travaillant, six mois en Algérie. Au retour, je suis entré à l'Institut national des langues et civilisations orientales. Ce fut une ouverture formidable sur le monde extra-européen, au moment même où l'Europe commençait à s'ouvrir sur l'outre-mer autrement que dans une perspective coloniale. On venait de déclarer que les peuples avaient le droit à l'autodétermination, c'est-à-dire d'être indépendants. J'ai beaucoup lu, parce que ce sont moins les langues qui m'ont intéressé que les civilisations. J'ai commencé à suivre les cours d'histoire de la Chine, de l'Inde, de l'islam.

Les premiers livres de la collection « Terre humaine » sont publiés à cette époque. Je m'intéresse à l'ethnologie, à la sociologie, à tout ce qui concerne les autres sociétés. Non seulement leur histoire, mais aussi leur religion, leur littérature : les classiques chinois, les classiques indiens, les grands textes musulmans. Je découvre Ibr Khaldoun, je cherche à comprendre le monde.

Ensuite, il y a eu les voyages au cours desquels je suis confronté à des réalités complexes. Cela ne ressemble jamais à ce que l'on a lu, car les livres concernent pratiquement toujours les élites des sociétés. On voit ce que l'on peut glaner, ce que l'on peut comprendre, dans un esprit d'ouverture et d'universalité, dont on s'aperçoit qu'il est rarement partagé par ceux qu'on rencontre. On devient attentif aux clivages sociaux et aux traditions rurales, si différentes des élites au sein desquelles le modèle occidental continue d'exercer sa séduction.

L'universalisme que l'on croit s'être patiemment approprié n'éveille aucun écho auprès des sociétés que l'on rencontre. Celles-ci restent autocentrées, agrippées à leurs préjugés. En Inde où j'ai longuement voyagé, ce qui m'a frappé était la très grande violence entre les castes.

On pense rencontrer l'histoire et la culture d'un peuple, ou plus exactement d'une civilisation, et on tombe sur une société à un moment de son histoire qui ne correspond pas à l'image qu'on s'en était faite. J'appelle cela le hiatus culturel avec la réalité. Imaginons l'arrivée en France d'un étranger, drainant une représentation de notre pays fondée sur Voltaire, Montesquieu, Diderot ou d'autres symboles de la culture française. Que rencontre-t-il en réalité ?

P. F. : On peut imaginer un lettré chinois, connaissant parfaitement l'histoire de la France, arrivant dans une banlieue française, se heurtant aux Français du moment, et se disant qu'ils ne sont pas représentatifs, comme individus, de l'histoire de leur pays et de leur culture.

G. C. : C'est cela. La découverte de l'Autre est bien un apprentissage de terrain. Pour ma part, j'ai eu la chance, à travers les contacts politiques, les maquis, les longs voyages sans confort, de connaître des catégories sociales différentes dans nombre de pays. Cela permet d'avoir une meilleure connaissance des sociétés et de mieux comprendre ce qu'elles véhiculent de façon vivante de leur tradition religieuse et culturelle.

Enfin, lorsqu'on est étranger, qu'on travaille au sein d'une société autre, qu'on participe à sa vie ou à sa lutte, on est le bienvenu à condition de ne faire que passer. Si l'on prétend se fixer ou prolonger longtemps sa présence, on redevient un étranger. Le rejet est manifeste. On situe mieux cette tradition d'hospitalité de quelques journées que pratiquent certaines sociétés et au cours desquelles on est non seulement le bienvenu mais aussi le protégé. C'est la coutume, polie, d'accepter l'autre, quand il passe…

P. F. : Ce dernier point est un prolongement de ce que nous avons dit plus tôt sur la xénophobie partagée à des degrés divers par toutes les sociétés. Et dont l'hospitalité momentanée fait illusion pour les touristes qui cherchent dans l'Autre ce qu'ils ne pensent plus trouver chez eux.

G. C. : Toutes les sociétés sont xénophobes, nous l'avons dit. Dans les sociétés démocratiques, depuis quelques décennies, le racisme est vilipendé. C'est relativement nouveau. Dans nombre d'autres sociétés, c'est la norme.

P. F. : Tout voyageur sérieux s'aperçoit de cela à un moment ou à un autre, s'il veut bien s'exposer et non se protéger, aller là où ça ne va pas forcément bien, et s'il accepte de mettre ses certitudes à l'épreuve du réel. C'est fort rare. On ne compte plus les livres de voyages, même aujourd'hui, qui drainent toutes les idées reçues sur le bon sauvage.

G. C. : Le voyageur doit, de toute façon, respecter les normes culturelles en vigueur dans les sociétés où il se déplace. Dans les pays occidentaux, on peut, en tant qu'étranger, s'intégrer si l'on a pu entrer dans le marché du travail et, en une ou deux générations, faire le saut linguistique et culturel qui fait d'un étranger un Américain ou un Français. Ailleurs, même si l'on est matériellement dans une situation confortable, on reste toujours un étranger, soit parce que l'on n'appartient pas à la même religion, soit parce que l'on n'est pas originaire du pays en question. On est toléré Ce degré de tolérance peut varier. Un Chinois est moins bien traité en Indonésie ou en Malaisie qu'en Thaïlande où s'est esquissée une sorte d'intégration. En Russie, la situation des « allogènes » est très variable, mais la société russe reste xénophobe. Les sociétés relativement neuves comme le Brésil ou l'Argentine et, depuis quelques décennies, l'Australie sont plus ouvertes que les vieux États, comme la Chine et le Japon.

Pour ce qui est des musulmans, la déclaration de « guerre » d'Oussama Ben Laden contre les « croisés et les juifs » a, d'une manière générale, contribué, avec l'aide empressée de la politique de « guerre globale contre le terrorisme », à dégrader les relations entre Occidentaux et musulmans. Au fil des années, cette stratégie de rupture se révèle dangereuse parce qu'elle tend à susciter et à nourrir des tensions croissantes entre segments d'une société. Les attentats de Boston, s'ajoutant à l'affaire Merah, à l'assassinat spectaculaire d'un soldat britannique, et à une tentative du même ordre à Paris, conspirent à petite échelle[1] à briser le processus d'intégration. Celui-ci est imparfait mais effectif.

Les actions menées en Occident par les salafistes, ou ceux qui sont inspirés par eux, visent à creuser le fossé entre les musulmans et les sociétés d'accueil. On voit bien les réactions qui ont agité la Grande-Bretagne, un des pays européens parmi les plus libéraux. Une multiplication d'actions de ce type serait dangereuse pour la fabrique sociale.

Trop longtemps des zones de non-droit ont été tolérées dans nos pays, trop longtemps le discours s'est contenté de condamner le caractère « inacceptable » ou « barbare » des attentats, sans réponse politique.

Par ailleurs, lorsqu'on émigre dans un pays, il y a des règles qui sont celles de ce pays et qui doivent être observées. Il y a ce qui peut être aménagé, mais aussi ce qui est le fondement même de l'État de droit et qui ne peut être remis en cause.

1. Jadis, le FLN algérien, à partir de l'été 1955, avait choisi de creuser, de façon brutale, le fossé entre communautés et cela, avec succès, en multipliant des attentats contre n'importe quelle cible civile.

P. F. : On est loin de l'universalisme qui nous paraît souhaitable, n'est-ce pas ? Le voyage nous enseigne qu'il n'est pas la norme hors d'Occident. Quand on commence à parcourir le monde, on tend généralement à considérer cet universalisme dans lequel nous avons baigné, comme un acquis général de tous les peuples. Se « déniaiser » consiste, entre autres, à découvrir que ce n'est pas le cas. Cette erreur est souvent commise au départ, mais il faut rapidement la corriger à l'épreuve des faits et des personnes que l'on rencontre. On prend conscience alors que la xénophobie dans l'Europe démocratique a été contenue par la loi, ce qui n'est pas le cas ailleurs – et qui est à son honneur. Cet aspect des choses, rarement rappelé, devrait nous inciter à améliorer le regard que nous portons sur nous-mêmes…

G. C. : Pour ce qui est des voyages de mes débuts, j'ai pu mieux connaître ces sociétés en me liant avec des individus appartenant à une certaine catégorie sociale, parce que eux savaient, à peu près, d'où je venais. C'est notamment le cas des dirigeants et des cadres politiques des maquis. J'ai vécu aussi en contact avec des paysanneries, connu leurs goûts, leurs façons de faire, auxquels il faut s'adapter rapidement si on veut passer pour le moins étranger possible. Lorsque tu es un étranger qui coopère, qui appuie, tu es plus que le bienvenu. Mais, j'insiste là-dessus, si tu prétends rester parce que la cause t'inspire, tu redeviens l'étranger absolu. La fameuse hospitalité de trois jours, lors de laquelle tu es entièrement protégé quoi qu'il arrive, est fugace.

P. F. : Pour approfondir ce thème de l'hospitalité, une observation attentive des faits montre qu'elle présente deux caractéristiques : la première est qu'elle s'applique surtout à l'étranger d'une catégorie sociale considérée comme supérieure à la sienne. Lorsqu'un routard français, dans l'Altiplano au Pérou, est bien accueilli par une famille locale, c'est *aussi* parce que cette famille pense qu'il est un homme plus riche et puissant qu'elle. La deuxième caractéristique est que l'hospitalité dont cet étranger bénéficie va devenir, dans la durée, inversement proportionnelle au temps qu'il passe sur place. Le temps use tout.

Tu as dit tout à l'heure, Gérard, que les immigrants doivent respecter les règles des pays qui les accueillent. C'est bien la moindre des choses et il en a été ainsi de tout temps pour un rapport pacifié entre autochtones et étrangers. La réciproque est également valide. Si toi et moi, qui avons passé tant de temps depuis des décennies dans toutes sortes de sociétés, et souvent au cours de longues périodes, avons toujours pu nous intégrer et ne jamais être rejetés, c'est bien parce que nous avons respecté les règles de ces sociétés. Même quand l'altérité était profonde, nous nous conformions à ses règles. Culturellement, il y a un chez-soi et un chez les autres, c'est ainsi en l'état actuel du monde. Et le respect de l'autre passe par le respect du chez-soi de l'autre, non par l'imposition chez lui de ses propres usages. Il faut savoir ce que l'on veut et accepter d'en payer le prix. Imposer à l'autre, chez lui, des usages qui ne sont pas les siens – voire qu'il réprouve – n'est rien d'autre qu'une attitude de mépris. Et c'est ainsi qu'elle est interprétée, notamment par ceux dont l'identité est forte.

J'ai vécu plusieurs années en Afghanistan à l'époque de la guerre contre les Soviétiques. Du point de vue strictement culturel, je garde un souvenir très fort de mes rapports avec les Afghans. Je le dois essentiellement à mon respect scrupuleux de leur identité, de leurs us et de leurs coutumes. Je m'habillais comme eux, mangeais comme eux, urinais comme eux, et ainsi de suite. J'y ai d'ailleurs trouvé du plaisir car j'y consentais. Si j'avais voulu faire peser sur eux mes modes de vie ou ma vision du monde, je n'aurais jamais pu rester.

Aujourd'hui, un Afghan immigré chez nous – et toi et moi, Gérard, en connaissons beaucoup – rencontre bien des difficultés pour s'insérer compte tenu de la différence des modes de vie, mais il est d'autant plus accepté qu'il respecte nos lois. En la matière, il faut bien distinguer deux niveaux de respect : celui des coutumes sur lesquelles des accommodements peuvent être acceptés, et celui des règles de la démocratie et de l'État de droit – auxquelles il faut rattacher la laïcité – qui sont des règles intangibles.

Dans la frange réduite des émules de Ben Laden et autres salafistes, ce qui est attaqué chez nous, c'est le principe même de la démocratie, le fait inacceptable pour ces gens-là que des hommes puissent décider de diriger leur vie par eux-mêmes et non sous la tutelle de Dieu. Il n'y a de lois que venant de Dieu. Le point focal du problème est bien là : dans l'attaque contre la démocratie et l'humanisme qui l'a construite, ces deux insultes à Dieu dans la vision qui est la leur. De la part des musulmans de ce type, la demande d'importation de coutumes qui nous sont parfaitement étrangères – comme le port du voile pour les femmes – n'est qu'un biais pour enfoncer un coin dans le principe démocratique d'égalité – et dans cette horreur sociétale que représente à leurs yeux l'égalité des hommes et des femmes.

Tout le travail politique démocratique est de comprendre clairement cette attaque, d'en voir toutes les stratégies, de la dénoncer sans détour, et de défendre les musulmans de France contre nos agresseurs communs afin de leur permettre de poursuivre la pratique de leur religion en accord avec la démocratie et la laïcité, tel qu'ils l'ont toujours fait. Actuellement, nombre de ces musulmans subissent la pression des extrémistes pour modifier leurs comportements et se couper des autres Français. Ils sont les premiers que la démocratie doit défendre.

En résumé, nous ne devons pas craindre d'accomplir une forme de « devoir d'intolérance » contre l'intolérance envers la démocratie. Il y a un versant de la tolérance qui n'est qu'un abandon de valeurs.

G. C. : En ce qui concerne les salafistes, ceux, très minoritaires au sein du monde musulman, qui souhaitent un retour à la pureté réelle ou supposée de l'islam naissant, la reconstitution de la communauté des croyants – Oumma –, et la restauration du califat, déboucheront sur l'échec. Du moins par rapport au projet que je viens de résumer, sous-tendu par la nostalgie de la grandeur passée de l'Islam, grande civilisation dont les apports et les créations sont considérables.

Pour l'essentiel, il s'agit d'une instrumentalisation du religieux à des fins politiques. Où est la spiritualité dans ce discours ? C'est une exaltation au combat, mais de quel combat s'agit-il ? De la résistance des Afghans à l'intervention soviétique ? Du refus par les talibans du régime constitué avec l'aide des Américains à Kaboul ? Du règlement de compte entre chiites et sunnites – largement soutenus par l'Arabie saoudite, le Qatar et aussi par la Turquie –, qui s'est cristallisé à l'encontre du pouvoir alaouite de Bachar el-Assad, allié de l'Iran et du Hezbollah libanais ? Est-ce un règlement de compte entre musulmans dont les victimes sont quasiment toutes musulmanes et, en même temps, d'escarmouches à l'aide de techniques terroristes contre un Occident supposé hostile aux musulmans ?

Pour l'heure, le résultat des « révolutions arabes », c'est l'affaiblissement des États arabes : l'Égypte qui en est le centre de gravité, la Syrie en guerre civile, et l'Irak de plus en plus en butte aux protestations violentes des sunnites et de ceux qui les soutiennent.

Ce ressentiment a été répandu dans l'ensemble du monde colonisé et la réponse apportée par les Chinois ou, de façon plus démocratique, par les Indiens a été de faire de la croissance. C'est l'unique réponse au défi de la modernité, enclenché par l'Europe au XIXe siècle et qui, ensuite, a été repris par les États-Unis. À cet égard, je note que le ressentiment exprimé est celui des anciens colonisés qui n'ont pas réussi à faire de la croissance, comme certains pays africains, certains pays musulmans, et cela davantage au Moyen-Orient qu'en Asie du Sud-Est où, économiquement, ils s'en sortent plutôt bien, comme la Malaisie ou l'Indonésie. La réponse que les salafistes prétendent apporter est porteuse d'échec. Ce n'est ni avec des bombes ni avec un retour à l'enfermement des femmes, ou tout au moins leur marginalisation, qu'ils vont réussir à progresser. Le grand discours contre les croisés ou l'héritage colonial est archaïque et il ne résout pas le problème de la croissance. Les Frères musulmans et/ou les salafistes qui les talonnent ne vont pas réussir à faire sortir leur société de la crise dans laquelle elle se trouve. La démocratie n'en sortira pas renforcée et, de toute façon, ce n'est pas l'objet du conflit. Les salafistes, qui ont joué les avant-gardes d'un projet à leurs yeux révolutionnaire, ont surtout contribué à accélérer le retard des sociétés arabes, tout comme celui du Pakistan. Le monde arabe piétine entre dictatures et violences ponctuelles.

S. M. : Tout cela étant dit, j'aimerais vous poser une question plus précise : qu'est-ce que l'Autre individuellement ?

P. F. : L'Autre est celui qui n'est pas moi. Il est donc l'ensemble de tous les hommes existant sur terre, à la fois ceux qui sont à côté de moi, dont l'altérité est faible, et ceux qui sont loin de moi, dont l'altérité est plus ou moins forte. L'Autre près de moi parle ma langue, a la même culture que moi, et il a un socle de croyances communes avec moi. Il ne faut pas l'éliminer de notre réflexion sur l'Autre car c'est celui avec lequel je suis le plus souvent en communication et avec lequel je dois bâtir tout ce que nous avons évoqué.

L'Autre loin de moi parle une langue différente de la mienne et vit dans des croyances et des coutumes qui me sont étrangères et que je dois m'efforcer de connaître pour communiquer avec lui. Cet effort est proportionnel à ce qui nous sépare, mais peut être accompli plus commodément si je garde à l'esprit que derrière les différences qui séparent les hommes se trouvent des ressemblances qui peuvent les rassembler.

L'autre loin de moi est multiple, c'est ce dont on prend conscience avec le voyage. Il y a beaucoup d'Autres. L'Autre au Venezuela n'est pas l'Autre au Bangladesh. L'altérité est un kaléidoscope et la capacité à se fondre dans l'Autre et à le comprendre dépend de ce degré d'altérité et de l'effort que l'on consent à fournir pour le dépasser.

En ce qui me concerne, pendant très longtemps, plus l'altérité de l'Autre était grande, plus il me fascinait. Pour me confronter au monde et le comprendre, il me semblait nécessaire d'aller le plus loin possible pour y trouver l'altérité la plus grande. La Hollande ou l'Angleterre ne m'intéressaient que médiocrement : trop proches, trop semblables. C'est à cette période de ma vie, très jeune, que je consacrais la plupart de mes voyages et de mes expéditions à des peuples comme les Pygmées, les Indiens ou les Papous. Le fossé de l'altérité se doublait du fossé du temps. J'avais l'impression de passer par-dessus les millénaires pour retrouver mes aïeux. C'est avec ces hommes que pour la première fois j'ai mis à l'épreuve les préjugés de ma société et de ma culture, découvrant que l'esprit d'aventure était aussi un outil pour en sortir, et que la première des libertés était celle de s'en débarrasser, sans quoi il était illusoire d'essayer de penser par soi-même. J'ai tiré de ces expéditions une expérience qui me marque encore, au-delà de l'aventure que représentaient ces voyages en eux-mêmes.

Par la suite, j'ai découvert que quelle que soit l'altérité de l'Autre, quelle que soit sa culture, et quel que soit l'endroit où il vit, il était semblable à tous les Autres par ce qui le conduisait : l'intérêt et les passions. On fait ainsi de longs chemins pour aller loin et, en fin de compte, pour trouver le Même que soi. Dès lors, une langue différente, une nourriture différente, un habillement différent, des mœurs différentes masquent moins les ressemblances qui sont derrière. Le Même est derrière l'Autre. Ce sont des retrouvailles avec l'universalisme. La revanche de Voltaire et de Diderot.

Derrière chaque homme, chaque altérité, il y a plus fort que cette différence et, plus encore, il y a cette évidence que chacun appartient bien à l'espèce humaine. C'est la revanche, cette fois, des grands stoïciens de l'Antiquité qui eurent l'intuition du « citoyen du monde » il y a plus de deux mille ans déjà et en firent la théorie.

Pour moi, tout le chemin de la compréhension du monde est passé par le voyage lointain. Lors du tour du monde de *La Boudeuse*, entre 2004 et 2007, j'ai posé la même série de questions à tous les « peuples de l'eau » où nous menait notre expédition. Des questions sur la vie, la mort, le bonheur, la joie, la tristesse, l'avenir, toutes ces interrogations que l'on peut penser universelles chez les hommes. Je les ai posées à des Indiens d'Amazonie, des Rapa Nui de l'île de Pâques, des Polynésiens des Tuamotu et des Marquises, des Saa de l'île de Pentecôte, des Indonésiens, des Arabes d'Oman, et beaucoup d'autres. Les réponses étaient semblables, les préoccupations similaires. La même humanité surgissait de ces réponses.

Mais l'universalisme ne fonctionne dans le dialogue que s'il est partagé par tous ceux qui dialoguent. Qu'un seul le refuse et l'édifice se ruine. Si l'on n'est pas respecté par celui que l'on respecte, le dialogue cesse, le blocage commence, la guerre devient une possibilité. On sait alors qu'il n'y a que deux états pour l'homme : la paix ou la guerre. Tout le reste est secondaire. Toute vision politique doit s'organiser autour de ces deux pôles : pour éviter la guerre ou pour la faire. La démocratie est sur le versant pacifique de ce pôle.

Voilà le chemin que j'ai fait au sujet de l'Autre.

G. C. : Comme tu termines ton expérience de l'Autre par un retour sur la démocratie, j'y reviens aussi pour redire combien elle est ce que l'histoire, à ce jour, a produit de mieux, si imparfaite soit-elle. Mais, comme pour les droits humains, j'observe que nous l'utilisons avec une géométrie variable en tant qu'arme idéologique. Les États-Unis, au cours des années 1990 sous Boris Eltsine, trouvaient la société russe démocratique. En fait, il s'agissait d'une période anarchique sur le plan financier et économique dont on pouvait difficilement qualifier les acteurs d'« éclairés ». C'était une période dans laquelle les oligarques étaient prêts à vendre à des compagnies américaines des parts importantes des hydrocarbures de leur pays. C'était le désordre. Il permettait le pillage sous couvert de pseudo-démocratie. Il est certain que la première législature de Vladimir Poutine, bien décidé à restaurer un équilibre plus conforme aux intérêts russes, n'a pas été accueillie avec beaucoup d'enthousiasme.

On peut penser ce que l'on veut de la dictature exercée par le parti communiste chinois dont la finalité est la restauration de la puissance chinoise, mais en trois décennies elle a porté la Chine au second rang mondial, ce qui représentait exactement les objectifs poursuivis, quel que soit le prix payé par les opposants, victimes ou laissés-pour-compte. Je doute que le mouvement démocratique qui s'est courageusement affirmé à Tian'anmen ait pu obtenir les mêmes résultats.

Reste que je suis prêt à me battre pour nos valeurs démocratiques et l'État de droit qui me paraissent des avancées sans équivalent à ce jour à l'échelle de l'espèce humaine.

Cependant, l'arme idéologique de la démocratie est destinée à servir d'abord nos intérêts, me semble-t-il, même si elle est maniée parfois en toute bonne foi. Je remarque que les Indiens, dans les domaines où je les rencontre : stratégie, politique et/ou militaire, sont devenus plus arrogants depuis quelques années. Même chose pour la Turquie où le ton a changé, d'autant plus que le style de Recep Tayyip Erdogan lui-même est particulièrement autoritaire. Lorsque celui-ci s'est rendu en Allemagne, il y a deux ans, il a affirmé que la minorité turque devait parler d'abord le turc et non l'allemand, et que « s'assimiler était un crime contre l'humanité ». Ce à quoi Mme Merkel a simplement répondu qu'elle concevait autrement l'intégration des gens qui s'installent en Allemagne...

Notre modèle d'ouverture et d'extrême tolérance, notre démocratie ne sont pas des modèles à leurs yeux. Notre laxisme est considéré comme une faiblesse à exploiter, dans les relations internationales ou personnelles.

P. F. : Je ne disais pas autre chose en affirmant que si l'universalisme n'est pas partagé, celui qui y croit ne peut plus l'appliquer à l'Autre sans se mettre en position de faiblesse.

S. M. : Il est vrai que le Premier ministre turc, là-dessus, est allé, au travers de ces déclarations notamment en Allemagne, plus loin que les Saoudiens ou les Qataris en France.

P. F. : Notre point de vue réaliste n'est pas toujours partagé par nombre d'intellectuels français qui ne fréquentent pas les autres sociétés et réfléchissent chez eux sans mettre leur pensée à l'épreuve de l'expérience de terrain. Ils manquent peut-être d'esprit d'aventure... Il faut cesser de s'aveugler avec un vieux dogmatisme puéril qui voit dans l'Autre toutes les altérités possibles sauf celle de l'intolérance. Le pas vers la démocratie n'a pas été accompli partout et l'on ne peut pas dialoguer de la même manière avec un démocrate et un non-démocrate, surtout s'il ne veut pas dialoguer. On ne peut pas parler avec M. Erdogan en croyant qu'il porte les mêmes valeurs que nous. Elles lui sont étrangères. L'esprit de revanche et de puissance l'habite. La Turquie est moins importante que la Chine, mais géographiquement elle est plus proche de nous et pose un problème fondamental si elle considère que les Turcs installés en Allemagne, et qui ont pris la nationalité allemande, sont des Turcs et non des Allemands. C'est d'un nationalisme épais, porteur de violence, opposé à tout universalisme. Le malheur est qu'il est fort répandu chez l'Autre en question.

Cela pose la question du rapport entre intégration et identité. Les flux migratoires du Sud vers le Nord – un peu moins du Sud vers le Sud – ne cessent d'augmenter et l'on ne pourra résoudre pacifiquement leurs effets sans décider clairement un jour ce que doit être l'identité dans l'intégration – et ce que doit être ou ne pas être celle-ci. La question dépasse largement ce livre mais mérite d'être abordée.

Le modèle républicain d'intégration, voire d'assimilation, a fonctionné pendant des décennies pour à peu près toutes les cultures – plus facilement, naturellement, pour les cultures proches. Il n'a jamais été aisé d'être étranger quelque part sur de longues périodes, mais globalement nous avons intégré sans heurts tous ceux qui se présentaient à nos portes, et ces immigrés sont devenus des Français à part entière au fil des générations. Le *deal* était rude et franc : « D'où que tu viennes, tu peux devenir français, entrer dans le groupe, mais il y a un certain prix à payer, un certain nombre de conditions à remplir, à commencer par le fait de devenir *vraiment* français, c'est-à-dire d'assimiler l'essentiel de la culture française et de s'y conformer. » Tant que la France était admirée et s'admirait elle-même, cela marchait à peu près.

L'abandon de ce modèle au profit du multiculturalisme – ou de ce qui s'en rapproche en France – n'a pas été une heureuse décision. D'abord parce que l'idéalisme du multiculturalisme – concept élaboré par des Américains à partir de leur propre modèle historique et convenant sans doute à leur propre société – s'opposait au modèle républicain, beaucoup plus exigeant dans sa volonté d'homogénéisation culturelle qui dérivait de sa volonté égalisatrice. Il partait du principe que plus on est semblables, mieux on se comprend, et plus les rapports sont harmonieux. Ce qui se vérifie partout.

En acceptant soudain que l'Autre reste lui-même au milieu des Autres différents, tout en bénéficiant des mêmes avantages, on a contribué au renforcement des communautés dans leurs particularismes et au repli frileux de leurs membres sur eux-mêmes. Le multiculturalisme peut fonctionner mais à condition de se doubler de l'universalisme qui lui donne sens d'un point de vue spirituel, et de la démocratie qui peut lui donner vie d'un point de vue fonctionnel. Sinon, cela s'appelle le communautarisme : un ensemble de communautés disparates, incompréhensibles les unes aux autres, incommunicables entre elles, vivant dans le même espace politique qui peine, dès lors, à dire un droit qui satisfasse tout le monde au milieu d'un foisonnement de valeurs antinomiques. Cela se termine, au mieux, par des communautés qui se côtoient poliment, au pire, par des communautés qui s'affrontent plus ou moins violemment. Mais, même dans le meilleur des cas, il suffit d'un effondrement de l'économie pour que l'affrontement intercommunautaire soit favorisé ou amplifié.

En résumé : d'un point de vue politique, entre ce que nous pensons du monde et ce que les autres en pensent, il y a des différences dont il faut tenir compte.

G. C. : Il n'est pas facile de penser librement. De surcroît, il y a toujours eu contre la raison les offensives de l'irrationnel. Nous sommes une espèce inquiète, encombrée de fantasmes et chargée d'angoisses, même dans les sociétés ultraprotégées comme les États-Unis. Le retour du religieux n'est qu'une facette de cette angoisse et ce n'est pas la pire. On peut ajouter, à la marge, la prolifération des sectes, le retour à des pratiques magiques ou ésotériques, etc. On n'en aura jamais fini avec les peurs et les angoisses collectives.

Dans les sociétés traditionnelles qui ont une capacité de souffrance et de résistance plus grandes que les nôtres, qui sont urbanisées depuis longtemps, ces peurs et ces angoisses sont liées à des mythes et des tabous. La rumeur joue un rôle considérable. Cependant, dans nos sociétés ultramodernes, nous drainons aussi des archaïsmes profonds qui ne sont pas près de disparaître.

S. M. : Gérard, Patrice, pour clore ce débat, pouvez-vous, en quelques mots, esquisser ce qui pourrait être une conclusion à ces quelques pistes de réflexion ?

P. F. : Les défis qui nous attendent, et qu'il faut relever, sont plus exaltants qu'inquiétants. Pas d'angoisse – on nous en vend assez –, c'est d'enthousiasme dont nous avons besoin. Et il est en puissance dans la jeunesse qui sera ce que nous en ferons. Nous avons tous les moyens pour gagner si l'esprit d'aventure revient souffler sur nous.

G. C. : Il faut un esprit d'aventure offensif chez les jeunes afin qu'ils aient suffisamment d'élan pour garder l'espace du rêve. Mais l'esprit d'aventure est là, n'en doutons pas. C'est cela que nous cherchons à transmettre : une transmission de torche afin de ne pas craindre l'inconnu et l'adversité.

Anneville, Normandie, juillet 2012
– Paris, juillet 2013

En octobre 2014 paraîtra une édition augmentée de ce livre : *Supplément au Regard du singe.*

Elle comprendra une série de commentaires et de questions posées par les lecteurs qui auront souhaité intervenir sur les problématiques soulevées par *Le Regard du singe* et les réponses des auteurs. Plusieurs écrivains de la collection « Points Aventure » participeront également à l'approfondissement des pistes de réflexion tracées dans ce présent ouvrage.

Si vous souhaitez contribuer à ce mouvement d'idées, envoyez vos commentaires et vos questions à l'adresse suivante : regard.dusinge@laposte.net. Le comité de lecture sélectionnera les contributions qui seront publiées dans *Supplément au Regard du singe.*

Brève bibliographie

Pour aller plus loin

Jean-Jacques Rousseau : *Du contrat social*
Voltaire : *Dictionnaire philosophique ; Traité sur la tolérance ; Candide*
Denis Diderot : *Pensées philosophiques*
Nicolas Machiavel : *Le Prince*
John Rawls : *Théorie de la justice*
Dino Buzzati : *Le Désert des Tartares*
Gérard Chaliand, Patrice Franceschi et Jean-Claude Guilbert : *De l'esprit d'aventure*
Aldous Huxley : *Le Meilleur des mondes ; Retour au meilleur des mondes*
George Orwell : *1984*

Pour aller encore plus loin

Alexis de Tocqueville : *De la démocratie en Amérique*
Hannah Arendt : *Condition de l'homme moderne*
Hans Jonas : *Le Principe responsabilité*

Alain Renaut : *Qu'est-ce qu'une politique juste ? Essai sur la question du meilleur régime*
Jean-François Revel : *Histoire de la philosophie occidentale*
Platon : *La République*
Aristote : *Les Politiques*
John Locke : *Essai et lettre sur la tolérance*
Épicure : *Lettre à Ménécée*
Claude Lévi-Strauss : *Race et histoire*
Jean-Paul Sartre : *L'existentialisme est un humanisme*
Alber Camus : *L'Homme révolté*
Alain : *Éléments de philosophie ; Propos sur le bonheur*

Pour aller beaucoup plus loin

Jürgen Habermas : *La Technique et la Science comme « idéologie »*
Claude Romano : *Au cœur de la raison, la phénoménologie*
Les Stoïciens (Bibliothèque de la Pléiade), notamment Épictète : *Entretiens*, *Citoyens du monde*, et Sénèque : *De la brièveté de la vie*
Emmanuel Kant : *Pour la paix perpétuelle*
Karl Popper : *La Société ouverte et ses ennemis*
Étienne de La Boétie : *Discours de la servitude volontaire*
Thomas Hobbes : *Léviathan*
Edgar Morin : *La Complexité humaine*
Sylvain Venayre : *Rêves d'aventures, 1800-1940*
Nikos Kazantzaki : *Alexis Zorba*
Cornelius Castoriadis : *La Montée de l'insignifiance ; Post-scriptum sur l'insignifiance*

DES MÊMES AUTEURS

Ouvrages de Gérard Chaliand

Ouvrages politiques

Mythes révolutionnaires du tiers-monde
Seuil, 1976 et 1979

L'Enjeu africain
Seuil, 1980 ; Complexe, 1982

Repenser le tiers-monde
Complexe, 1987

Le Malheur kurde
Seuil, 1992

État de crise, vers les nouveaux équilibres mondiaux
(avec J. Minces)
Seuil, 1993

Voyage dans le demi-siècle
(avec J. Lacouture et A. Versaille)
Complexe, 2001

America is back, les nouveaux Césars du Pentagone
(avec A. Blin)
Bayard, 2003

L'Amérique en guerre : Irak, Afghanistan
Le Rocher, 2007

L'Impasse afghane
L'Aube, 2011

Vers un nouvel ordre du monde
Seuil, 2013

Enquêtes de terrain

L'Algérie est-elle socialiste ?
Maspero, 1964

Lutte armée en Afrique
Maspero, 1967

Les Paysans du Nord-Vietnam et la guerre
Maspero, 1968

La Résistance palestinienne
Seuil, 1970

L'Algérie indépendante
(avec J. Minces)
Maspero, 1972

Rapport sur la résistance afghane
Berger-Levrault, 1981

Les Faubourgs de l'Histoire
Calmann-Lévy, 1984

Où va l'Afrique du Sud ?
Calmann-Lévy, 1986

Un itinéraire combattant
Karthala, 1997

D'une guerre d'Irak à l'autre
Métailié, 2004

Guérillas, du Vietnam à l'Irak
Pluriel, 2008

Stratégie militaire

Atlas stratégique : Géopolitique des rapports de force dans le monde
(avec J.-P. Rageau)
Fayard, 1983 ; Complexe, 1993

Terrorisme et guérillas
Flammarion, 1985 ; Complexe, 1987

Anthologie mondiale de la stratégie
Bouquins, Laffont, 1990, 1993, 2001 et 2009

Atlas du nucléaire civil et militaire
(avec M. Jan)
Payot, 1993

Les Empires nomades, de la Mongolie au Danube
Tempus, 1998

Le Chantier stratégique
Entretiens avec Lucien Poirier
Hachette, 1997

Dictionnaire de stratégie militaire
(avec A. Blin)
Perrin, 1998

L'Arme du terrorisme
Audibert, 2002

Mao, stratège révolutionnaire
Textes choisis et introduction
Le Félin, 2002 ; Agora, 2010

Histoire du terrorisme, de l'Antiquité à al Qaïda
(avec A. Blin)
Bayard, 2004 ; 2006

Guerres irrégulières, XXe-XXIe siècle
Folio, 2008

Le Nouvel Art de la guerre
L'Archipel, 2008 ; Pocket, 2009

Géopolitique des empires
Des pharaons à l'imperium américain
(avec J.-P. Rageau)
Arthaud, 2010 ; Champs, 2012

L'Impasse afghane
L'Aube, 2011

L'Occident face aux guerre irrégulières
À versaille éditeur, 2013

Atlas politiques et historiques
(avec J.-P. Rageau)

Atlas de la découverte du monde
Fayard, 1984

Atlas politique du XXe siècle
Seuil, 1987

Atlas des Européens
Fayard, 1989

Atlas des diasporas
Odile Jacob, 1991

Atlas historique du monde méditerranéen
Payot, 1995

Atlas historique des migrations
(avec M. Jan et J.-P. Rageau)
Seuil, 1994

Atlas des empires
Payot, 1995

Atlas de l'Asie orientale
(avec M. Jan et J.-P. Rageau)
Seuil, 1997

Atlas du millénaire, la mort des empires, 1900-2015
Hachette, 1998

*

Atlas du nouvel ordre mondial
Laffont, 2003

Ouvrages historiques

Le Génocide des Arméniens
(avec Y. Ternon)
Complexe, 1981, 1991, 2002, 2006

Miroirs d'un désastre, la conquête espagnole de l'Amérique
Plon, 1990 ; Agora, 1992 ; L'Aube, 2002

Les Bâtisseurs d'histoire
Arléa, 1995 ; Agora, 2004 ; Magellan & Cie, 2013

2 000 ans de chrétientés
(avec S. Mousset)
Odile Jacob, 2000, 2002

L'Héritage occidental
(avec S. Mousset)
Odile Jacob, 2002

Guerres et civilisations
Odile Jacob, 2005, 2008

Direction

Les Kurdes et le Kurdistan
Maspero, 1977, 1981

Les Minorités à l'âge de l'État-nation
Fayard, 1984

La Persuasion de masse
Plon, 1991 ; Agora, 1992

Stratégies du terrorisme
Desclée de Brouwer, 1999, 2002

Les Enjeux pétroliers
(avec A. Jafalian)
Universalis, 2005

Voyages

Cuisines d'ailleurs
Plats régionaux du monde
Seuil, 1981

Los Angeles, naissance d'un mythe
Stock, 1991

Aux confins de l'Eldorado
« La Boudeuse » en Amazonie
Seuil, 2006

Le Guide du voyageur autour du monde
(avec S. Mousset)
Odile Jacob, 2006, 2013

Récits et témoignages

Mémoire de ma mémoire
Julliard, 2003

L'Aventureux
Entretiens avec Thierry Garcin
L'Aube, 2010

La Pointe du couteau
Robert Laffont, 2011 ; Points Aventure, n° P3069, 2013

Théâtre

Slovik le déserteur
(avec G. Mattéi)
L'Aube, 2003

Mémoire de ma mémoire
L'Aube, 2008

Poésie

Anthologie de la poésie populaire kurde
L'Aube, 1997

Les Voix du sacré
Les plus beaux textes des religions disparues
Laffont, 1992 ; L'Aube, 1999

La Marche têtue, *suivi de* Feu nomade
L'Aube, 1996

Trésors des récits épiques de l'humanité
Plon, 1995

Livres pour enfants

Kalina et Moko
(avec R. Chaliand)
Seuil, 1993

Mon premier atlas
(avec P. Bougeault)
Seuil, 1994

Limpopo
(avec P. Bougeault)
L'école des loisirs, 1997

Les Taches du léopard
(avec P. Bougeault)
L'école des loisirs, 1999

OUVRAGES DE PATRICE FRANCESCHI

Romans

Un capitaine sans importance
Robert Laffont, 1987 ; Points, n° P2899, 2012

L'Homme de Verdigi
Robert Laffont, 1993 ; Archipoche, 2008

La Dernière Manche
Ramsay, 1997 ; La Table ronde Poche, 2008

Nouvelles

Le Chemin de la mer
L'Aube, 2009

Poésie

Bourlinguer
Paragraphes littéraires de Paris, 1976

Aventures et Voyages
Paragraphes littéraires de Paris, 1977

Au long cours
Éditions Saint-Germain-des-Prés, 1978

Essais

Guerre en Afghanistan
La Table ronde, 1984

Récits d'actualité

L'Exode vietnamien
Arthaud, 1992

Ils ont choisi la liberté
Arthaud, 1992

Paona
(avec A. Boinet et D. Lagourgue)
Éditions de L'Archipel, 1991

Récits d'aventure

Quatre du Congo
Fernand Nathan, 1977 ; Ouest France, 1991 ; Archipoche, 2013

Terre farouche
Fernand Nathan, 1982 ; Archipoche, 2013

La Folle Équipée
Robert Laffont, 1987 ; J'ai lu, 2008

Qui a bu l'eau du Nil
Robert Laffont, 1989 ; J'ai lu, 1991 ; Archipoche, 2013

Raid Papou
Robert Laffont, 1990 ; Archipoche, 2013

La Grande Aventure de la Boudeuse, volume 1
Plon, 2008

Avant la dernière ligne droite
Arthaud, 2012 ; Points Aventure, n° P3024, 2013

Albums

Chasseur d'horizon
Filipacchi, 1991

« La Boudeuse » en Amazonie
(avec N. Clérice)
Glénat, 2005

DES MÊMES AUTEURS

De l'esprit d'aventure
(avec J.-C. Guilbert)
Arthaud, 2003 ; L'Aube, 2007 ; J'ai lu, 2011

L'aventure, pour quoi faire ?
(collectif)
Points, 2013

OUVRAGES DE SOPHIE MOUSSET

Olympe de Gouges et les droits de la femme
Le Félin, 2003 ; Pocket, 2007

Arménie : identité d'un peuple
Punctum, 2007

La Boudeuse en Amazonie française
Gallimard loisirs, 2010

RÉALISATION : NORD COMPO À VILLENEUVE-D'ASCQ
IMPRESSION : CPI FIRMIN-DIDOT À MESNIL-SUR-L'ESTRÉE
DÉPÔT LÉGAL : OCTOBRE 2013. N° 110030 (119832)
Imprimé en France

Collection Points Aventure

P456. Traité du zen et de l'entretien des motocyclettes
Robert M. Pirsig
P683. Balkans-Transit, *François Maspero (photographies de Klavdij Sluban)*
P3024. Avant la dernière ligne droite, *Patrice Franceschi*
P3025. Boréal, *Paul-Émile Victor*
P3026. Dernières nouvelles du Sud
Luis Sepúlveda (photographies de Daniel Mordzinski)
P3027. L'Aventure, pour quoi faire ?, *collectif*
P3069. La Pointe du couteau, *Gérard Chaliand*
P3126. Le Regard du singe
Gérard Chaliand, Patrice Franceschi, Sophie Mousset